2020中国年度　散文

王剑冰　选编

漓江出版社
·桂林·

目录
contents

辑　一

003 /《黍离》——它的作者，这伟大的正典诗人　李敬泽
019 / 寻找和发散　张　炜
026 / 别　彭　程
035 / 重读宋词　韩小蕙
042 / 阳山看碑　谷　禾
049 / 世界的启示在荒野　刘东黎

辑　二

061 / 教师的黑夜　余秋雨
069 / 我的老彭走了　樊锦诗　口述　顾春芳　撰写
079 / 讲故事的人活在我们心里——怀念作家李迪　何向阳
089 / 五月墓园独语——庚子年母亲节祭母　高　伟
098 / 人生忽然（外三篇）　韩少功
106 / 文学，是他心里捧出的阳光　冯秋子

辑 三

115 / 百年逐梦终不悔　周　明

119 / 乐在“棋”中　王兆胜

124 / 玲　珑　胡竹峰

145 / 西沙，西沙　陆颖墨

153 / 告别过去　廖华歌

159 / 记性，漂移或重置　宁　雨

167 / 驾校往事　司马谦

182 / 一碗乡愁　赵　瑜

192 / 娘亲老矣　陈晓波

辑 四

201 / 喀纳斯湖：金山怀抱的绝美胜景　邱华栋

218 / 书院四季　叶　辛

224 / 春　山　陆春祥

236 / 飞鸟横断　蒋　蓝

248 / 北面山河　杨海蒂

254 / 历史延伸的峡谷　阿贝尔

260 / 峡　谷　牛　放

辑 五

269 / 一位叫“大连”的志愿者　李朝全

280 / 小街小巷小人物（二题） 张映勤
289 / 一只狗留下的故事和遐想 徐南铁
297 / 有　味（外一篇） 徐　芳
302 / 选　择 南　子

313 / 后　记

辑 一

《黍离》

——它的作者，这伟大的正典诗人

李敬泽

彼黍离离，彼稷之苗。行迈靡靡，中心摇摇。知我者，谓我心忧。不知我者，谓我何求。悠悠苍天，此何人哉？

彼黍离离，彼稷之穗。行迈靡靡，中心如醉。知我者，谓我心忧。不知我者，谓我何求。悠悠苍天，此何人哉？

彼黍离离，彼稷之实。行迈靡靡，中心如噎。知我者，谓我心忧。不知我者，谓我何求。悠悠苍天，此何人哉？

——《诗经·王风·黍离》

1

汉语绝顶之诗中，必有《黍离》。

《黍离》为《诗经·王风》首篇。公元前770年，天塌西北，中国史上有大事，最是仓皇辞庙日，周平王在犬戎的碾压下放弃宗周丰镐，放弃关中山河，将王室迁往东都成周——当时的洛邑，如今的洛阳。西周倾覆，从此东周，但这不是新生，这是一个伟大王朝在落日残照中苟活，周朝不再是君临天下的政治实体，大雅不作，颂歌不起，在《诗经》中，成周王城一带流传的诗，列为

《王风》。

在汉初毛亨、毛苌所传的《诗序》中，《黍离》被安放于这场大难后的寂静之中："《黍离》，闵宗周也。周大夫行役，至于宗周。过故宗庙宫室，尽为禾黍。闵周室之颠覆，彷徨不忍去，而作是诗也。"

——宏伟的丰镐二京沦为废墟，那殿堂那宗庙已成无边无际的庄稼地，这时，一位周大夫回到这里，在如今西安的丰镐路上徘徊彷徨，百感交集，于是作《黍离》。

照此说来，这首诗距今两千七百多年。《毛诗》成书于西汉初年，以元光五年（公元前 130 年）河间献王向汉武帝进献《毛诗》计算，上距周室东迁已经六百四十年，这大约相当于在今天回望明洪武十三年。但是，对东周的人来说，对西汉的人来说，西周倾覆带来的震动和绝望是后世的人们不可想象的。当《毛诗》讲述这个故事时，它是把《黍离》放到了华夏文明的一个绝对时刻——类似于告别少年时代，类似失乐园；这首诗由此成为汉语的、中国人的本原之诗，它是诗的诗，是关于世界之本质、关于人之命运的启示。

在《毛诗》的故事中，时间、地点、人物，都具有启示性的含混和确定：那就是周大夫，别问他是谁；那就是宗周，别问为何不是别处；那就是平王之时，别问到底是何年何月。无须问，必须信。

而这个故事在这首诗中其实找不到任何内证。《黍离》支持《毛诗》的故事，它也可以支持任一故事。这伟大的诗，它有一种静默的内在性，任由来自外部、来自四面八方的风在其中回荡，它是荒野中、山顶上一尊浑圆的空瓮。

2

滚滚长江东逝水，浪花淘尽英雄。是非成败转头空。青山依旧在，几度夕阳红。

白发渔樵江渚上，惯看秋月春风。一壶浊酒喜相逢。古今多少事，都付笑谈中。

——明嘉靖年间杨升庵的一首《临江仙》，后来被清初毛宗岗父子编入《三国演义》作为卷首词。此为渔樵史观，既庙堂又江湖，《三国》是以江湖说庙堂，杨升庵是以庙堂而窜放于江湖。长江青山夕阳，秋月春风白发，惯看人间兴废、世事沉浮，这是见多了、看开了、豁达了。一切尽在这一壶中，无边的天地无限的时间，且放在此时此刻、眼前当下。

此一壶浊酒很多人喝过。升庵之前，还有王安石《金陵怀古》：

霸祖孤身取二江，子孙多以百城降。豪华尽出成功后，逸乐安知与祸双？东府旧基留佛刹，后庭余唱落船窗。黍离麦秀从来事，且置兴亡近酒缸。

——喝下去的酒、仰天的笑，其实都有一个根，都是因为想不开、放不下，因为失去、痛惜、悔恨和悲怆，这文明的、历史的、人世的悲情在汉语中追根溯源，发端于一个词：黍离麦秀。

"黍离麦秀从来事"，那是北宋年间，华夏文明已屡经大难，仆而复起，数度濒死而重生。王安石身后仅仅四十一年，又有靖康之变，锦绣繁华扫地以尽。王安石、杨升庵，以及无数中国人心里，已住着饱经沧桑的渔夫樵子。

"黍离"是这一首《黍离》，"麦秀"是另一首《麦秀歌》。

3

麦秀渐渐兮，禾黍油油，彼狡童兮，不与我好兮！

——《麦秀歌》同样需要一个故事。司马迁在《史记·宋微子世家》中讲述了这个故事。

周武王伐纣，殷商覆亡，“箕子朝周，过故殷墟，感宫室毁坏，生禾黍。箕子伤之，欲哭则不可，欲泣为其近妇人。乃作《麦秀之诗》以歌咏之。……所谓狡童者，纣也。殷民闻之，皆为流涕”。

箕子者，纣亲戚也，应是纣王的叔父。孔子说：“殷有三仁焉。”纣王暴虐无道，箕子、微子、比干三位仁人劝谏，人家不听，比干一颗赤心被剖出来，纣王要看看仁人之心是否真的七窍玲珑。然后，微子出逃，箕子披发佯狂，装疯，又被抓回来囚禁为奴。

公元前 1046 年，牧野一战，纣王登台自焚，天命归于周。箕子被征服者解放——解而放之。两年后，公元前 1044 年，另据《竹书纪年》记载，他确实前往陕西朝见武王，途中想必经过已成废墟的安阳故都。

而在陕西，箕子的朝觐成为王廷盛事。作为地位最为尊崇的前朝遗老，箕子的顺服大有利于抚驭商民；更重要的是，箕子就是殷商文化的“道成肉身”——极少数王族和贵族组成的巫祝集团垄断着人神之间的通道，箕子是大巫，祭祀、占卜、文字、乐舞，皆封藏在大巫们七窍玲珑的心里，由此，他们控制着文化与真理，具有无可争议的权威——纣王与“三仁”的冲突，或许也是王权与巫权的斗争。现在，箕子朝周，这是周王朝的又一次胜利，伟大的武王将为华夏文明开出新天新地，此时，他等待着殷商之心的归服，并将谦恭地向被征服者请教。

很多年后，周原上发掘出一片卜骨，所刻的卜辞是：“唯衣（殷）鸡（箕）子来降，其执暨厥史在旃，尔（乃）卜曰：南宫辝其作（酢）？”

据张光直、徐中舒解读，卜辞的意思是，箕子要来举行降神仪式，他和随从被安排在“旃”这个地方，现在，所卜的是：由南宫辝负责接待行不行、好不好？

——如此细节都要占一卦，可见小巫见大巫，激动得事事放心不下。

中国史上一次重要的对话开始了。武王下问，箕子纵论，王廷史官郑重记录，这就是《尚书》中的《洪范》。箕子高傲，在征服者面前保持着尊严，他阐述了治理人间的规范彝伦，但对事关王朝合法性的“天命”避而不谈。至于那一场想必盛大庄严的降神，《洪范》中只字未提。

武王显然领会了箕子之心，此人终不会做周之臣民，于是封箕子于朝鲜。那极东极北之地是彼时世界的极边，本不属周之天下，所谓“封”，是客气而决绝的姿态：既如此，请走吧。

箕子真的走了，走向东北亚的茫茫荒野。在那里，他成为朝鲜半岛的文化始祖，对他的认同和离弃在漫长的朝鲜史中纠结至今。

从箕子朝周的那一年起，近一千年里，《诗经》中无《麦秀歌》，先秦典籍中从不曾提到《麦秀歌》，然后，到了汉初，诗有了，故事也有了。

但和《黍离》一样，并没有任何文本内部的证据支持这个故事。

麦苗青青，黍子生长，那狡童啊，他不与我好啊！

这首诗指向一个人，我们不知他是谁，只知他被唤作“狡童”。《诗经》里提到“狡童”的诗共有两首。一首是《郑风·狡童》：

> 彼狡童兮，不与我言兮。维子之故，使我不能餐兮。彼狡童兮，不与我食兮。维子之故，使我不能息兮。

——现代汉语读者也能一眼看得出来，这就是嗔且怨着的相思病。此处的“狡童”，如同死鬼、冤家，又爱又恨，一边掐着骂着一边想着疼着。那该死的冤家啊，害得我啥也吃不下瘦成柳条儿啦。

另一首是《郑风·山有扶苏》：“不见子都，乃见狂且。”“不见子充，乃见狡童。”子都、子充皆是如玉的良人，相对而言，狂且、狡童大概是坏家伙、臭小子之类，但也未必就是真碰见了流氓。

不少现代论者据此与司马迁争辩：这《麦秀歌》明明是一首情诗，明明是一个女子——一个古代劳动妇女，站在田里，思来想去，直起腰来，越想越气：彼狡童兮，不与我好兮！那挨千刀的，他不和我好啊！

如此光天化日的事，为什么司马迁偏看不出来？为什么要编故事硬派到箕子头上？纣王在位三十年，死的时候估计都五十多了，怎么也算不上“狡童”，再说那纣王和你是好不好的事吗？

但这些现代论者也是知其一忘其二，“狡童”可以是打情骂俏，也未必不可以是以上责下，箕子身为纣王的长辈、国之元老，怎么就不能骂一声“彼狡童兮”？

看看这麦子，看看这谷子，那不成器的败家孽障小兔崽子啊，你怎么就不听我的话，怎么就不学好呢！

——箕子应已是六七十岁的老人，他扶杖走过殷墟，那是安阳大地，那时应是初夏，他所熟悉的宫殿陵墓已不见踪迹，得再等三千年才会被考古学家挖出来。而此时，仅仅两年，遍野的庄稼覆盖了一切，“大邑商”似乎从未有过。他站在这里，想起那神一般聪明、神一般狂妄的纣王，想起此去西行，他要向征服者、向那些西鄙的野人屈膝，要在他们面前举行庄严的仪式，让祖宗神灵见证这深重的耻辱，箕子不禁浩叹：“彼狡童兮，不与我好兮！”

其时，殷人掩面流涕。我确信，这首歌一直流传于殷商故地，司马迁行过万里路，当他说殷人为之流涕时，他或许在殷商故地亲耳听到了这首歌，眼见着泪水在殷人脸上流过了千年。

我为什么不信司马迁呢？

5

读《诗经》，直接面对文本是可能的吗？自胡适起，现代学人都在探索一种内部的、文本的、直接的解释路径。排除汉儒以降的阐释传统，与古人素面相对，我们相信，这是可能的，经过层层剥离，我们可以接触到那一株鲜花、那本真的声音，这是使经典获得现代生命的唯一之途。

我也曾经这么以为。但是，《黍离》《麦秀歌》使我意识到这条路径的限度乃至谬误。以《麦秀歌》而言，如果剥离司马迁的故事，回到文本、回到被封闭在文本中的字句和意象，它的确可以轻易地解读为一首情诗，但这让它活了吗，还是它在那一瞬间枯萎了？王力、余冠英诸先生，都把《黍离》解为无名流浪者之歌，这同样是把它从故事中、从历史中、从古典阐释传统中剥离出去。那么，还剩下什么呢？水之于鱼是可离的吗？土之于花是可以剥落的吗？如果，我们拒绝一首经典之诗在漫长阐释和体验过程中形成的繁复语境，鱼和花还在吗？让一代一代人为之流涕为之太息的那灵氛那光芒还在吗？《黍离》这样的诗不是一杯水，是在时间和历史中激荡无数人心魂的长河，现在，将长河回收为一杯水是有意义的吗？

我们是多么傲慢啊，对于起于文明上游的诗，以现代的名义，我们宣布，我们有更高的权威，《毛诗》的阐释、汉儒的故事不过是考古学意义上的“扰乱层”，我们必须用铲子把它们剥去。

于是，经典被还原为“物”，是从古墓里挖掘出来的“物”，我们还洗去它的锈迹，让它光亮如新。“层累”的古史观是古史辨学派的基本方法，故事越来越复杂、越来越精彩是古典历史撰述的常态，他们反过来呈露这层层累积的叙述，以求历史的还原。但是，就《诗经》而言，“层累”本身就内在于诗，对诗的吟咏、阅读、阐释和征用在声音发出的那一刻就已经开始，我们其实已无法越过这一切去寻求唯一之真。《毛诗》的故事无法证实也无法证伪，它是专断的，毫不掩饰它的教化目的。但这其实并不重要，这也不是汉儒的发明，早在春秋时代，《诗》就已经不仅是诗，同时也是知识、教化、交往，承担着复杂的文化功能，在这里没有什么现代的艺术自律性可言，《诗》之为“经”正在于它被理解为这个文明最具根性的声音，从根本上启示和指引着我们的心灵生活和世俗生活。

所以，读《黍离》、读《诗经》，不是自背离《毛诗》开始，而是自遵从《毛诗》开始。

我相信，在某一年、某一天，一位周王室的大夫在废弃的丰镐吟出《黍离》。这首诗和《麦秀歌》，分别铭刻着华夏文明早期两个伟大王朝覆亡的经验。孔颖达《毛诗正义》把两者明确地联系起来："过殷墟而伤纣，明此亦伤幽王。"——我们甚至可以推想，这位周大夫应和后来的司马迁一样，听过麦秀之歌，目睹殷人之泪。

当然，这里存在一个问题，平王东迁，犬戎横行，陕西大乱，这位来自洛阳的周大夫，为何来到丰镐？何以来到丰镐？

我们对此永远不能确知了。在这段时间里，孤悬天水的秦国依然保持着对周王室的忠诚，为了酬答秦襄公在周室东迁时的护驾之功，平王把西周故地封赠于秦。房子已经被人占了，平王把房契送给了秦人，这不是应许，而仅仅是安慰，秦必须独自在犬戎的世界里图存、搏斗。这蕞尔小邦，历经襄公、文公、宪公、武公四世，终于打下了一片河山，完成了对渭河平原西周核心地带的控制。而收复丰镐，应在宪公初年、公元前714年前后，此时上距西周倾覆已经五十多年。在此期间，东周王室想必与秦国保持着联系，一位大夫，奉使秦国，从洛阳到宝鸡，不管是哪一年，来去之间，都经过了丰镐。

这个人，无名无姓。我们知道的仅仅是，他是"我"，他在诗中自指为"我"。《毛诗》之高明在于，它拒绝像同时代的《韩诗》一样强行赋予此人具体的名字和命运，它有意保持他的无名，《黍离》之"我"由此直接指向了未来岁月中无数个"我"。

8

阐释起于结尾。如何理解《黍离》，取决于如何理解它的"天问"或"呼天"。

在《毛诗》的故事里，这个人，望着这故都，眼看着昔日的宫殿和宗庙已成田畴，无限凄凉，万般忧愤：悠悠苍天，此何人哉！

后世的儒生们替他回答：当然是周幽王。宠溺褒姒的幽王、废嫡立庶的幽王、烽火戏诸侯的幽王，这无道之君、亡国之君，就是他！

然后，他们沉吟赞叹：如此的感慨沉痛，仰天太息，却不肯直斥君上，憋得要死，也只是“此何人哉？”这是怎样的温柔敦厚、怎样的中和之美、怎样的思无邪而厚人伦啊。

《毛诗》将《黍离》置于宏伟背景和浩大命运之中，却给出了一个不相配的就事论事的结论。作为末代之君，幽王的责任不言自明，同时代的其他诗篇中对此有过直截了当的指斥，《小雅·正月》：“赫赫宗周，褒姒灭之。”话说得一点也不中和。此时这位周大夫以如此汹涌而压抑的情感，俯对地而仰对天，难道只是为了发表已成公论的对幽王的怨怼和谴责？

汉儒也许是受到了《麦秀歌》的解释路径的影响。毛氏和司马迁很可能分享共同的知识来源，《麦秀歌》指斥纣王，《黍离》之问也就顺理成章地落实为幽王，当然这无疑符合《毛诗》的政教旨趣。但作为诗人，箕子远不能与《黍离》的作者相比，箕子之叹是叙事性的，是人对人的悔恨，《麦秀歌》起于麦黍，但其实并无天地，在箕子之上、纣王之上、殷商兴亡之上，那更为浩大的力量，并未进入箕子的意识。而《黍离》的作者，这伟大的诗人，他踟蹰于大地，他经历着世界的沉沦，无情的、冷漠的沉沦，似乎一切都不曾存在，只有他，行于天地间，那不在的一切的重量充塞于胸臆，这时，他会仅仅想到幽王？渺尔幽王，又何以担得起如此浩大之重？

在古文中，“人”同于“仁”，所以是——

悠悠苍天，此何仁哉。

天地不仁，以万物为刍狗。老子必定读过《黍离》，老子的声音是《黍离》的回响。

10

那一年在陕西关中大地上走过的那位诗人，《黍离》的作者，他的年纪是多大呢？他必定经历了幽王统治时期的混乱动荡，他至少已经四十多岁，甚至五十岁、六十岁了。五十而知天命，以那时的平均寿命，他是一位老人，他的声音已进苍茫暮年——

> 支离东北风尘际，漂泊西南天地间。
>
> 三峡楼台淹日月，五溪衣服共云山。
>
> 羯胡事主终无赖，词客哀时且未还。
>
> 庾信平生最萧瑟，暮年诗赋动江关。
>
> （杜甫《咏怀古迹五首·其一》）

一千五百多年后，公元766年，杜甫困顿于夔州，他同样经历着文明之浩劫，一切都在衰败沉沦。支离漂泊于东南西北、行迈靡靡于江畔山间的杜甫，平生萧瑟如庾信，亦如《黍离》的作者——杜甫或许不曾想过他走进了《黍离》作者所在的暮色苍茫的原野，他根本不必想，《黍离》的作者在山巅绝顶上等待着来者，正如庾信和杜甫是同一人，杜甫也必定是写出《黍离》的那个人。

此前九年，杜甫四十六岁，逃出叛军盘踞的长安，奔赴肃宗行在。当年闰八月，他回家探亲，路经玉华宫，昔为贞观胜境，如今已成废墟。"忧来藉草坐，浩歌泪盈把。冉冉征途间，谁是长年者？"——这无数人行迈靡靡的冉冉征途啊，有谁是那个一路走来的"长年者"？当然，没有谁。凯恩斯说："从长远看，我们都已经死去。"人只能活在当下，经济政策应以当下的利害为权衡。这当然不能安慰杜甫，凯恩斯和杜甫说的是一件事，但意思南辕北辙。"谁是长年者？"人如此有限，真的能够有限地度过此生又是多么幸运。"愿为五陵轻薄儿，生在贞观开元时。斗鸡走犬过一生，天地安危两不知。"（王安石《凤凰山》）而现在，这有限的人竟然活了这么长，把沧海走成桑田，把宫观走成丘墟，以有限的此生经受历史与自然的茫无际涯，此时此刻，这热泪这浩歌这孤独藉草而坐，是根本的意义危机、人之为人的危机，正如赫拉克利特所言："我们走下又不走下同一条河，我们存在又不存在。”如果万物周流、无物常驻，那么，此何人哉、此何人哉，此时此刻的“我”有何意义？对此问题，古希腊人的答案是逻各斯，而在中国，在《黍离》的作者这里、在杜甫这里，却另有一条艰险的路。

暮年诗赋动江关，第二年，公元767年，杜甫五十六岁，九九重阳之日，赋诗《登高》：

风急天高猿啸哀，渚清沙白鸟飞回。
无边落木萧萧下，不尽长江滚滚来。
万里悲秋常作客，百年多病独登台。
艰难苦恨繁霜鬓，潦倒新停浊酒杯。

登上巅峰，与《黍离》劈面相认。天之高、地之大，无边落木，不尽长江，纵目望去，空阔、刚健、明澈、奔腾，然后，他的声音自高处、自天地间渐渐收回，收回到此身此心，万里悲秋、百年多病，最后，停在了满头白发、一杯浊酒。

何其雄浑高迈。但为什么，他的声音低下去、低下去，低到连一杯浊酒其实也是没有。

不可按诗句的时间顺序理解这首诗，《登高》是反时间的，是永恒是没有时间，悲秋、多病、艰难、潦倒，与动荡不息的天地并在，至高与至低并在。这是一个本体性的局面，是一个人在终点、在暮年，以水落石出的卑弱、以人的有限独对无限的悠悠苍天。

无穷无尽的回响中，《黍离》是本原。儒生们力图将它锚定在特定的历史事件之中，但它是不尽长江，当陈子昂登幽州台，《黍离》的声音在他心中回荡：“前不见古人，后不见来者。念天地之悠悠，独怆然而涕下。”而当杜甫独自登高，《黍离》的作者就在他的身上，这诗必起于“彼”而结于“此”，必对于天而立于人。

“悠悠苍天，此何人哉”，于是有第三解。“此”可以是幽王可以是天，但也是诗人自我。悠悠苍天啊，这里站着的，只有我，这个历尽沧桑的我，这个心忧天下的我，这个老不死的依然站在这儿忍看这一切的我，这活在记忆之中，活在自己的内部，活在文明的浩劫、万民的苦难中，活在这生机勃勃、无知无识的大地之上的我，前不见古人后不见来者，站在此生尽头，苍老、孤弱而瘦硬。

只有这个“此”，才和浩浩荡荡反复展开的那个“彼”势均力敌、遥相对应，“彼”是无情的天地，然后，天地间有这一个有心有情的“此”。“此何人哉”，在现代印刷文本中通常被标记成问号或叹号，这是现代强加之物，按照各自的意图实施对音调和语意的引导和封闭。“此何人哉”后边原本没有标点，“哉”本身就是在标记语气就是百感交集，就同时是问号叹号省略号破折号：“此何人哉?！……——”这是质问是自问是悲叹是呼告是省思是激昂是低回，是对着悠悠苍天回望此身此心……

《黍离》的作者，他发明了、打开了、指引了华夏精神中最具根性的自我的内面：这里有一个“我”，有此生此世，是有限的、相对的；这个“我”终要面对的是那“不仁”的天地，是天地对人的绝对否定。对此，希伯来文明诉诸超验的上帝，而在公元前8世纪，《黍离》的作者，他在荒野上得自自我的觉悟是，天何言哉，天不会回答你不会拯救你，这里只有“我”，只有这个孑然孤弱之人，这才是静默的悠悠苍天下一个最终的肯定。对《黍离》的作者来说，他必须由此开始踏上“人”与“仁”的“冉冉征途”。

然后，有孔子，有杜甫，有中国人……

——我把这叫作暮年风格。这是中国诗学的巅峰。华夏文明在《黍离》的作者行经丰镐之野时独对天地，在灾难和丧乱中准备着少年、中年和暮年，准备着历尽沧桑、向死而生，准备迎接和创造自己的历史。

11

他说："知我者，谓我心忧。不知我者，谓我何求。"

两千五百年后，宝钗过生日，贾母做东，请了一班昆弋小戏。戏唱完了，见唱戏的孩子中一个小旦生得可爱，便有人说：这孩子像一个人呢。像谁？却又都含笑不说，偏是那湘云嘴快，宝玉连忙使眼色也没拦得住：像林妹妹！

就这么一件细事，黛玉不高兴了，湘云也不高兴了。宝二爷两边赔罪，反挨了两顿抢白。无事忙先生想想无趣，心灰意冷，忽记起前日所见庄子《南华经》上有"巧者劳而智者忧，无能者无所求，饱食而遨游，泛若不系之舟"，遂写下一偈：

你证我证，心证意证。

是无有证，斯可云证。

无可云证，是立足境。

这偈后来又被黛玉湘云等一通嘲笑，黛玉提笔续了一句："无立足境，是方干净。"

此时是《红楼梦》第二十二回，宝钗十五岁，宝玉十四岁，黛玉十三岁。一部《红楼梦》，离真干净的白茫茫大地、离黍离麦秀还远，正是良辰美景、姹紫嫣红开遍的春日。

"巧者劳而智者忧，无能者无所求"——我母亲平日顺口溜一般挂在嘴边，少年时我一度以为此话的作者就是我妈，后来读了书，才知语出《红楼》，而《红楼》又来自《庄子·列御寇》。在庄子看来，劳与忧，皆为人生烦恼，烦恼之起，盖源于巧、智。巧或智必有所求，必要炫巧逞智，不被人叹羡的巧算什么巧，不表达不践行的智算什么智，于是巧者劳智者忧，人生烦恼几时休。对此，庄子和老子开出了药方：绝圣弃智，去巧智，蔽聪明，此身作“不系之舟”，随波逐流，应物无着，俗语所谓不占地方，宝玉参禅、黛玉续偈，最后一境便是无立足境，“无立足境，是方干净”。如此则吃饱了晃荡烦恼全消——至于活着还有什么意思那另说。

然后，由庄子、老子溯流而上，我们又看到了《黍离》的作者。

从“知我者，谓我心忧。不知我者，谓我何求”，到“巧者劳而智者忧，无能者无所求”，“忧”与“求”并举，“何求”与“无所求”相对，清晰地标记出由《黍离》时代到庄子之世，华夏世界的人们省思人生的基本进路。《诗经》三百零五篇，不计通假字，用到“忧”字的三十五篇，分布于十五国风、大雅小雅，只有颂无“忧”。“乐”是个人的，也是公共的，所谓“钟鼓乐之”（《国风·周南·关雎》）；“忧”却只是个人的，是内在的体验，《说文解字》说，忧者心动也，心动不动当然只有自知，所谓“我心忧伤”（《小雅·正月》《小雅·小弁》《小雅·小宛》），这忧伤必是人的自我倾诉。“一人向隅，满座为之不欢”，说的就是在群我之间乐与忧的张力关系，乐可共享，忧必独弹。

三十五篇忧之诗，大致可分两类，一类三十四篇，皆为可知之“忧”，抒情主体自我倾诉、自我澄清，他和我们得以感知他的忧因何而起，动心之风由何而来。也就是说，这三十四种忧都可以在具体的、个别的经验和事件中得到解释和安放。

但是，还有另一类。此类只有一篇，就是《黍离》。《黍离》之忧，不知从何来，不知向何处去。当然，《毛诗》讲了故事，做了解释，但如前所述，这个故事是从外部赋予的，我信《毛诗》，但它的故事除不尽《黍离》，依然存有一个深奥的余数。前人读《黍离》，言其“专以描摹虚神见长”（方玉润《诗经原始》），说它“感慨无端，不露正意”（贺贻孙《诗触》），所谓“虚神”“无端”，指的正是这个说不清道不明的余数。这个作者，他如此强烈地感知着他的心忧，但他不愿，甚至拒绝对这心忧做出澄清，“知我者，谓我心忧”，知道“我”的人自会知道，但他在大地上踟蹰，肯定不是在寻找知我者，有没有知我者他甚至并不在意，因为他马上以拒绝的语气说出了下一句“不知我者，谓我何求”，然后，在这不知我，或者知我不知我随他去的世上，才接着有了再下一句：“悠悠苍天，此何人哉？”

现在，重读一遍宝玉的偈语：“你证我证，心证意证”，此为知我者；“是无有证，斯可云证”，定要人知，已是执迷；“无可云证，是立足境”，人生立足之境，就是无知我亦无不知我。至此，《黍离》的作者与宝玉、与庄子可谓同道，然后，最后一句，“无立足境，是方干净”，不系之舟，放下巧智忧劳，得自在随性，但《黍离》的作者，他在此处与老庄决然分道，在华夏精神的这个根本分野之处，他不是选择放下，而是怀此深忧，独自对天。

《黍离》之忧超越有限的生命和生活。这不是缘起缘灭之忧，是忧之本体。乐无本体，必是即时的、当下的；而本体之忧所对的是天地的否定，是广大的、恒常的，超出此身此生此世。说到底，我们都是要死的，唯其如此，人之为人，人从草木中、从自然的无情节律中自我超拔救度的奋斗正在于“生年不满百，常怀千岁忧”（《古诗十九首》），在于“心事浩茫连广宇”（鲁迅），在于将自己与广大的人世、文明的命运、永恒的价值联系起来的责任和承担。

如此之忧，摇摇、如醉、如噎，具有如此的深度和强度，它在根本上是孤独的，它面对自然和苍天，但它不能在自然和苍天那里得到任何支持和确认，它甚至难以在世俗生活和日常经验中得到响应。《古诗十九首》中，“生年不满百，常怀千岁忧”，下一句就是：“昼短苦夜长，何不秉烛游！”这也正是“不知我者，谓我何求”。从“已矣哉，国无人莫我知兮”（屈原《离骚》），到“忧来无方，人莫之知”（曹丕《善哉行》），这个诗人、这个忧者注定无依无靠。这不仅是外在的孤独，这本就是一种孤独的道德体验，一种必须自我确证的存在。由此，我们或许可以更深地理解那被无数人说了无数遍的话：“先天下之忧而忧。”他必须、只能先于天下。“无立足境，是方干净”，而《黍离》的作者选择的不是无，是在无和否定中坚忍地确证有。

三千年前，这个走过大野的人，他走在孔子前边，是原初的儒者，他赋予这个文明一种根本精神，他不避、不惧无立足境，他就是要在无立足境中、在天地间立足。

悠悠苍天，此何人哉。

这个人不知道自己的声音意味着什么。他其实对在那一刻蓦然敞开的这个“人”也满怀疑虑和困惑。他就这样站在山巅绝顶，由山巅而下，无数诗人在无数条分岔小径上接近他，或者以逃离的方式向他致敬。

他是中国史上最伟大的诗人之一，以一首诗而成永恒正典。

（此文有删节）

刊于《十月》2020年第3期

寻找和发散

张　炜

一位写作的朋友情绪低沉，说："很长时间了，一直郁闷，很痛苦。""为什么？""找不到'自我'。"然后就不想说了。这是真实的痛苦，而不是随口一说，更不是搬弄时髦套话，而是写作者的有感而发。其实"自我"这个话题在我们这里至少说了几十年，算不得什么新名词新概念。

我们都知道，"自我"比喻成一个东西、一件宝物，它真的不好找。有时候觉得差不多找到了，已经很"自我"了，但冷静下来想一想，许多时候还是在依从和沿袭流行的某些见识，只是盲目地跟从而已，并没有什么独到的坚持和探究，也没有多少理性精神。也就是说，自己所做的很多事情，并非出于心灵。

在生活中，找不到其他的东西不要紧，找不到"自我"，一般来说是非常麻烦的。我也常常苦恼于此，只是不说。朋友用了探讨甚至请教的口气，希望得到一些启发，所以这里就算一起探讨。

"自我"如果按西方的概念去解释也很复杂，什么超越"本我"和"超我"，找到一个平衡，从而获得生命的自由，发现其意义和价值。如果以古人的说法，可能近似于孔子的"从心所欲不逾矩"之类。反正它不是简单的倔强和自私，也不是那种不管不顾和一味放松的生活状态，而仍然有理性和责任在。

我们去找那个东西，直到跑遍世界，读遍经典，无怨无悔。可是这样的苦苦奔波直到耗尽生命，就一定能够找到它？谁也不能回答。当我们快乐了，充实了，自认为找到了它，可最后还是一场误解。我们每个人只有一生，谁都不想浪掷和空耗。

最可靠的寻找方法，从古到今好像也只有读书和行走了。这看起来是两个事情，实际上是同一个，前者指遨游于精神世界，后者指地理的或现实的探寻。穿行在这两个世界之间，却不能迷失，更不能将“自我”融化在其中，以至于最后没有了自己。时间是最宝贵的，花费那么多时间读与行，踏遍精神和现实这两个世界的许多角落，不过为了一场寻找。

这正是我们努力学习的初衷。有时候依赖导师，为了走个捷径，认为比我们高的人总会指条近路，给人启发。是的，真正的导师，只要认真而诚恳，就会给我们许多意想不到的帮助。不过这个过程也会发生相反的情形，就是过分信任他人的生命经验，依葫芦画瓢，反而弄丢了自己。再了不起的个人经验也是属于别人的，这只能是一次参照，而不能照抄。

学习的时候极易产生误解，会不自觉地盲从。所以处理好“自我与时代”“个人与世界”二者的关系，实际上是最难的。我想对朋友说出自己的最大苦恼，即学习的益处和害处交织一体，常常很难分清。白天学到了，清晰了，夜晚无眠时又会发现自己正在跟随，跟得太紧，反而越来越不像自己。这样的夜晚就会自问一句：明天我去哪里？

可是，当我们强调自己的时候，是否又在逞强使性，将倔强当成了“自我”？如果这样，那还不如从前。除了导师的面授，还有什么方式？“学”是游走，是行动，是走遍世界；“习”是回味咀嚼的过程，是与个人的经历感悟融合一体，更深地发掘、认识，激活和焕发自我的创造力。这个时候产生的所有成果，似乎才不可替代，因为它是个人的，而且是走遍精神和现实的世界之后，进一步确认了的那个“自己”。

或许有人讲，如果不行走不阅读，不受各种影响和引导，也许能够更好地发现“自我”。这是偏激而神秘的观悟人士，近似于古代的岩穴之士。事实上人的一生对自己灵智的开发，最好不要求助于神秘主义，那会遁入变形的悲观主义，十有八九是靠不住的。对自我的发现，需要漫长的一生，因为诸多认知都非常有限，甚至会发生偏差，所以才要不断地学习和访问，于拓展中矫正认知。人对自己的认知常常是模糊的、不清晰的，每个生命的能力和个性，都被一种无所不在的规定力所赋予和塑造，它们拘囿于先天，非得通过后天的学习来发掘和打量不可。这就是寻找自我的过程，而不是消融自我，更不是把自己改造成他者。

回到文学意义上谈“自我”，也同样如此。过去某出版社有一个权威，也是一位很有影响的作家，当他看好一部书稿的时候，就把作者叫来，让对方一遍遍修改，不停地灌输和施加自己的理念。如果听他的话改好，就可以出版，不然就不能出版。他对作者很是爱护，而且无私。但是他采用的办法，是将对方一点点变成他自己。显然，所有好的导师都不是这样的，而是应该帮助学生寻找自己，确立自我。

作家韩少功说，湖南乡下有个地方很有意思，人过世了不叫“死”，而叫“发散”。这让人想起这个生命就此从人间蒸发。可是躯体还在，怎么就说“发散”了？实际想一下是很深刻的，这里的“发散”是指精神和灵魂离开了肉身，生命只剩下了一具躯壳。这是民间在现实生活中的深刻认知。

学习、游历、关注，这一切不是为了让自己“发散”，而是吸收和过滤，最后凝固起精神和元气。这是一个很重要的问题，是关键，所以千万不能让自己“发散”。“我”要在，不仅在，而且还要越来越充实饱满，要生气灌注。

从事文学者最常问的就是如何才能确立自己的风格，写出不同于他人的杰作。这不易产生答案，因为都在摸索。这里说的当然还属于“自我”的范畴，是怎样焕发创造力。这方面的无数道理，所有大学课堂、教授和评论家都在讲。有的人上了年纪，慢慢总结出两个办法，就是“读老书”和“回老家”。乍一听觉得了无新意，仔细一想非但不错，还有很深的道理。古今中外的经典杰作都是“老书”，它们一般是背时的，不会是簇新之物；而我们知道，在习惯中往往新的才是好的，都有一种追新的想法。要与老旧的文字亲密，将它们拿来对照身边的各种新，会发现差别，感悟原理。我们于是就会发现，最新的不一定是最好的，它们还没有被时间的老汤泡过，滋味不够醇厚。至于“回老家”，那都明白，就是找到过去的熟人熟地，一些陈旧的往事也就勾起来了。

书籍和人事一样，不能喜新厌旧。只要与老旧的事物缩短了距离，人就不会变得浅薄，也不会追逐新潮。自我最容易在逐新中丢失，而难以在回溯中扔掉。

老书经过了时间的检验，也就更靠得住。有些书因为当时所处的环境、一些特殊的原因才获取较高评价、走红或畅销，然而换一个时代就未必了。时代的标准是不一样的，只有在每个时代都立得住的书，才会是可靠的，才有可能变成经典。把作品的时代荣誉计算在内，然后更多地交给时间，这就是老书。不到一百年，恐怕是很难检验出真金来的。无论多么权威的专家讲“当代经典”，都不要相信。当代怎么会有经典?

“回老家”比“读老书”还重要。有人说自己就出生在城里，没有老家。怎么会没有？度过童年的那条街就是老家。一定要与陪伴自己成长的那片土地紧密相联，走得越远越要回望。有人以为读了那么多书，上了那么高级的学府，已经和老家的人没有共同语言了，所以就没法交流了。这怎么可能？不止一个人言之凿凿，说回头见了青少年的朋友，特别是老乡们，已经没法往深里交谈。真不知道他们想深到哪里去。如果只交流对方感兴趣的，而不是自己感兴趣的，从这里进入，一切也就迎刃而解。老家的功课一生都不能荒废。大哲学家康德一辈子没有离开德国的柯尼斯堡小镇，难道还有人比他知道得更多吗？他每天下午都要沿着固定的路线去散步，和镇子里的人谈话，了解各种事情。他与这个世界上最粗壮坚韧的一条线索维系着，只要没有断掉，也就不会无知。这些知识连书本都不能弥补。

同样是老书，如果进一步限定和划分，那么还是要立足于本民族的部分。因为我们现在就文学观念上看有点像日本，长期以来总想脱亚入欧，不愿待在亚洲的气氛中，所谓的崇洋实际上是崇尚欧美。当代文学也是那个气味，翻译的气息扑面而来。如果本民族的经典气息浓烈了，就像穿了老式缅裆裤似的。

民族经典不时髦也不先锋，还存在语言障碍，但是读进去是必须的，这是我们的血脉。本民族的诗性和思想，需要扬弃的当然有，这也是学习的题中应有之义。但它是本源和流脉，是无可选择的根性，不能让它“发散”。

现在的状况往往相反：向往大都市，老家的路径越来越生；读书选取流行和畅销，或一般人听起来很别扭的作者与书名。唯恐不知道这个世界上最时髦的人物、见解、科技、建筑、表演，生怕被潮流抛弃，有一种跟不上的恐惧感。有人觉得乡音刺耳，最后找不到回家的路。那些离老书太远的人，会认为古籍可弃，最后变成言必称网文的时尚人士。

实际上所有重要的写作者，包括思想者，成长的路径不是逢新必追，而是纵横寻觅。他们的方向感来自一次次综合，是从交错紊乱的痕迹中梳理头绪，经过不断的权衡和对比。沉着和坚定，非凡的意志力，虚心听取与判断，对真理始终如一的热爱，对经验的普遍借重，这一切构成了他们的卓越。貌似保守陈旧的特征，实际上是由慎审和求知演化而成。满口新词的人少有可信者。

老书实际上和老家有极相似的一面，品质也差不多，都指向了原有和根本。这是植根生发之处，是让一个生命牢固的基础，脱离了它们是有严重后果的。学习和行动偏重到这里，看起来笨重守旧，但纵观那些事业有成的人物，他们身上一般都很难抽掉这两个条件。这可能是迟来的觉悟。一些特别有才华的青年作者，前途无可限量，直觉、感受、文笔各方面好极了，可惜这往往只是开始。他们中的个别人投入大城市以后，只几年就不行了，身上有些极珍贵东西很快就没了，好像蒸发了一样，这让我们想到一个词：“发散。”

这里并不是说一个人要死守狭隘的精神与现实的边界，不再开阔视野，而是说怎样在纵横交织的潮流中立定。只有立住，然后才是其他。人需要深厚的根性，而无土不生根。天生肤浅的人一直待在老家，也很容易跟上风头，这样的人到了眼花缭乱的地方只能更糟。人生要有出发的勇气，但勇气并非一个方向。哲学家维特根斯坦告诫自己的学生：不要到大城市里来，这里氧气稀薄，还是回到小镇去。当然我们不能机械地理解这句话，而要从中听出深意，那就是重视自己的独立思考，在一种相对清寂的环境里感悟和创造。

我们一再警惕自己变得眼界狭小，所以要广泛地阅读和更多地行走。但这一切的目的仍然是为了让内心变得更专注更有力。从最熟悉的那片土地上起步，建立起个人的知识结构，搭起精神的脚手架。

这种事情讲起来容易，做起来很难。现在有一种倾向，即在消费和物质主义时代，回头打量我们一度拥有的那些珍藏，不仅没有亲近的欲望，反而对其不恭，好像它们在网络时代突然就失去了价值。谁来做出裁决？真是需要慎重。判断的失误将付出代价。举例说，有人把《金瓶梅》说得好过《红楼梦》，好像变成了一座高峰。它市井生活的生动、民间语言的活泼，以及深刻的认识价值都可以不争，但黄色下流却会将其悉数毁掉。所以它一直是一部禁书。将所谓的认识价值独立出来，是根本不能成立的。文学艺术的审美价值从来都是一个整体。

物质主义时代常会给出一些荒唐的标准，它们是猝不及防的。雨果所说的凌驾于一切之上的道德的标准，在娱乐至死的时代备受质疑。钩心斗角、图财害命、诲淫诲盗、低级趣味、肮脏淫乱，这只能是地狱里的美文。

认识价值、教化价值、审美价值，它们是绝不能相互剥离的，其功用一定是综合一体的，统一于完整的世界之中。所有的丑陋和残忍，一定是这个世界上最具有认识价值的部分。即便是文学艺术，回到常识也是困难的，会有一些莫名的“高论”去摧毁它们。康德说得好：所有在经验和常识中引起不适的，就是不道德。

学习就是上路，就是一路上遭逢许多东西。惊喜和恐惧都在其中，有时候难免模仿、强调和追逐，如果没有足够的警觉，也会耽搁旅途。当我们上了年纪幡然醒悟，已经有些晚了。艺术的小时代，物质主义的腐蚀力会潜移默化，自我的迷失是随时发生的。有些朝气蓬勃的上路者多么可爱，他们身上带着一片土地给予的全部能量，离开了故土，到熙熙攘攘的人流中去了，隐没到高楼大厦之中。过了几年再次见到，会发现原来的那双清澈的眸子，满是嘲弄的意味，如此地玩世不恭。

他不停地说出的一些话，都是我们最熟悉不过的，是从所谓的“大地方”学来的，来自不成器的老师和朋友。我们以前听到的那些朴素而又自然的见解，全都没有了。整个人已经“发散”。

找错了路径和榜样，成长便不可期待。

我们要在时代的滔滔洪流里安定自己，然后判断和甄别，极其谦虚。不是把谦虚当成一种姿态，而是作为一个前提、一种个人品质。谦虚才有个性，才会在广泛的寻找中巩固自我。所有低能的人都是傲慢的。谦和、平静、自信，在网络时代里尤其宝贵。

刊于《雨花》2020 年第 9 期

别

彭　程

一

别：分离。举例：告别，临别纪念，久别重逢。

这是《现代汉语词典》里对“别”字的第一种字义的解释和举例。汉字以字义丰富著称，但在词典释义中排在最前面的，无疑该是一个字最重要、最普遍的意义。

表达分离意义的“别”字就是如此。它是一个动作，一个场景，一种状态，而所有这些又都归结为一种情感。近人李叔同的那首广为人知的《送别》，正是集中体现了这些成分：“长亭外，古道边，芳草碧连天，晚风拂柳笛声残，夕阳山外山。天之涯，地之角，知交半零落，一瓢浊酒尽余欢，今宵别梦寒。”离愁淡淡，仿佛眼前萋萋芳草，向着天边伸展绵延。

诗为心之声。因此，在诗歌中被描绘最多的，也总是最能够叩击心灵的、让人时刻念兹在兹的情感，离别无疑排在最前面几位。以古诗词为例，如果说它仿佛一片浩瀚无际的水面，那么吟诵离情别绪的诗句，就是其间一排排汹涌的波浪。

在南朝江淹的《别赋》中，我们听到了浪涛拍岸的訇然声响。开头第一句，就是令人心惊的裂帛之声：“黯然销魂者，唯别而已矣！”接下来他通过一连串的场景描写，次第描绘了各种类型的离别，涉及戍人、富商、侠客、游宦、道士、情人等等，“故别虽一绪，事乃万族”。既有共通的分离之苦，也有各自的悲愁凄恻，“有别必怨，有怨必盈”，“使人意夺神骇，心折骨惊”，堪称有关离别的总括和集大成。千百年后读来，依然心魄摇荡。

以它作为一个坐标点，左右上下，在不同的时间维度里，离别都被反复地、大量地诉说。

沿时光河流上溯，在中国诗歌源头的《诗经》中，先民们的表情哀怨悲戚。“之子于归，远送于野。瞻望弗及，泣涕如雨。”这是《邶风·燕燕》。“行道迟迟，载渴载饥。我心伤悲，莫知我哀！”这是《小雅·采薇》。发端于桑间陌上的一道溪流，流过千百年流过众多朝代，便扩展成为一条宽阔的大河，那些有关离别的诗句，浪花一样繁多。

古诗词中离别之情的泛滥，牵连着安土重迁的时代背景。关山阻隔，音讯不便，兼之灾害频仍，兵燹不绝，一个人告别故土和亲人去往异域他乡，服兵役，讨生计，求功名，往往不知何时才能回返，甚至生死难测。因此，在众多的情形下，“生离”也往往意味着“死别”。所以辞别变得如此艰难，“悲莫悲兮生别离”（《楚辞·九歌·少司命》），“劝君更尽一杯酒，西出阳关无故人”（王维《送元二使安西》）。但行程已定，变更无计，只好给远行人送上祝福，打气鼓劲：“无为在歧路，儿女共沾巾。”（王勃《送杜少府之任蜀州》）“莫愁前路无知己，天下谁人不识君。”（高适《别董大》）……豪迈豁达中，依然有一缕强自宽慰的意味。

离别不分时间和场所，但发生在深秋、黄昏、月夜时，发生在荒郊、古渡、驿道边，更容易令人动容，因为那样的时节和环境，最契合凄凉无助的心境，以及对于未来的渺茫感：“何处合成愁？离人心上秋。纵芭蕉、不雨也飕飕。都道晚凉天气好，有明月、怕登楼。”（吴文英《唐多令·惜别》）“多情自古伤离别，更那堪、冷落清秋节！今宵酒醒何处？杨柳岸、晓风残月。”（柳永《雨霖铃》）……离别的现场，总是笼罩了一片愁云惨雾。

这样的时刻，亲友的陪伴和送行，越发显示了情谊的温暖。李白平生天涯浪迹，到处飞鸿雪泥，离别也成为生命中的常态，他将对友人们的感念诉诸诗句：“桃花潭水深千尺，不及汪伦送我情。”（《赠汪伦》）“请君试问东流水，别意与之谁短长？”（《金陵酒肆留别》）有些时候，他又变身为送行者，目送老朋友从视线中渐渐消逝：“此地一为别，孤蓬万里征。”（《送友人》）“孤帆远影碧空尽，唯见长江天际流。”（《黄鹤楼送孟浩然之广陵》）分离激发了牵挂，友情在广袤的空间中传递，绵绵不绝。

而这还只是开始，是引子，是序幕。

更多的故事由此生发，更多的情绪自此发酵。在接下来的时光里，在另外的场景中，离别转变为思念，于各自的胸次间，酝酿弥漫。是远行客思念故土，“故园东望路漫漫，双袖龙钟泪不干”（岑参《逢入京使》）；是漂泊者想念亲人，“露从今夜白，月是故乡明”（杜甫《月夜忆舍弟》）；是戍边将士的惦念，“不知何处吹芦管，一夜征人尽望乡”（李益《夜上受降城闻笛》）；是居家思妇的想望，“何日平胡虏，良人罢远征”（李白《子夜吴歌》）。

离情别绪，是难以计数的灵魂的呼吸，嘘气成云，让几千年汉语的天空，云气叆叇，云蒸霞蔚。

二

谁的人生，不是一连串的离别？

告别，分别，辞别，惜别，伤别，痛别……围绕这同一个动作，汉语中衍生出一系列的词汇，情绪的调门层层升高，从静水微澜，到惊涛骇浪，对应了情感的诸般滋味，灵魂的种种悸动。尽管差异，但它在本质意义上都是感伤的，佛家更是将其归入生命的本体层面，人生“八苦义”之一即是“爱别离”。人们常说的“喜相逢”，正是一种来自反面的对应和印证。

离别，是生活和生命的常态，仿佛自然界的日月运行，春秋代序。一个生命自呱呱坠地，便踏上了一条告别的不归路。它总是在两个维度上展开。

离别首先是在时间里运行。告别童年、少年和青年，走入壮年、中年和暮年。告别明眸皓齿，秀发如云，走入发苍苍视茫茫，齿牙动摇。告别身手轻快，走入步履蹒跚。离别是成长的必要代价。动物将稍稍长大的幼崽赶出巢穴，母亲把哭闹打滚极不情愿的孩子送进幼儿园，只有如此，一个生命才能走向独立。蝉蛹蜕去外壳才成为蝉，告别中孕育着新生和成长。

离别也是在空间中发生。一个身影在广袤的天地间，时行时止。告别家乡的树林和池塘，山野和牧场，小院和窄巷，走向遥远陌生的地方。曾经漫长的农业时代，大多数人会终老一地，脚步迈不出方圆几十里的范围，但在地球成为一个村落的今天，绝大多数的人，身影会穿行于广阔的疆域，会在众多的异地置放自己的生涯。从此地到彼处，空间的不断位移，意味着生活和情感的持续变易与更新。

生命中有多少种离别？可以有不同的计算方式。更早的不说，另类的不说，从最普遍最常见的说起。毕业是告别校园走入社会，自平静单调走进复杂难测。结婚是告别漂泊与浪漫，学习从平淡庸常的日子中培植爱、容忍和责任。退休是告别职业生涯连同它附带的符号和油彩，此后的日子更为接近生命的本真状态。各种各样的离别，连接起了一个人的全部人生。这个过程，伴生的是不断转换的外在身份，是五味杂陈的内心感慨。

人生的不同阶段，离别的滋味在在各异。年轻时，活力饱满激荡，对未来充满憧憬，离家远行意味着拥抱充满诱惑的新生活，难以体会离别的苦楚，对家人的叮咛牵挂大多不以为意，说得多了甚至不耐烦。与此仿佛的还有“小别胜新婚”，因为分离造成的张力，再次相逢会品尝到更为浓郁酣畅的幸福感，分离成了一种延宕的手段。这些，都可归入“少年不识愁滋味”。不识，因为少年，因为有旺盛的生命力垫底。

但更多的离别，离别的通常情形，毕竟还是让人伤感，系连了无奈、怅惘、牵挂和愁苦。它们的排列和递进，仿佛情感音律的宫商角徵羽。前面援引的古典诗句，一声声感慨和叹息，不过是这些情感的折射。

而死亡，将这一切最终收纳，将其间所有的差异，一概抹平。

死亡是离别之上的离别，是离别的终点和最高形式。仿佛是为了让人逐渐适应，它通常会有一个漫长的铺垫，健康一点点丧失，神志一步步昏昧，在沦入彻底的黑暗之前，暂且于黄昏朦胧的光亮中过渡一段时光。如果生命轨迹是一条抛物线，它就是最右下端的那一段。

然后才是最沉痛的时刻。是在亲人的病榻之侧，执手和流泪，叮嘱和告慰；是伫立于焚化炉前，望见棺木被缓缓推入，旋即被烈焰吞噬；是俯身揭开覆盖墓穴的石板，点燃一沓黄纸，再将骨灰盒小心地放入。一个生命彻底与人世告别，存放于他人或长或短的记忆中。

离别，是一条看不见的绳索，串联起来生命的百般境遇，万千滋味。

三

如果超越个体生命的经历和体验，将离别置于广阔的背景上观看，就会获得极为浩瀚的信息，关涉生活的复杂，人性的丰富，精神的玄奥。

现实生活中的离别，比起艺术作品里的表达，远为浩大和复杂。在诗词曲赋中，在戏曲舞台上，离别是一个个意象，一幅幅画面。灞桥折柳，骊歌一曲，江亭把盏，缆解舟行。生活中真实的离别，随时随地在发生的离别，却是缺乏戏剧性的，平淡枯燥的，因其日常而不受关注。尽管如此，它们依然有着值得品咂的况味。

譬如一对曾经热恋的男女，由最初的执子之手，海誓山盟，到后来的劳燕分飞，形同陌路，这期间的转变，这一个以离别为结局的故事，透露了什么样的信息？是出现了新的诱惑，还是共同生活的愿望终于不敌日常鸡毛蒜皮般琐屑龃龉的累积？离别也发生在曾经亲密的友朋之间。只因为发现志趣相异，多年旧友一朝割席绝交，“子非吾友也”。这样的情形，在今天微信朋友圈里也时时在上演，多是由于价值观的分歧，道不同不相为谋，彼此屏蔽拉黑，从此关闭心扉。

离别有着繁多的变体。譬如古代的官宦士人，仕途上的一次次进与退，升迁或者贬谪，这每一个时间节点，相对他的过去，不是也可以理解为一种告别？那些有大人格者，在此时最能够彰显。陶渊明辞官归隐，是因为“觉今是而昨非”，主动选择告别蝇营狗苟的官场，让生命回归本真和自我。即便是被动的告别，在如何应对的姿态上，也能够看出一个人的胸怀和质地。苏轼的一生是一连串的告别：告别庙堂之高，走入江湖之远；告别通衢大邑，走入偏僻荒蛮；告别奢华优渥，走入贫穷困顿。不断的坎坷蹭蹬，在别人难以忍受，他却豁达坦然，成就了不朽的道德文章，被后世人们供奉在心中，永远不肯分别。

更多的离别，在个人的悲欢离合之上，还折射出社会、时代和历史的信息。

一部《红楼梦》，从头至尾，是关于离别的演绎。荣宁府中，大观园里，各色人物你方唱罢我登场，演出了一幕幕悲剧喜剧闹剧。告别青春，告别繁华，告别生命，到最后，落了片白茫茫大地真干净。当贾宝玉身披猩红斗篷，在雪地中告别父亲遁入空门，也是在与一个病入膏肓的时代告别，那一种沉痛，砭骨入髓。

当离别以一种群体的被逼迫的方式呈现，就更是展现了社会的悲惨和黑暗。这正是杜甫的“三别”告诉人们的。无家的单身汉，新婚的丈夫，垂暮之年的老翁，都被强行抓去服兵役，被迫离别亲人和故乡，生死难测。在离别的哀号悲泣后面，一个时代的背景浮现：官府残暴，叛军肆虐，山河破碎，家破人亡。这样沉重的苦难，化为诗中一声声沉郁激愤的叹息：“君今往死地，沉痛迫中肠”（《新婚别》）；“存者无消息，死者为尘泥”（《无家别》）；“积尸草木腥，流血川原丹”（《垂老别》）。

离别的苦痛，也同样会降临在统治者身上。这通常是他们的腐朽和昏聩导致的结果，是自酿的苦酒。“剪不断，理还乱，是离愁。别是一般滋味在心头”

（李煜《相见欢》）。南唐为北宋所灭，后主李煜从一国之君沦为阶下囚，“日夕以泪洗面”，往日繁华只在梦中。亡国破家之愁恨，长久郁积于心，才有了这样凄凉哀婉的词句。

离别还在更长的时间、更大的空间中，以更大的规模展开，譬如历史上客家人的迁徙。从西晋永康年间开始，客家人祖先离别中原故乡，拉开了漫长迁徙的序幕。因为躲避战乱、灾荒和瘟疫，也因为人口繁衍、拓展生存空间，在长达十几个世纪的岁月中，客家人先后历经五次大规模迁徙，一步步在南方诸省扎根，并陆续走向海外。每一次迁徙都是一次集体的大离别，以脚下的故乡为坐标原点，向着陌生的远方行进，而最初的中原故乡，已经遥远恍惚仿佛神话和传说。

这样的离别，涉及的是族群、历史和文化，是无量数的史诗的题材，高山大海一样的丰富浩瀚，想起来就令人晕眩。

四

离别在今天，是怎样的面貌和姿态?

时代发展，技术进步，改变了很多东西，让生活大为便利。一百年前去大洋彼岸的美国，乘船需要几个月，有了飞机后骤减为十几个小时。几十年前，跨洋电话十分昂贵，今天，微信视频聊天可以随时随地，不需附加任何费用。

但此消彼长，获得经常伴随着失去。情感生活领域的一些微妙的东西，审美的感觉，诗的情调，在这个过程中稀释和减弱了不少，成了技术进步的代价。离别的意味，在今天也产生了某种变异。现代化以前的漫长的岁月中，离别带来的那种入诗入画的感受，是建立在“那时慢”的背景之上的。慢，让情感坚实，让思念浓稠。不说鱼传尺素的遥远的古代，就说三十年前，那时字斟句酌写成一封信，小心投进绿色邮筒中，估算收到对方回信的时间，耐心地等候。

其后不久，电子邮件出现，按下鼠标即时完成发送收取，二者给予人的感受，显然有着幽微的不同。

尽管如此，离别这个词语中最具根本性的意蕴，没有变化。

日月运行，春秋代序。雨水依然洒落，雪花依然飘飞。亘古如斯。人的基因构成未曾变化，情感内容也就不可能大幅刷新。变化的只是情感表达的形式和幅度，舞台和背景。

当年考上大学来北京读书，父亲送我到离县城几十公里外的一个城市乘火车，一直送进车厢。在火车缓缓开动的时候，他站在车窗外，又把此前说过多少次的注意事项再一次念叨。我的心思完全沉浸在对新生活的想象上，对他的话似听非听。在将近三十年后，到首都机场送别去往大洋彼岸求学的女儿，在海关入口挥手告别时，看着她充满向往同时又心不在焉的神情，我却忽然想到了当年父亲送我的场面。一个是嘈杂脏乱的简陋站台，一个是整齐洁净的现代化航站楼，这种外在环境的巨大差异此刻仿佛都不存在了，只有一个为父者的牵挂系念，在胸中氤氲流荡。

我想到了文学作品中对这种场面的描写，想到了朱自清的《背影》，龙应台的《目送》。靠做小买卖艰辛维生的平头百姓，在文坛政界都成就非凡的现代女性，当他们隔着一个多世纪的时光，与自己的儿子离别时，洋溢在心间的情感，并没有本质的区别。在阅读的某个瞬间我获得了代入感，化身为两个人，父亲和母亲。我感受到了一种人性的轮回，亘古如斯。

更不用说死亡，这个离别的最后的和最高的形式。不仅是“送君千里，终有一别”，在它之上，更有“人生百年，终有一别”。也是龙应台，写下过这样的句子：“第一次的目送是成长，最后一次的目送却是永别。”永别，死亡，它给予我们的震撼，异代而同调。当亲人去世，我们的悲戚和泪水，与一千年前一样。在这种时刻，我们会想到一句话：太阳底下无新事。

是的，太阳底下无新事。这一种最后的离别，和在以往任何时代一样，是生命中“严重的时刻”。因为它的映衬，人生的短暂性便具有了鲜明生动的质感，如何活着便变得异常尖锐。就仿佛在深浓的黑暗中，光源最能够有效地显示自己的亮度。这样的时刻，是为生命确立标准的时刻。置身相关的情境中，一个人才最有可能收拾起一贯的漫不经意，穿透生活的浮泛表层，进入其内部和深处，认真省思生命的意义和价值。

语言是思想的外衣。为了取得警醒的效果，人们有时会采用某些尖锐乃至怪异的说法。譬如法国作家加缪就说过：真正严肃的哲学问题只有一个，那就是自杀。德国哲学家海德格尔更是将对人生的思考，置放于死亡的背景下，称其为“向死而生”，将生命看作一次走向死亡的倒计时过程，借此强化生命的在场感，最大限度地激发出生命的活力。

因此，从死亡这个最终的离别生发的种种思绪，最终也可以凝结为一句话：我们如何确定自己的生活姿态？应该拥抱什么，告别什么？每个人都需要得出自己的答案。

“何处是归程？长亭更短亭。”

在生命的大幕拉下之前，一个人不应该与这个命题离别。

刊于《字成一派》公众号 2020 年 6 月 24 日

重读宋词

韩小蕙

我有两本珍贵的枕边书：小窄本，薄至只有 150 页，纸张已旧成暗黄色，很多页的边沿都已变成小锯齿形状，有点儿惨不忍睹。尽管四十年来百般呵护，封面上还是出现了大裂纹，被我用胶水精心加仔细地粘了好几次，然后再包上书皮。扉页上有题记，为“1980.7.21 购于西湖三潭印月”，当时我还在读南开大学中文系。两本书都是上海古籍出版社出版，1979 年 8 月第二次印刷时的印数，一本是 80.2 万册，定价 0.37 元；另一本是 70 万册，定价 0.38 元。

这两本宝贝书，一本名叫《唐诗一百首》，系中华书局原上海编辑所编辑（未标明编者的姓名），1978 年 5 月出版的第一版。另一本叫《唐宋词一百首》，是该所 1966 年以前出版的，选注者为胡云翼先生，重版时由上海师范学院中文系古典文学组对全书做了修订。两本除诗词本身的文字外，其“作者介绍”“说明”和“解释”都还带有上世纪 70 年代末“文革”刚结束不久的语言特色，比如说苏轼的“某些作品表现出浓厚的消极思想，是应当批判的”云云。

不过这些都是非主流。这两小本诗词对我来说太重要了，可以说它们是我的贴身老师，耳提面命地拎着我，从每天早上一睁眼到晚上睡觉前；从南开中文系到光明日报社；从绿皮火车到动车、高铁、轮船、飞机；从杭州到天津、北京、海外；从黑发如瀑到白霜染鬓……我捧着它们读啊读，背啊背，背了又忘，忘了又背，到现在它们一直还在我的手边。可以说，我会背的唐诗宋词，很大部分来自它俩——这我真的没话说，因为我们青少年那个年代，传统诗词的教本只有《毛泽东诗词三十七首》，而季羡林先生亲口跟我说起过，他五六岁时候就已经会背很多很多古诗文了，那一代人是有童子功的，我们没有。

我从这两本小书里，认识了一位位诗人，还包括无名氏等几位不知其详的作者。坦率说，不是每一位都喜欢，也不是每一首都喜欢。我个人总的感觉，唐诗一般是外向型的，多是写实、状物、描人、叙事，当然也有大感叹大抒情，如李白的《蜀道难》《将进酒》等；而宋词是内在性质的多，一般是抒发个人感慨的绝好工具，例子太多举不胜举。我个人也喜欢唐诗，喜欢它的大气磅礴，壮烈雄浑；但我更多的是捧起宋词，背诵的也更多些，为什么？因为我觉得那些词人简直太圣手了，所抒发的家国情怀、爱恨情仇、离愁别恨、喜怒哀乐，比你自己更能看清和了解你的情绪，比你自己更能彻察和洞见你的内心，比你自己更能解析和抒发你的胸怀！他们写得那么美，仅仅用几十字，甚至几个字，就能把整个世界的万象万物都包揽其中，这样的诗词只有中华文化做到了。尝有作家把中国几千年的社会生活描写成人间地狱，这是因为他们自己始终生活在底层的污浊里，没接触过高端层次的中华文化精华，这可是曾经引领和推动世界文明发展的人类文化精髓啊，想想，真是可悲！

下面进入我个人的宋词世界。在此之前，先要了解一下宋朝的历史背景。有学者认为，宋朝是中国历朝历代中经济最发达、农作物单位面积产量最高、科技创新成果最多、国民文化最繁荣、人口基数增长最健康、人民生活水平最高的鼎盛朝代，著名史学家陈寅恪曾言：“华夏民族之文化，历数千载之演进，造极于赵宋之世。”

百度百科是这样介绍的：“宋朝（960—1279）是中国历史上承五代十国、下启元朝的时代，根据首都及疆域的变迁，可再分为北宋与南宋，合称两宋。宋太祖建国时为避免唐安史之乱以来藩镇割据和宦官乱政的悲剧，遂采取重内轻外和重文抑武的国家政策。影响所及长远，一方面宋朝内部安定而少有内乱，有利于经济发展与文化的繁荣；但另一方面也因此导致武力积弱不敌北方外敌。”

知道了这个历史背景，就会理解宋词必须分为北宋词和南宋词两部分。北宋社会经济发达，国富民强，其矛盾主要是统治阶级内部的争斗，所以北宋词相对来说比较和缓，城市繁华与农村闲定的写照较多，其尖锐的作品一般也是个人仕途坎坷、将士戍边艰辛等。南宋词的主调是国恨家仇无以报，因为不敌北方外敌北宋亡了国，生灵涂炭，连两位皇帝都被掠走成为臣虏；但南宋小朝廷偏安一隅，并不想打回去雪耻复国，这就与岳飞、辛弃疾、文天祥等一众爱国将领产生了根本矛盾，这些将领和爱国士人空有爱国心，但收复失地的愿望无以实现，很多时候只能以诗词抒发自己内心的悲愤，所以这一大批词作就强烈和深刻得多，社会意义也扩大到整个社会生活层面，是广大人民愤懑情绪的代言，因而也更能引起后来者的共鸣。

下面我就简要介绍一下自己喜欢的几位诗人和词作。

范仲淹（989—1052）：范仲淹是我最崇拜的中国古代大政治家，他的《岳阳楼记》是我认定的千古第一至文，其“先天下”的大境界是中华文化的凝萃，代代年年哺育着华夏后来人。范公自幼刻苦自学，考取进士后官至副宰相，政治上力图革新。阔达的胸怀使他的诗词亦意境开阔，豪放雄浑，最著名的是下面这首《渔家傲·秋思》：

塞下秋来风景异，衡阳雁去无留意。四面边声连角起。千嶂里，长烟落日孤城闭。　　浊酒一杯家万里，燕然未勒归无计。羌管悠悠霜满地。人不寐，将军白发征夫泪。

我相信，不管是年少轻狂的书生，还是一把年纪的中老年人，读到“四面边声连角起”的沉郁，读到“浊酒一杯家万里”的顿挫，读到“羌管悠悠霜满地”的无奈，读到“将军白发征夫泪”的悲凉，都会肃然动容，一颗心像坠下地摔碎了一般，久久不能释怀。

王安石（1021—1086）：王安石是宋神宗起用过的宰相，积极推行新法，革新政治，终至失败。他的文章和诗歌成就很高，词作不多，但其《桂枝香·金陵怀古》已压过别家多首，其中“至今商女，时时犹唱，《后庭》遗曲”，成为千古金句，在21世纪的今天仍不时被人引用。

苏轼（1037—1101）：苏轼别号东坡，中国凡识字的人，没有不知道他的。可惜他才太高，可称得上独步官场与文坛，所以遭到宵小们的嫉妒、诬陷和打击，一辈子的大部分时间里，都是在贬官与流放的过程中度过的——可叹的是这也是中国特色、人性恶特色。幸好苏公的境界高远，无论是显在高庙之堂，还是退居湖泊草泽，他心中所念的都不是一己的功名、文名、进阶、退隐和显达，而是社稷江山与经国大业，套用今天的话说，他的写作动机在朗朗乾坤，而不在官场、商场、名利场，不在家庙和功名簿。这样的苏东坡，这样的写作，便给我们留下了“大江东去，浪淘尽，千古风流人物”“明月几时有，把酒问青天”“一蓑烟雨任平生”“老夫聊发少年狂”“休将白发唱黄鸡”等数十首名词及名句，尽扫晚唐、五代以后萎靡不振的词风，将传统诗词的写作提高到空前绝后的水准。

辛弃疾（1140—1207）：我亦是经典的一枚辛粉，会背他的许多首词，最喜欢的名句有“把吴钩看了，栏杆拍遍，无人会、登临意”“醉里挑灯看剑……沙场秋点兵”“千古江山，英雄无觅，孙仲谋处”“千古兴亡多少事，悠悠，不尽长江滚滚流”。可惜这位爱国志士生不逢时，在偏安一隅的南宋小朝廷里，由于屡屡请战抗金，在42岁时就被免官不用，只能闲居乡下，暗自“揾英雄泪”。不过，辛弃疾一辈子都是英雄辛弃疾，他的写个人生命的许多词作里，也是将豪放楔入婉约中，比如最典型的是：“平生塞北江南，归来华发苍颜。布被秋宵梦觉，眼前万里江山。”哪怕个人生活已困顿到“绕床饥鼠，蝙蝠翻灯舞。屋上松风吹急雨，破纸窗间自语”的地步，也还心心念念着万里江山，试问这种境界，不正是中国传统文化“先天下”的薪火相传吗？

岳飞（1103—1142）：岳飞比起辛弃疾，在中国老百姓心中的英雄形象更高，谁不知岳元帅和他的岳家军呢？我的印象中，岳飞只留下了《满江红》和《小重山》两首词，为妇孺皆诵的是："怒发冲冠，凭阑处、潇潇雨歇。抬望眼、仰天长啸，壮怀激烈。三十功名尘与土，八千里路云和月。莫等闲、白了少年头，空悲切。 靖康耻，犹未雪。臣子恨，何时灭。驾长车，踏破贺兰山缺。壮志饥餐胡虏肉，笑谈渴饮匈奴血。待从头、收拾旧山河，朝天阙。"这样撕心裂肺的词句，谁念过不是热血沸腾，陡生爱国之心呢！谁又能不越加敬仰岳飞岳大帅呢！

秦观（1049—1100）：秦观是苏轼门下的文人，是当时的著名词家，但同苏轼一样，政治上受到严重打击，被削掉官职，流放湖南郴州。他的才情很高，其名句"两情若是久长时，又岂在朝朝暮暮"历经千年，一直挂在国人嘴上。另一首《踏莎行·郴州旅舍》的"郴江幸自绕郴山，为谁流下潇湘去"，也一直是文人们非常推崇的词句。

李清照（1084—？）：李清照别号易安居士，她的前半生是活在富贵闲适里，词作的题材虽窄狭，白描水平却力压文坛一众男士，比如"帘卷西风，人比黄花瘦""才下眉头，却上心头"……婉约的李清照可谓千古第一女词人，一支秀笔把女人们的万种柔情都写尽了。北宋亡国南渡后，丈夫去世，国破家亡，尝尽乱离之苦，她的词风为之一变，叙写凄风苦雨，无尽悲愁，比如"寻寻觅觅，冷冷清清，凄凄惨惨戚戚"，还是高超的白描手法，可以与文学史上任何大家比肩。她也有豪放的一面，比如名句"至今思项羽，不肯过江东""九万里风鹏正举。风休住，蓬舟吹取三山去"，真正称得上是笔底走风雷，把女人的高度也表达得淋漓尽致。

张孝祥（1132—1170）：张孝祥在南宋词人中似乎不是很著名，但其实他的词写得真好。我第一次读到他的是《念奴娇·过洞庭》，其中有两个名句，后为历代文士引用为联句："肝胆皆冰雪，表里俱澄澈。"仅10个字，包含了多么阔达、高洁的襟怀和境界。他作为中下层官吏，因为支持北伐而被罢官，其爱国主义的情怀只能到诗词中去抒发，故还有《六州歌头》等词作，因其"使行人到此，忠愤气填膺，有泪如倾"句，被后人称为"忠愤"词人。

陆游（1125—1210）：陆游是大众都非常熟悉的诗人，最有名的是他与前妻唐琬相遇后，留在沈园墙上的《钗头凤》，其“春如旧，人空瘦，泪痕红浥鲛绡透。桃花落，闲池阁。山盟虽在，锦书难托。莫，莫，莫”，简直可说是人人会背。他的《卜算子·咏梅》“零落成泥碾作尘，只有香如故”也是人人皆知的名句。不过陆游可不是风流才子，而是中国历史上杰出的爱国诗人之一，他一生坚持恢复中原的爱国梦，至死也没能实现，所以留下了“胡未灭，鬓先秋，泪空流。此生谁料，心在天山，身老沧洲”的一批名词。

文天祥（1236—1283）：文天祥更是中国百姓人人皆知的爱国将领，他的“人生自古谁无死，留取丹心照汗青”，早已镌刻在中华民族的胸膛上，成为照耀后代子孙的火炬。

柳永（公元1034年前后在世）：虽然我把时间颠倒了一下，把北宋的柳永放到后面来说，但既说宋词，就不能不提到这位“白衣卿相”，因为他顶着“风流才子”的锅，却是把宋词提升到了新的高度。百度百科中说：“柳永是第一位对宋词进行全面革新的词人，也是两宋词坛上创用词调最多的词人。柳永大力创作慢词，将敷陈其事的赋法移植于词，同时充分运用俚词俗语，以适俗的意象、淋漓尽致的铺叙、平淡无华的白描等独特的艺术个性，对宋词的发展产生了深远影响。”

柳永出生在仕宦之家，父辈有6人获科举功名，他从小便也具有很强的功名意识。但他18岁离家，在钱塘（今杭州）乐不思进盘桓了6年，才上京赴试。自小就才气逼人，他以为及第是十拿九稳的事，谁想当朝皇帝宋真宗很不喜欢他的文风，批为“属辞浮靡”，急火攻心之下的柳永写了一首《鹤冲天·黄金榜上》，自封为“白衣卿相”，还把功名说成“浮名”，从此断送了自己的仕途。无奈，他只能混迹于市井，为馆楼歌妓们写了大量词作，以至于留下了“凡有井水处，即能歌柳词”的说法。

柳永是词坛上开创词调最多的词家，在宋词800多个词调中，有150多个是柳永的首创。《雨霖铃》《望海潮》《八声甘州》《黄莺儿》《彩云归》《鹤冲天》

等等，都是他的杰作。他的金句也多多，如“执手相看泪眼，竟无语凝噎”“东南形胜，三吴都会，钱塘自古繁华”“对潇潇暮雨洒江天，一番洗清秋”……宋词发展到柳永，其词调的丰富、格律的形式和词牌内容、所包含的字数等，逐渐获得丰富与完善，他的努力使宋词的发展之路更加宽阔，对后来的苏轼、辛弃疾、李清照等影响甚为深刻。

严蕊（生卒年不详）：最后还想说一说严蕊。我只读过这位女子的一首词，即《卜算子》：“不是爱风尘，似被前缘误。花落花开自有时，总赖东君主。　去也终须去，住也如何住！若得山花插满头，莫问奴归处。”当是时还不知她悲惨的身世，后来 2010 年走到浙江黄岩，突然在当地博物馆里见到这位黄岩女子的画像及介绍。她本名周幼芳，父亲是正直小官，因遭奸人陷害屈死在监狱中，将她没籍为奴，沦为台州营妓，更名严蕊。因为“善琴弈、歌舞、丝竹、书画，色艺冠一时。间作诗词，有新语，颇通古今”，因而得到台州太守唐仲友的赏识，常与之诗词唱酬。后因朱熹与唐太守不合，竟将严蕊投入狱中，逼她承认与唐有奸情。这小女子备受酷刑，却宁折不弯，始终也不承认诬告，更不诬陷他人，其侠骨义胆惊动朝野，深得赞许。后来终于大白冤情，被判从良，以歌妓之身而流芳千古——“莫问奴归处”，写得何等哀怨而又荡气回肠啊！

有宋一代，留下多少豪杰、文士、才子、佳人，最是说不完的宋词。仅《全宋词》里即有约两万首，这些还只是在编的精华之选，尚有更大量的遗珠。去读，去学，去背诵吧，这是中华文化最辉煌灿烂的瑰宝之一。

刊于《天津日报》2020 年 5 月 5 日

阳山看碑

谷　禾

阳山被称为南京汤山第一名胜。到了汤山而不去阳山一游，就仿佛去了北京不看故宫和长城，会遭周围人等耻笑的。所以尽管因身患流感而头昏脑沉，还是咬咬牙，跟着大伙出发了。一路上山，慢慢看过，绷紧的心弦渐渐拨响了，接着，整个心胸仿佛都和着空山鸟鸣奏响起来。

阳山，古称雁门山，位于南京东郊的汤山风景旅游区西北角、宁杭高速公路北侧。据《江宁县志》记载，阳山“东至句容县观山，西与青龙山相接，北与射乌山为邻，南隔广谷与汤山相望”，东西延伸约七公里，南北宽约一点五公里，海拔三百四十一点九米，为汤山境内最高峰。据说因从某个侧面看去，其相邻的两座山峰非常像一对羊角，所以当地人又称阳山为羊山，此可以清代著名诗人、曾任江宁县令的袁枚脍炙人口的散文名篇《祭妹文》中，“乾隆丁亥冬，葬三妹素文于上元之羊山”证之。但阳山之名播天下，却更在阳山碑材。1405年，也即明成祖朱棣从其侄建文帝朱允炆手中夺得皇帝位的第三年，为了给其父明太祖朱元璋歌功颂德，也为了表其做儿子的所谓孝心，朱棣征集全国能工巧匠数千人，沿阳山西南面的阳山采石场开凿了三块巨型碑材，其一是碑座，其二是碑身，其三是碑额，三者相叠加，就构成了一块高七十八米、总重量三万一千余吨的完整巨碑。诗人袁枚游阳山，见此碑材曾惊叹不已，写下“碑如长剑青天倚，十万骆驼拉不起”的诗句。阳山碑材也在历经六百年沧桑风雨后，被载入吉尼斯世界纪录大全。

我们到达阳山脚下已经是下午，下得车来，映入眼帘的是一座高大的红漆牌坊，雕梁画栋，甚是威武。穿过牌坊前行一百米，是常见的景区前广场。广场不大，盛满了亮晃晃的阳光和暖融融的春风，让人的心胸顿然敞亮起来。广场右侧竖立着一块“南京明文化村·阳山碑材”的竹制招牌，以及4A级风景区标志。紧挨着招牌的平台上，立着一座高约七米的石碑，碑顶和底座都镂刻了精美的龙凤图案。碑身上的“阳山问碑”四个大字，龙飞凤舞，遒劲有力。我问导游是什么意思，导游微笑着连连摇头。

也许不是旅游旺季的缘故吧，飞檐琉璃瓦的仿古门楼下，检票口空荡荡的，几乎没有游客出入。我们却鱼贯而入，迎面就看见了一座非常威武的青铜铸鼎。鼎在中国几千年封建历史上，一直被视为传国重器和国家权力的象征。鼎字也被赋予显赫、尊贵、盛大等引申意义，它是文明的见证，也是中国传统文化的载体。放在这里栉风沐雨，一定也与朱皇帝大有关系了。只是若再问导游，她仍会微笑着连连摇头。我便懒得再开口，只把目光越过铜鼎上袅袅升起的香火烟气，望向对面的仿古照壁。照壁并不高大，但上书的“天下第一碑”，却在向世人宣泄着一种舍我其谁的霸气，让游人驻足停步，凝望良久。导游在前面提醒我们，要去看碑材，须从照壁前向右转，穿过明文化村，再登一段崎岖的山路，才能到达；现在马上又吆喝着，要大家快走。

明文化村门前张灯结彩，营造出了浓浓的明文化氛围，但走进村里，我还是掩饰不住地大为失望了。因为所谓的明文化村，其实与别处的仿古一条街等并无多少不同，也就一溜仿古的房子而已。只是远离闹市，街上少了些讨价还价的粗门大嗓罢了。但看到衙门口对着行刑场、豆腐坊挨着典当行、青楼依靠镖局，你还是要哑然失笑的。特别是当看到青砖灰瓦的屋檐下，除了一位昏昏欲睡的算命假仙儿，就是几位卖廉价纪念品的中年村妇，你真的看不出它究竟文化在哪里了。

还是赶紧去看碑材吧。我想着，再没多浏览一眼，就逃也似的径直上了山道。山道就是山道，走不多远，耳根顿然清净，市声消退，风声渐渐涨潮。三两声鸟鸣偶尔传来，山林愈显幽远。其实说山林有些失当，因为目光所及，山道两边的半坡上居多是杂乱的灌木丛，密密的仿佛撒土不漏。此时只有点缀的松柏和黄杨是青绿的，余则枯干倒伏，风吹过飒飒作响，仿佛在诉说着冬天的残酷。但枯枝下积着的厚厚落叶，层层覆盖粘贴，片片牵手粘连，又让人由不得联想起这山林在盛夏金秋的繁盛和荣茂。

转过一个弯道下行，山道两旁的灌木渐渐稀疏起来，稍高的乔木成了主流。特别是突然冒出的三两枝桃花和不知名的野花，高低俯仰，姹紫嫣红地正开得诱人。同行的女同胞自然是不放过这样机会的，三步并作两步小跑过去，玉手扶枝，美目流盼，摆出一个个 Pose，似乎也想留下一段“人面桃花相映红”的千年传说。这样想着，我竟恍惚间笑出了声。我赶紧把目光转向天空，却正有几只衔泥的燕子扇着翅膀飞过，一直飞去了远处的山梁，消逝在了那无际的蔚蓝深处。

恋恋不舍地收回目光，继续往前走，忽然就看见了上书“袁机墓”的指示牌。尽管早从学生时代所读的《祭妹文》里，知道袁枚之妹袁机就葬在阳山，心里还是不由咯噔了一下，脚步也不听使唤似的脱离大伙拐了过去。

《祭妹文》是文学史上哀祭散文的珍品，它以细腻的笔触抒发了诗人袁枚对亡妹袁机的痛悼之情，字字珠玑，句句血泪，彻人肺腑，痛人肝肠。前人将其与韩愈《祭十二郎文》和欧阳修的《泷冈阡表》，同称为我国祭文中的“鼎足而立”三大名篇。

袁机，字素文，浙江钱塘人，是曾任江宁县令的袁枚之三妹。袁机未出生时，其父母曾与江苏如皋高氏指腹为婚，正式订婚还不满周岁。高氏之子成年后劣迹颇多，闻名远近。高氏遂传信袁家，表示愿意解除婚约，但袁机囿于“从一而终”的闺门礼教，竟执意不肯。婚后，袁机备受凌辱和折磨，几乎被卖身以抵丈夫赌债，终不得不返居娘家，年仅四十岁便凄然长逝。

《祭妹文》从袁机墓地入笔，到交代病根祸源；从野外同捉蟋蟀，到书斋共读《诗经》；从胞妹送哥眼泪流，到把盏喜迎兄长归；从离家出嫁，到中道归返；

从侍奉母亲以示其德，到关爱长兄以显其情；从袁机之死，到后事料理，层层推进，波起浪涌，叙事历历，句句见心。文章起笔交代袁机所葬之地、祭奠时间、祭者身份等，随后“呜呼”一转，直呼亡妹，接着，简略叙述袁机的死因，追忆共度的难忘时光。童年相伴读书，“差肩而坐”，温馨之情溢于言表；同捉蟋蟀，同葬蟋蟀，天真善良现于眼前。但当年兄妹同葬蟋蟀，今日却孤兄独葬亡妹，物换星移，今非昨是，岂不让人潸然泪下？当年妹送兄远行，今日兄送妹归于尘埃，岂不痛哉！往日琐事，如影历历，“然而汝已不在人间，则虽年光倒流，儿时可再，而亦无与为证印者矣”。随后，记妹妹归返母家的种种情形：服侍母亲，办治文墨，照料病中兄长；而后再记袁机病入膏肓，大限将至，但不让人报信于兄，忍死待兄归，终憾而逝，死不瞑目。末节，回到祭奠的墓地。“哭汝既不闻汝言，奠汝又不见汝食。”逝者已逝，生者哀伤。“纸灰飞扬，朔风野大，阿兄归矣，犹屡屡回头望汝也。呜呼哀哉！呜呼哀哉！”对妹妹的怀念和挚爱之情，表达得可谓淋漓尽致。行文至此，铁石之人亦当泪湿衣襟！

袁机生前有诗《闻雁》云：“秋高霜气重，孤雁最先鸣。响遇碧云冷，灯含永夜清。自从怜只影，几度作离声。飞到湘帘下，寒夜尚未成。”袁机死后，袁枚为其编印了诗集《素文女子遗稿》。过八年，又成此《祭妹文》千古名篇。有兄如此，袁机九泉有知，亦当瞑目了。

袁机墓与山道不过几十米距离，穿过几秆枯枝和萋萋荒草，再上行十几级台阶，就看见了墓碑的全貌。墓碑高不过两米，朴素得有些寒酸，舒体的“袁机之墓”占满了碑身，大约是今人所立吧。墓碑后面是喷绿的黄杨和几枝青竹，再远些是漫坡的荒草和杂木。不过对袁机来说，远离了人间烟火，也远离了青丝白发的纷扰，在朝阳夕晖中聆听满山清风徐来，在春花秋月下坐看天上云卷云舒，未尝不是超越生死的大解脱。

我这样想着，山道已经空荡荡不见人影，突然觉得身如飘零的落叶，竟无比孤单起来，便再无心情留恋一路的美景，遂加快了追赶的脚步。

追上大家时，已经到了一片平缓的开阔地。导游告诉我们，这就是著名的阳山古采石场，也即阳山碑材的所在了。采石场分前后两部分，从这里开采的石料，早已经化作了明故宫的基石、柱础，化作了明孝陵神道上的石兽和翁仲，接受后人的观瞻和惊叹。

据江苏《文物志》记载："阳山，古称雁门山，是孔山山脉主峰，山体为石灰岩构成。自六朝以来做雕刻和建筑用材。"今人甚至认为，"六朝以来，南京历代的建筑柱础、石刻等大多取材于此"。据有关专家考据，南京市麒麟镇刘裕墓前的麒麟和天禄，句容萧绩墓前的辟邪和石柱，以及齐、梁时代帝王墓陵区内众多的柱础、石刻所用石料，均采自阳山采石场。

站在此采石场空地中央四面望去，但见山崖巍然壁立，高及数丈。也许若从山崖上望过来，人立中央，不过小如蝼蚁。有人计算，从这里运走的石料达数十万吨，若用现代载重卡车运送也要数万车。导游似乎看出了我们眼中的疑惑，解释说，古代当然没有这么大的车辆，从此处运出去的较大的石料，都是用滚木的方法来运输的。为了节省人力，深冬时在路面洒上水，待成冰后用滚木垫在石坯下，人畜共拉，慢慢滚动移运至目的地（据说采石场的出口处，随山势逐渐下降的古道路遗迹，至今还依稀可辨）。锁石村的书记也亲口告诉我，他们村前的一条河就是当年运送石料的古河道，去年清淤时还挖出了不少当年遗留下的滚木呢。

从采石场继续向前走过去，俗称后采石场。三百米之内，天下第一碑就历历在目了。

天下第一碑，给人的瞬间视觉冲击就是一个大字。碑材按其功能造型，分为碑座、碑身、碑额，峨峨散落在阳山西麓，远看每一块都高岩突起，近观又无不被风雨剥蚀。碑材下都凿好了运送的洞孔，旁边几棵古树虬枝苍劲，和碑材一起构成了"枯树巨石映落日"的萧瑟图画。据导游介绍，南京一带的地貌属沉积岩，其状如一摞摞的云片糕，经地壳长期挤压，莫不分崩离析，支离破碎。唯有阳山一带，因为处于一个盆状向斜的中心点，四周的压力奔涌至此，因相互抵消，岩层反而得以保存完好，再加上其他一些得天独厚的因素，才诞生了碑坯这样巨大而完整的石料，被朱棣慧眼识得，灵机一动，顺手拿来，要去做大明孝陵神功圣德碑，以向天下人彰明自己嫡传继承人的孝心。

朱棣此举，可算前无古人，后无来者。朝廷令下，官员火速征调各地万名工匠上阵，限时限速，规定每人每天的工作量以三斗三升凿下的碎石为标准，凡连续三天完不成日定工作量者，一律砍头（据当地人说，因此而丧生的工匠达数百人。附近现存的坟头村，就是因当年掩埋惨死工匠而得名的）。然年余时光过去，开山取材工程忽然中途下马。三块初具雏形的碑石，就这样欲立犹仆，弃于蒿莱。个中原因，自是众说纷纭，但客观地细想原因，核心还应在运输难上。想那古埃及金字塔最大用石才五十吨重，如何运输尚不得解，何况这三块碑石最轻者尚有六千余吨的庞然大物？据说碑石开凿不久，朱棣曾派翰林院编修胡广等前往视察。胡广等归来报称“仰见碑石，穹然城立”。朱棣走南闯北，见多识广，自然深知这城墙般大石的分量。明知其不可为而为，还不如干脆就此罢手，不了了之呢。其实我更怀疑朱棣开始就洞彻了结局，明知不可为而偏为之，只不过是借题造势，作秀给天下人看罢了。

六百年过去了，如今站在碑材下望上去，雄伟壮观的碑材身上，一锤一凿的痕迹依然清晰可辨。它是我们祖先勤劳智慧的印证，也是华夏民族精神的血泪写照。1957 年，阳山碑材成为首批江苏省省级文物保护单位；1983 年，在“金陵新姿览胜评点征联”活动中，阳山碑材入选“新金陵四十景”，同时入选的楹联为：

石上有痕，已为前朝记功过

碑中无字，留与后人论是非

当地也世代流传着这样的民谣：“东流到西流，锁石到坟头。东也流（留），西也流（留），中间锁石锁坟头。”东流、西流、锁石、坟头，都是当地村庄的名字。东边也留着它，西边也留着它，中间锁石村把大石碑锁死在了坟头，地老天荒也弄不走的。民谣承载着民心，个中深意全留予后人去琢磨了。

天近黄昏，山风渐凉。碑材旁，几棵叫不上名的野树，横斜着大片的枝杈；稀疏的花儿，星星点点地绽放着，仿佛暗夜里孤单寂寥的星辰，让人不忍心再看第二眼。我没有在碑材下过多停留，就随众人向山下走去。

第二天上午，我们出了宾馆。昨日还晴好无云的天空，竟飘起了霏霏春雨，扯天连地，绵绵不绝。坐上从南京去往杭州的汽车，隔着车窗望向一川烟雨，阳山脚下碑刻的“阳山问碑”几个字，竟霍然清晰起来。烟雨中静默的六朝古都，却愈加迷蒙而苍茫。

刊于《朔方》2020年第6期

世界的启示在荒野

刘东黎

锯子穿过橡树的年轮，一锯接一锯，一个十年又一个十年，最后才终于看懂世界的风霜。

——《沙乡年鉴》

壹

“四月是最残忍的季节”——每到四月，都会想到这句令人印象深刻的诗。不过艾略特在《荒原》里，之所以称四月是残忍的，也是因为植物生长的力量和欲望之强，令人触目惊心，连枝叶间都有如骨骼断裂一般的声音；“把回忆与欲望 / 掺和在一起，又让春雨 / 催促那些迟钝的根芽”。

荒野何以残忍？因为它拒绝了人类？然而在那凄绝的灰色空间里，有着灵动的生命世界存在，荒野养育着嘴角满是毒涎的蟾蜍，瘦骨嶙峋的草原狼，眼中泛着绿光的蜥蜴；那里不受人类的管制与约束，却怀抱着柔弱的小草；过去落难的淘金者、拓荒者及其他各色人等，也曾爆发出惊人的生存力量。看似沉默封闭的土地，实际有着自己的意愿，那是一种独有的慈悲与平静，保持着大地的原生态和完整性，又充盈着生命的深邃和美丽。

荒野情境属于一种无边无垠、不可测知又不可抗拒的极地体验，因为远离人群，使置身其中的人的社会性大为减弱，而在复杂的社会性关系被清除之后，人的问题便空前地凸显出来。此时荒野承载起人的精神寄托，并作为一个引领者对人进行崭新的塑造。

在中国的文化语境里，荒野喻示着原初的自然本性。在浑朴简陋的环境之中，所有外界带来的变化都极为迟缓。古人往来于草莽之间，耕作于旷野之上，高原、荒山、野水、冰川、丛林铺排在人们的眼前。“旷野寂无人，漠漠淡烟荒楚”（刘基《如梦令》）；空旷的原野上寂寥无人，烟雾淡漠，荒草连天，旅人踟蹰于旷野，身影孤寂，令人心下黯然。“之子于归，远送于野”（《诗经·邶风·燕燕》），“上平衍而旷荡，下蒙笼而崎岖”（张衡《南都赋》），“野萧条以寥廓兮，陵谷错以盘纡。飘寂寥以荒昒兮，沙埃起之杳冥”（刘歆《遂初赋》）；不受约束、未经驯化的辽阔原野上寒风呼号，一片死寂森冷，含蓄着大自然生杀予夺的无尽天威，隐喻了人类苦难的生命历程。

尽管如此，在中国的文化意象中，荒原很少成为一种“威胁”，更没有成为流放之地的象征。

进入荒野的人类，其实与一株草并无区别；这种渺小感反倒引发了人奔赴与皈依的热念，尤其对于中国诗人而言，更是别有一派荒远诗心。尤其魏晋以降，平野风烟、苍山落照、荒石枯草等一类衰飒荒寒的原野风景，无不蕴含着超拔壮美之意味，常有诗人吟之咏之，流连不去。

于是常有诗人以“野老”“野客”“野人”“野夫”自谓。杜甫，号少陵野老；孟郊，字东野；黄庭坚，号山谷道人；王绩有《野望》诗，王勃有《早春野望》，王维有《新晴野望》，范仲淹有《野色》篇，更多的诗人均有同名诗作《野望》，如是等等。令人生畏的生存环境，反而成为一种精神的象征，进入了美学的范畴，有精神的指向性。诗人们向往自然的热情，终于在春野秋原上找到了深切的回应。

在孟浩然笔下，“野老朝入田，山僧暮归寺”的情形，有一种恬然自守之山野幽趣。在荒山僻野的深处“傥荡其心，倡佯其形”，则尽显苍劲有力的自强之美。“野昏边气合，烽迴戍烟通”（骆宾王《边城落日》）；“君不见走马川行雪海边，平沙莽莽黄入天。轮台九月风夜吼，一川碎石大如斗，随风满地石乱走”（岑参《走马川行奉送封大夫出师西征》），则渲染出另一派带有边塞意味的荒野豪情。

先秦与汉唐诗人还常将虬龙、女娲、鬼魅、神怪、哀猿等想象瑰丽的意象入诗，更是营构出一个色彩斑斓的荒野世界。《楚辞》就产生在一个原始巫风盛行的天地，“深林杳以冥冥兮，乃猿狖之所居。山峻高以蔽日兮，下幽晦以多雨”，令人不识蹊径、莫辨晨昏；《涉江》中的风景，把南国水泽和楚地山川的境界细致幽深地表现出来；“雷填填兮雨冥冥，猿啾啾兮狖夜鸣”。《山鬼》中的物事，更充盈着一片令人生畏的诡异气息。荒野之上，万物自由伸展，榛莽丛生、虎豹出没，同样是大自然刚烈而和谐的生命躁动。

贰

西方人对荒野的认知，受宗教影响，将其视为人类被上帝遗弃的命运写照，被逐出伊甸园的亚当和夏娃，面临的就是一片荒野。未经开垦的荒野是恐怖与邪恶的渊薮，是一种令人恐惧、厌恶的外部环境，是文明的对立面。

古希腊人对于“文明的城邦”之外的游牧民族，有着某种天然的优越情结和道德上的优越感。所有不事农耕且居无定所，完全被自然荒野所接纳和消融的人，都是不文明的他者。在古希腊神话中，人们借荒野表达敌对情绪，如俄狄浦斯王的自我放逐之地，就是将其设定在荒野。在但丁的《神曲》里，荒野象征中世纪的黑暗与苦难，并分别用狮、豹、狼来隐喻教会的野心、肉欲、贪婪。荒野同时又是人性深处的映射，人类本性中也有“孤独和蔓生的荒野”。在古希腊、罗马时期到中世纪时期，荒野都是衬托英雄主义和悲剧人物形象的邪恶背景。即如卢克莱修《天道赋》中所言：“当此之时，民犹未知夫用火。虽获兽而不衣其皮，故形无蔽而仍裸。惟林莽之是栖，或岩穴之是息。迅风烈雨，忽焉来袭。乃庇秽体，于彼榛棘。”

对于早期的欧洲移民而言，他们离开原本居住的发展成熟的欧洲城市，经过漫长的海上航行后登上美洲大陆，未经开发的美洲大陆在他们看来，就是可怕的荒野，到处是“奇怪、恐怖、令人不安的悬崖峭壁和土地”。尽管也有人烟——有不同部落的印第安人在这荒原之上呼啸来去，但他们未开化的生产方式——狩猎而非农耕，恰恰体现了荒野的本性。茹毛饮血的印第安人原住民脸上浓墨重彩的花纹图腾，无不让他们心生恐惧。尽管在踏上美洲新大陆的那一刻起，他们拥有了一种挣脱欧洲原有秩序的自由感，但也不得不打起精神，试图征服和归化野蛮人，征服那一片片现代文明从未涉足的莽林荒野，使之变为农田、果园和城市。

在西方，“文明”一词原就指耕种、加工、照料、栽培，后逐渐引申为培养、教育、训练；又有借助工具对自然改造、加工，区别于自然并控制自然之意。“文明的曙光造成了强大的偏见……早期文明最大部分的能量指向对自然野性的征服……于是，顺理成章地便是狗优越于狼，小麦优越于野草，奶牛优越于鹿，统治者优越于被统治者。”（马兹利什《文明及其内涵》）开垦和控制荒野、征服和统治荒野的历史进程就此开始，人们在荒野四周竖起篱笆，成为驯化野生动物的牧场；原来占据绝对优势的荒野数量日渐稀少，村镇周围建起了水渠与高墙，成为人类安居的乡村，甚至城市乃至大都市都陆续出现。在欧洲殖民者看来，这是美洲大陆向文明迈进而吹响的号角。早期移民往往会以最快的速度，在被殖民地区规划并建造街道和广场。他们心中有一个执拗的信念——“文明等于城市”。对他们而言，荒野自然是用于创造美好生活的潜在自然资源，未被利用的荒野就是一片废地，只有经积极开发，才可成为人类的私有财产。

到了 18 世纪末，浪漫主义思潮兴起，才逐渐颠覆了荒野作为“恶之象征”这一形象。荒野固然有着孤寂、神秘和混乱的特性，然而在新时代的风气里，这些特质反而成为文学和艺术创作的源泉。荒野开始被视为尚未被人类开发与破坏的处女地，是象征本真、纯洁的人间天堂。连绵的群山、幽暗的森林、汹涌的海洋，是大自然的杰作。

对荒野的复归，则代表着对真理、美德及更高级文明的向往。西方在丹尼尔·笛福时代开创的荒岛文学，随着资本主义社会矛盾的日益上升，个人英雄式的反抗精神逐渐与诗人、艺术家对旧大陆文明的批判合流。荒野成了新移民精神的根据地，以及自我实现的崭新里程。

卢梭、歌德、拜伦、雪莱、库柏、康拉德等大批文学家、诗人、艺术家，每个人的心底都蕴藏着一种原始气质，涌动着一种对荒野的激情。在阅读欧洲自文艺复兴后出现的大批经典文学作品时，我们的确很容易生出身临群山峻岭、苍莽荒原的浩瀚之感。他们描述汹涌澎湃的溪流，林中高歌的云雀，朴实无华的荒野原住民，如英国湖畔派代表诗人威廉·华兹华斯在《转折》中所说："来吧，来瞻仰万象的光辉，让自然做你的师长。"面对未经雕琢的自然，他们感受到了荒野的自由以及自身"原始的活力"；对自然的参与实践，更成为智慧与新知的源泉。

祥和、富足、井然有序的田园乡村，慢慢黯然失色了，更不消说繁华背后乌烟瘴气充满钩心斗角的文明城市。人类原本就无须发明戏院和歌剧中的奢华布景，自然的景观比人工造就的事物要美好得多，丰富的荒野审美体验，形成了与从前迥然有异的价值判断。浪漫主义思潮的荒野观，将荒野视为福地与天堂，无形中也逐渐增强了对荒野的保护意味，并对之后的环境保护运动和荒野哲学的发展产生深远影响。

1620 年，当清教徒移民为寻找他们的迦南圣地而抵达美洲大陆，抵达那片"荒凉险恶、满是野兽和野人的荒原"时，荒原文学传统也由此在北美落地生根。文学中的荒原不仅仅是生活层面上的，也不仅仅是"森林的代名词"，更多地成为精神道德的喻体。南北战争的炮火留下一片满目疮痍的废墟和一无所有的荒原，但严苛的环境洗去了生命中的不洁之处，贯注了自然蛮荒的生命力。

在静谧的风景里，在遥远的地平线上，人类看到了像其本质一样美的东西。

“现代文明腐蚀了人的灵魂，而在丛林中我们重新找回了理智与信仰。”爱默生开启了浪漫主义文学的大幕；与爱默生有师承关系的梭罗，则带着一把斧头，走向四季鲜明、空旷宁静的瓦尔登湖畔，向世人昭示荒野自然对于人类的终极价值和意义。以杰克·伦敦为代表的自然主义作家，其荒野叙事对边疆文学、超验主义文学等流派无不影响深远，形成了别具魅力的文学传统。

在荒野中，一切都是自在的，也是自足的。动物是自由的，它没有被关在笼子里或者限制在园地中；河流是自由的，它没有被大坝、水库规定，也没有被水车、磨坊所限定。荒野代表着燃烧的激情、永恒的生命力量，人在荒野之上，以与未知世界单枪匹马做斗争的开拓本能，完成着对生命的自我实现。

叁

在《沙乡年鉴》里，长期从事林学和动物管理研究的作家利奥波德，以极富魅力的语言，赋予荒野更加丰富和正面的意义与评价。他认为荒野“是人类锤炼出的那种被称为文明成品的原材料”，甚至原始荒野才是“赋予人类事业内涵与意义的源泉”。整部书都描述了他身体力行，用最平易的态度与荒野自然相处的故事；表达了一个林学专家对文明的疑惑与疏离，又肯定了人的自我本质力量。在生态视角之外，利奥波德将荒野自然纳入伦理视野，认为人们应当认同并融入不断扩大的共同体，荒野概念从利奥波德这里开始，具有了多重学理价值。

“利奥波德的土地伦理，牢固地与生态学这门学科连在一起，而生态学却是与经济学紧密相关的。”（唐纳德·沃斯特语）沃斯特对自然史别有一种深刻领悟，在其名作《自然的经济体系》中，他对20世纪以来的重要生态学家进行了逐一描述，并借此梳理了现代生态学思想的起源、演变，以及与文学、经济学、哲学的互通与关联。

在《自然的经济体系》里，沃斯特认为利奥波德本人的“土地伦理仅仅是一种比较开明的长远考虑”，其长远的目的，依然是稳定的物质财富扩张。他观察着这位林业工作者的所有行为：在10多年中，利奥波德和家人在这里进行着野生生物的耕耘和管理，冬天给鸟喂食，给它们戴上环志。春天，在大雁北飞的咕咕声中，他们种植松树。夏天，他们播种和照料野花。秋天，他们观察冬眠前各种动物的奇异骚动。在所有的季节，利奥波德都做着生物气候的观察记录。“尽管他放弃了让土地仅生产最想要的庄稼的愿望，但他却继续用农艺学的术语说话：整个地球都变成一种被收割的庄稼……”

这样的结论有些出人意料，利奥波德想以大地伦理为武器，抵御功利主义自然观带来的浊世洪流；而沃斯特是在思考生态学家们对自然的态度，他看出“利奥波德的土地伦理，牢固地与生态学这门学科连在一起，而生态学却是与经济学紧密相关的”；因为从那个时代开始，生态学本身，已经在向经济学和实用自然观的方向一路狂奔。

从20世纪初开始，生态学家、进化生物学家、生理学家就将生物和生态系统看成一个个经济系统。1927年，在剑桥大学教授查尔斯·埃尔顿出版的《动物生态学》里，荒野这样的自然群落，就被描述成简化的经济体系；生物能量则是这个体系中的“流通货币”，从达尔文时代开始的“自然史”式的、略带浪漫气息的“有机哲学”，开始被学界慢慢摒弃。牛津大学植物学家坦斯利则进一步认为，生态学的研究应该把生态系统看作一个物理系统，而不是“有机的整体”。

随着生态学继续向前发展，美国顶尖的大科学家理查德·费曼就曾多次表达自己对纯思辨传统的自然观与哲学的轻视。因为哲学能做的，只是科学实践之后的总结与解释，一个科学家的信念无论有多么美妙，直觉有多么强烈，都敌不过钢铁般的实验数据。如吉尔伯特·怀特、梭罗或达尔文那样，带着田园牧歌与博物学意味的生态研究进路，18世纪欧洲阿卡狄亚式的、非功利的生态学，逐渐变成前尘往事。科技进步和原始本真的对立与缠绕，拷问着20世纪人类的精神和思考。

但毕竟，在荒野的背后，有一种较之现代科学更宽广、更深沉、更能回应现代生活的宝贵资源。罗尔斯顿在《哲学走向荒野》中指出，荒野“这份遗产”具有市场价值、生命支撑价值、消遣价值、科学价值、遗传多样性价值、审美价值、文化象征价值、历史价值、性格塑造价值、治疗价值、宗教价值和内在的自然价值，这种多样性的整体重估，有着更重大的意义。科学以逻辑为基础，但是实验数据通常只有统计水平的意义；相互矛盾的假说、理论、模型、实验事实，在科学的发展历程中毫不罕见，只有能进行哲学思考的人，才能懂得上述价值在认识论、伦理学以及形而上学方面的意义，才能在最丰富、最深刻的意义上体验荒野。

怀特海预言了一个“科学和文化重建时代的来临”。在这样的一个时代里，科学家还是得回过头来，重视整体的有机统一性。“这其实是所有富有创造性的生活方式都具有的重要原则，因为宇宙中所有存在物都必须相互连接后，每个个体的生命才能由此获得满足。”（葆拉·冈恩·艾伦）“大自然的各个不同部分是如此紧密地相互依赖，如此严密地编织成一张唯一的存在之网，以致没有哪个部分能够被单独抽出来而不改变其自身特征和整体特征的。”（怀特海）

在此时，相关的生物（态）学的真实范式，都无法换算成能量术语，包括各种动物植物、捕食者和被捕食者，各自维护着不为人知的微妙平衡，而且无须或无法弄清各个组成部分的能量摄取及利用效率。也是在此时，荒野存在于自我的平衡之中，不偏不倚，在整个自然史的变迁中，亦保持着独立姿态，是万变之中的不变者。

“世界的启示在荒野”——这样的觉醒和领悟，不光是从哲学中得来，也是利奥波德从 20 多年荒野从业与生活的实践中总结出来的；是从生态学与经济学的纠缠里挣扎出来的。如我们所知，利奥波德不是客厅里夸夸其谈的哲学家，而是一生在荒野奋战最后又死于荒野的林业和动物管理学家。这也使他的深沉感悟尤为可贵。

荒原风景和精神的终极，就像约翰·巴勒斯曾经感受到的那样，是一种“洗尽铅华、震撼心灵的宁静”，“相比之下，音乐、文学甚至宗教都只不过是不起眼的形式与象征”。荒原有如太初之境般的大静谧和大安详，是人类与自然合作谱写并同声吟唱的唱赞之诗。在野性的世界里，一个人内心无法排解的苦闷情感会瞬间消失，心灵变得畅快而洒脱。那时人们会认识到，为什么说荒野可以作为人类精神的启示者，它对人类心灵的净化与提升有着巨大的引领作用。

在人类栖居的这颗星球上，未被控制、开发和利用的荒野已相当稀缺。这里最少人类活动干扰，气候与物种的演化大致反映着一个纯自然过程，是研究全球变化的重要区域，是解开全球变化秘密的关键性钥匙。

荒野也永远是历史地理学、生态人类学最辽阔、最迷人的处女地，为现代文明提供着无比珍贵的原初模板，以供我们参照省思。在荒野中，生命的奇迹兀自轮番上演。那里是生命孵化的本真基质。

荒野是涌现者和守护者。荒野独立而不待，自然而不刻意，沉默运化而不知疲惫。在以后无穷尽的世代里，我们永远需要这一苍茫根源的滋养，现代文明方可保持长久旺盛的生命力。

过度文明的族群，会慢慢失去战斗意志，变得软弱和懈怠。而荒野让人想起源自生命本能的辽远与冲动，它存在的本身，就能启示和激励个人和族群不可或缺的阳刚气概，生发出勇于开拓的无畏豪情。在对文明世界产生困惑和厌倦之后，人类也还有更广袤与更本真的生存空间，给那些失意者与探索者，提供振作精神的心灵依托。

荒野是人类身后永久的昨天，是无从挣脱的羁绊，是拉着自己的头发怎么也脱离不去的母体。荒野是文明高压之下供人类喘息的心灵故乡，永远呼应着人心深处对纯朴生活的顾恋和追寻，那里封存着个人对家园梦想最深刻的领悟，蕴含着对人类历史与未来走向的深切追问，是人类家园一次次得以重新建立的壮丽根基。

刊于《绿叶》2020 年第 4 期

辑　二

教师的黑夜

余秋雨

01

在一般印象中，教师的生活虽然辛劳却充满阳光，因为永远有那么多青春的笑脸呼喊你，那么多成功的毕业生感谢你。

几乎所有的家长都把培养人才、塑造未来的希望寄托给教师，因此，这无疑是人世间最光明的职业。

但是，教师也有黑夜。

多少次长吁短叹、辗转反侧，为了课堂、教材、成绩，那还算是轻的。更伤心的噩梦，是学生专业的堕落，品行的沦丧，甚至，是他们身体的危殆，生命的陨灭。

家人遇到麻烦已经使我们寝食难安，而教师的“家”总是很大，而且逐年增大。因此，教师的黑夜总是特别漫长。

02

我曾在海内外很多大学任教，而其中最有趣的，是担任上海戏剧学院院长。为何有趣？因为那个学院天天阳光灿烂。

我在台上演讲，台下那么多英俊的男学生和美丽的女学生都满脸表情，又敏捷反应，稍稍一句幽默他们就哄然大笑，微微加重语气他们就热烈鼓掌。

这种气氛一年年下来也就宠坏了我，使得我后来到北大、清华等别的学校演讲时，有很长一段时间不适应，因为那儿的前几排学生见我不用讲稿只是盯着他们讲，都不好意思地低下头来，我还以为讲岔了呢。

我多次说："演讲是台上台下生命能量的交换。"上海戏剧学院给我的"台下能量"，总是那么充沛饱满、准确迅捷。后来总有很多人高度评价我的演讲水平，我说，我拥有一个最有效的训练基地。

身为上海戏剧学院院长，感到最阳光的事情，是那些毕业生的杰出成就。

其他学校当然也有大量优秀的毕业生，但我们的毕业生不同，出演了那么多部人所共知的电影、电视、戏剧，不断地在国际电影节获奖，成为公认的"影帝"或"影后"；更多的是由广大观众颁奖，他们不管在哪里出现，总会有大批"粉丝"尖叫。

这些著名的毕业生已经习惯于在公共场合表现得平静而漠然，迈着很有身份的步子，端着不像架子的架子，好像周围的热闹都与他们无关。除非，他们的眼角不小心瞟到了我。那就完全变了一个人，小心而恭敬地快步朝我走来。

我怕引起旁人太多注意，总是微笑着摇摇手，轻轻地打一个招呼就躲开。背后，学生还踮着脚在寻找我。当然，在他们还没有毕业的时候，要在校园里见到系主任都很不容易，更别说院长了。

我虽然躲开了，心里还是乐滋滋的。世上那么多重大的艺术之美与我有关，那就逼近了我"一生营造大善大美"的独自信仰。

——说到这里，我都在说自己教师生涯的光明面。但在这篇文章中，这只是反衬，我要说的主题，是教师的黑夜。

03

当然，黑夜也是由白天进入的，而且，最黑的黑夜之前，一定是特别明亮的白天。

那是一九八一年五月一日，我到湖南长沙招生。到那里并不仅仅是招收湖南学生，而是包括湖南、湖北、福建、江西、广东、广西、云南、贵州一大片，只不过设点在长沙。

由于地域太大，我们事先公布了一个条件非常严格的告示，因此前来报名的考生都已经是当地公认的文化英才。和我一起到长沙去招生的，还有一位范民声老师，我们要完成从笔试到口试的一系列复杂程序。

当年，我三十五岁，考生都是二十几岁。那次招到了多少学生，我已经忘记，只记得印象最佳、成绩最好是三个，一是湖南的江学恭，二是广西的黎奕强，三是广东的黄见好。前两位是男生，后一位是女生。他们被我看好，都是因为人很正气，有不错的人文基础，有很好的艺术感觉。入学后上课，他们也是我特别关注的好学生。

那时，“文革”过去不久，人文学科都在重建。在重建过程中我发现，即便在“文革”之前，甚至在一九四九年之前，中国在绝大多数的人文学科上都严重缺少基本教材。

即便是少数拿得出手的，也只是从古代和外国书里摘一点，根据形势需要编一点，加几个浅显的例子，如此而已。因此我们这一代面临的艰巨任务，是为每一门学科从头编写能让国际和历史认可的系统教材。

我当时虽然年轻，却已经完成了体量庞大的《世界戏剧学》的编写。这是从“文革”时期勇敢潜入外文书库一点点堆垒起来的，因此每一章每一节对我都具有“生命重建”的意义。

我希望在灾难已经过去的日子里让它变成多门课程，逐一讲授。与此同时，我也已经完成了国内第一部《观众心理学》的写作，而这正是“接受美学”的实体试炼，也可以在课程中展现。

因此，我当时讲授的课程非常多，例如戏剧美学、接受美学、艺术创造工程、世界戏剧史等。几乎每天的上午和下午都安排了不同的课，讲得既劳累又兴奋。

这些课程，因为是在填补历史的缺陷，听的人非常之多，甚至上海戏剧学院附近的一些高校，例如上海交通大学和上海音乐学院的某些班级，每逢我讲课都会把原先的课程停下，教师和学生一起来听。这样，讲课只能改在剧场了，把前三排位置留给本校的教师。好玩的是，学院的一些清洁工看到如此盛况，也都握着扫帚站在后面听。

在这种热闹而混乱的情况下，就需要由我的学生来引导、安排、维持秩序了。因此，江学恭、黎奕强、黄见好他们就特别忙碌。我觉得，这些仅仅比我年轻十来岁的学生，热情洋溢，能力超群，代表着一个生气勃勃的文化新时代。

他们毕业之后，我因为国内一批年长学者的联名推荐，被破格晋升为当时国内最年轻的文科正教授。上海方面为了克服在高级职称评定工作中常常出现的“论资排辈”陋习，决定让最年轻的教授来负责全市的文科教授评审。这下我更忙了，完全没有时间关注学生们毕业后的情况。

终于，还是听到了消息——

毫无背景的黎奕强，完全靠自己出色的才干，被选为广州市文化局副局长，兼粤剧院院长。连大名鼎鼎的艺术家红线女都在他的剧院里。上上下下一致反映，他做得很好。

江学恭更让人瞩目，那么年轻就成了一个文化大省的文化主管，担任了湖南省作协常务副主席、文联副主席、省政协常委兼教科文卫体委员会副主任。他的这些职务都不是挂名，种种实事都是他在干。

黄见好走了另外一条路，一心写作，文思喷涌，成了南方现代派文学的重要代表。笔名“伊妮”，拥有大量年轻读者。

他们站到了文化建设的第一线，都非常、非常繁忙。

虽然很少有机会见面，但他们仍然与我很知心。证据之一是，当时国内有一些“文革”余孽趁人们记忆淡忘，把我在灾难中冒险编写教材的事情进行歪曲，在广州、长沙的报刊上喧闹，但是，身在这些喧闹近旁又具有足够话语权的江学恭、黎奕强、黄见好他们，却完全不予理会。

他们太懂得作为老师的我了。如果他们站出来为我说一句话，那就会把“不可理喻”变成了“可理喻”的了。他们的这种不屑一顾，为我在全国的学生带了一个好头。对此，我一直心存感念。

04

直到此刻，我还是在写黑夜之前的白天。但是，黑夜终于来了，来得惊心动魄。

一九九七年二月六日凌晨，黎奕强好不容易从百忙中抽身，急匆匆地赶到广西梧州老家过春节。是他自己开的车，车上还有他的儿子。没想到在这条熟路上有一条桥梁正拆卸修理，深更半夜看不清，又没有路障，黎奕强的车子一下子就冲落岸崖，凄惨的后果可想而知。这位年轻有为的局长、院长和他的儿子，顷刻之间离开了世界。

过了两年多，黄见好也奇怪地失踪了。深爱她的丈夫会同公安部门一直在寻找，几乎找遍了全国一切可能的地方，几年下来都毫无结果。

朋友们说，她极有可能是因为现代派文学而主动离世了，还设计了让人找不到的方式。太深沉的文学思考让她发现了生命哲学的某种终极指向，便身体力行，国外也有现代派诗人和乐手走这条路。

这一来，三个我最看好的学生，只剩下江学恭了。

谁能想到，几年后传来消息，江学恭因双肾衰竭而紧急住院，只能依赖血液透析来维持生命！他面临的，是肾切除并移植，结果会怎么样呢？

连最有经验的医生也频频摇头。

——每一个消息，都让我张口结舌，不知所措。我不断摇头，不断发问，提出各种疑点，但是，没有人能回答我。

一切都已经成为事实。天地是多么不公啊，但再不公，也已成为事实。

我的学生，我亲自招收来的学生，听过我很多课的学生，怎么会这样？

如果那一年，我没有把他们招收进来，他们也许不会遇到这些祸殃？……

现在，已经不见了人影的黎奕强，还留下了他亲笔写的“生平”，一上来就标明自己是“余秋雨教授的学生”；已经不见了人影的黄见好，还在自己出版的书籍扉页上，印着自己“师从余秋雨教授”的身份。

人走了，字还在。学生走了，教师还在。

这，实在算得上教师的黑夜了，黑得星月全无、片云不见，黑得我喘不过气来。

05

我们学院的毕业生中有一个叫蔡国强的艺术家，因为惊人的焰火技术而名震国际。

前两年他向母校提出一个建议：校庆之夜，用激光字幕，把所有校友的名字像流水一样投射在教学大楼的外墙上。

这真是一个好主意。那天夜晚，所有的师生和校友都密密层层地站在黑夜的草坪上，抬头仰望着那一排熠熠闪光的名字安安静静地从三楼窗台下的红墙上流过。很多名字大家都知道，一出来就引起轻轻的欢呼，但出名的人太多，渐渐连欢呼也来不及了。所有的名字都在表达一个同样的意思：是的，这是母校教室的外墙，让我再用心抚摸一遍。

一旦投射在教室外墙上，每一个名字都又回归为学生，因此不再区分是出了名还是没出名，是出了大名还是小名。终于，再也没有欢呼声了，我听到了耳边轻轻的抽泣。

就在这时，我看到了黎奕强、黄见好的名字。

我知道自己立即流泪了。是的，你们哪儿也没有去，只在这里，从来未曾离开，我终于找到了你们！过去，在教室，你们抬头仰望着我；今夜，在这里，我抬头仰望着你们。

黎奕强，你的名字走过教室外墙时好像慢了下来，这外墙也很陡，但绝不是让你坠落的千丈岸崖。

黄见好，你的名字也慢了下来，不错，这教室，正是你初次听我讲现代派文学的地方，但是，你心急了，现代派文学对于生命的终极方式，还有另一些答案。

又看到江学恭的名字了。学恭，此刻你还好吗？今天做了血液透析没有？肾的切除手术会在什么时候进行？对于重病的亲友，人们如果没有切实的救治方法，一般不敢太多动问，一是害怕病人不得不做艰难的解释，二是害怕听到不好的消息。那么学恭，我就什么也不打听了，只在这里一遍遍为你祈祝。

06

一天，毫无思想准备，突然听到了江学恭的一个惊人消息。

惊人的程度，不亚于当时听到黎奕强、黄见好事情时的错愕。但这次，却是正面的，正面得让人不敢相信。

江学恭经过几年艰难万分的治疗，身体居然已经好转。在治疗之初他心情跌入谷底，却又觉得应该重温某些重要的人生阶段，于是又捧起了我的书。

他每次血液透析需要费时五个小时，便在这个过程中考虑，能否把我曾经打动过他的一些话变成一本语录。在一次次手术间隙中，他不断读书，不断构思，不断动笔。

居然，历时几年，几易其稿，终于成书。成书的时间与他康复的时间，几乎同步。

语录以“文化美学”为选择重点，书名为《大美可追》。

但是，这算是我的语录吗？那些话似乎真是我说过、写过的，但是，却被一个坚强的生命在最艰难的时分选择了，淬砺了，萃取了。

那么，它的价值属性已经发生了转移。我的话，只不过是素材。把素材打造成器的师傅，是他。而且，他在打造过程中，倾注了生命的终极力量和最高尊严。

我有幸，让我的语言见证了一次真正的凤凰涅槃。

如果说，我的语言对他的涅槃真有帮助，那就连我也产生了深深的好奇：会是哪些语言呢？

我想，广大读者也会有这样的好奇。那就等着看书吧。

这件事，让我对教师的黑夜产生了某种安慰。不管黑得多深，总会有晨曦乍露。

江学恭的晨曦已经证明，人世间能挽救生命的，除了药，还有美。除了医学，还有美学。

“大美可追”，这是一个人在生死关头给自己下达的命令。

于是，他去追了，生命也就随之欢快起来。

学恭编的这本语录集即将出版，我将题写书名来表达感激之情。

这篇以“黑夜”开头的文章，能不能成为代序？敬请学恭审定。

刊于《美文》2019年第10期

我的老彭走了

樊锦诗　口述　　顾春芳　撰写

我和老彭是北京大学的同班同学，老彭是我们班上的生活委员，同学们给他取了个外号叫“大臣”。

当时男同学住在36斋，女同学住在27斋，男女生交往比较少。我一直叫他“老彭”，因为他年轻的时候白头发就很多，我心想这个人怎么年纪轻轻就这么多白头发。他和我们班同学的关系都很好，因为他办事认真，有责任心，给人的印象就是个热心诚恳、非常愿意帮助别人的人。这是我对他的第一印象。

老彭对我格外照顾，可我对恋爱非常迟钝。因为27斋女生宿舍很小，加上住的是上下床，学习空间很狭窄，所以就要跑图书馆看书。大概是三年级的时候，有一回我去图书馆，发现已经没有位子了，我就看见老彭在冲我招手，原来他给我留了个位子。这以后经常是他先到，占了座位就给我留下。但是他也不多说话，我也不多说话。据他后来说，他认为我这个人学习还不错。其实，他学习比我刻苦多了。

有一年夏天，他买了一块手绢送给我，大概是因为他看见过我用白色、蓝色的手绢，我才发现原来老彭非常细心。但是我一看他送的手绢，黄色的，上面有绿点点和红点点的花纹，我既觉得他对我很关心，又觉得这手绢实在是俗气。他们老家爱吃腌臭鸡蛋，有一次他就带了臭鸡蛋给我，还说特别好吃。我当时想这有啥好吃的，不过又觉得这个人朴实得可爱。

有一天，老彭突然对我说：“我想带你去我大哥家，我哥哥住在百万庄。”

我这才知道，原来老彭在北京一直和他大哥生活在一起。我心里想，女孩子不能随便去人家家里，但是他提出要带我回家，我就知道他的心意了。其实那时候我们俩还没有正式谈恋爱。

到了他家以后，我感觉他们家的氛围很好，特别是他大哥待人热情、周到、诚恳，给我留下了很好的印象。我意识到老彭的成长受到了他大哥的很大影响。老彭是他大哥拉扯大的，老彭长得也很像他大哥。大哥比他大五岁，念过师范学校，抗日战争期间就参加了革命，退休前是建设部的一个司长。2015 年 9 月大哥还参加了纪念抗战胜利七十周年的阅兵式，在抗战老同志的乘车方队中。

当年他大哥参加革命后调到了保定工作，就把老彭带到保定上学，后来调到北京之后，又带他来了北京。老彭上的中学是北京四中，是他大哥出钱出力培养他，一直让他念到大学。他心里很明白，也很感激，所以学习非常下功夫，做事也非常认真，成绩很好。

还有一次老彭带我去香山玩，爬到“鬼见愁”，实在口渴得很，老彭就去找水。估计是买不到水，他买了点啤酒回来。我说我从来不喝酒，他说喝一点没事儿，啤酒也能解渴。谁知道我喝了一点点就晕得不得了了，路也走不动了。他问我为什么不早说，我说我从来不喝酒，是你说没有关系，我才喝的。他就耐心陪伴我在那儿休息，直到我酒劲儿过去慢慢缓过来。

大学四年级的暑假，我姐悄悄告诉我，说是家里给我相中了一个人，这个人我根本没有见过。因为我不愿意，所以我就向父母说明自己已经有意中人了，他出身农村，是我北大同学。我之所以要告诉父母，是不想让二老再管我的婚姻。

我和老彭之间没有说过我爱你、你爱我，我们也就是约着去未名湖畔散步，快毕业前我们在未名湖边一起合影留念。毕业分配后，老彭去了武汉大学，我去了敦煌。那时候我们想，先去敦煌一段时间也很好，反正过三四年后学校就可以派人来敦煌替我，到时候还是能去武汉。北大分别的时候，我对他说：“很快，也就三四年。”老彭说：“我等你。”谁也没有想到，这一分就是十九年。

分开的这段时间，我们每个月都会通信。因为我写的字比较硬，老彭的同事以为来信的是个男同学，不知道他已经有了女朋友，还热心地给他介绍对象。

老彭去武汉大学历史系时，那时的武大还没有考古专业，只有历史专业，他一开始当谭戒甫老先生的助教。1976 年武汉大学考古专业创办后，招收了考古专业第一届工农兵学员。老彭当系领导和考古教研室的负责人，主要负责教学，讲夏商周考古，另外还要带学生外出考古实习。他在武汉大学从零开始，建立了考古专业及第一批师资队伍。

1964 年秋天，我在张掖地区的公社搞社教工作，老彭所在的武汉大学也在搞社教。社教工作差不多搞了九个月，结束之后我就回上海家里探亲去了。

1965 年秋天，老彭主动来敦煌看我。那是毕业之后我们的第一次见面。常书鸿先生十分重视，特地打着武汉大学要来个教授的旗号借了辆车去接老彭。老彭的同事这时候才知道，原来那位敦煌的同学是个“飞天”。我的同事也很关心我，说我们俩还没结婚，就让老彭住到同事他们家里，常书鸿和几位敦煌研究院的老先生对老彭都很好。

那些日子，我带着他看了敦煌的许多洞窟。从考古到艺术，我们俩无话不说，一直说到深夜还觉得有说不完的话。但是关于我们的未来，谁也不敢轻易触碰。两个人相距万里，难道将来的每一天都要承受这种两地分离的痛苦吗？如果病了呢？如果需要人陪伴呢？如果有了孩子呢？许许多多的问题压得我们喘不过气来。就在这种极度的幸福和极度的茫然中，我们两人在一起度过了美好的八天。老彭快走的时候，我还带着他去爬鸣沙山，我们在山上还留了影。

他要回武汉的时候，我去送他。老彭拉起我的手，轻轻地对我说了一句：“我等着你……”我流泪了，我知道这句话的分量。我就一直怔怔地看着汽车开走，前方是他的路，背后是我的路。虽然他说“我等着你”，已经明明白白告诉了我他的心意，但是我心里并没有因此而变得舒坦一些，好像有什么东西梗在我的喉咙口。这是我所期盼的，又是我所无法承受，无法给予回报的。

我们结婚时，没回老彭河北的老家，直到 1970 年初，我们要把第一个孩子送回老家抚养时，我才第一次到他河北农村的老家。我的印象中河北老家的房子还算宽敞，但家里最现代的东西就是暖壶，此外再没有什么像样的东西。

我们第二个孩子是在武汉出生的，老二出生不同于老大，老彭准备得很好，老彭的大姐把老大从河北老家带到了武汉。大姐可能比我大十几岁，别人总把她当成我婆婆。我在武汉度过五十六天的产假，老彭把我照顾得非常好，给我做饭、炖汤，什么都不让我动手，晚上让我休息，他起来看孩子。我坐完月子就回了敦煌。大姐在武汉又住了几个月，之后她带着老二回了老家。

老大就留在了武汉，那时候他已经五岁了，正是调皮的年龄。老彭要教学、办专业、出差，还要带孩子。他每次出差，就只能把孩子交给同事照顾，这次交给这一位，下次又交给另一位。所以我们家的老大从小是住集体宿舍，吃百家饭长大的。那时候老彭又当爹又当妈，辛苦可想而知。

随着时间的推移，“十年动乱”已告结束，到了解决分居问题的时候了。老彭当时急切希望我尽快调往武汉。儿子也特别希望我调去武汉，因为武大那时盖了一批教工家属楼，符合入住条件的老师都搬到家属楼去了，儿子的小伙伴也都搬了。由于只有老彭一个人的户口在武大，不符合条件，儿子就特别着急，写信抱怨此事。可是这时的我犯了犹豫，既对老彭有感情，想念孩子，想去武汉；又对敦煌产生了感情，想留在敦煌，为敦煌干点事。加上甘肃和武汉大学两方面的组织都坚决不放人，希望对方让步，双方争持了很长时间。

不过即便在为调动的漫长拉锯阶段，我们俩都从没有为此红过脸。1986年，为了我们俩谁调动的问题，甘肃省委组织部、宣传部竟各派出一位干部找到了武汉大学的校长刘道玉，后来武汉大学没办法，就让老彭和我自己商量决定。就这样，老彭最后做出了调来敦煌的决定。老彭说：“我们两个人，总有一个要动，那就我走吧。”其实，如果老彭坚持不松口，我最后肯定只能妥协了，但他知道我心里离不开敦煌，所以他表示自己愿意离开武汉大学。

我最感激老彭的就是，他在我还没提出来的时候，自己提出调来敦煌。如果他不提出，如果那时候他拿出他一家之主的威严，也许我就去了武汉，因为我绝对不会因为这件事情放弃家庭，甚至离婚，我没有那么伟大。但是他没有，他知道我离不开敦煌，他做出了让步，如果没有他的成全，就不会有后来的樊锦诗。

等到我们一家真正聚在一起的时候，已经是 1986 年了。老大都念高中了，老二也念完小学。老彭调来敦煌研究院，最初一段时间在兰州，因为两个孩子都要在兰州上学，老彭为帮助孩子适应新的环境，他也在兰州待了一段时间。以后，我和孩子虽然也不能天天见面，但至少可以利用到兰州出差的机会多和他们在一起，这个家就像个家了。我对孩子们比较民主，从来也没有强迫过他们。他们念什么大学，找什么工作，都顺其自然。因为我深感自己作为一个母亲，欠他们的太多了。

我有一句话跟好多人说过，我说我们家的先生是打着灯笼都找不到的好人。一般的家庭都会因为这个问题解决不了，最终散了。但是他为我做了让步，放弃了自己热爱的事业，也放弃了自己亲手创立的武汉大学考古专业。

遇上了老彭这样的好人，是我一生的幸运。

到了敦煌后，老彭放弃了商周考古的教研事业，改行搞了佛教考古。他主持了莫高窟北区石窟两百多个洞窟的清理发掘工作。莫高窟北区石窟考古是研究所成立四十多年以来想搞清而没有搞清的问题。老彭很热爱这个工作，一跟人说起北区，就兴奋得停不下来。如果他的价值因为来到敦煌而得不到实现的话，我一辈子都会感到内疚，好在他重新找到了自己的事业。

北区石窟的考古发掘，被认为是开辟了敦煌学研究新领域。老彭年过五十之后放下自己做得好好的事业，从讲台到田野，一切从零开始。他在敦煌北区考古发掘的收获，对于老彭和我来说，都是一种安慰，命运对我们还是非常眷顾的。

老彭这一生不容易。小时候家境贫困，是兄嫂带大的；娶妻生子，两地分居，家也不像个家；自己开创的考古专业为了我而中途放弃；还没等享受天伦之乐，晚年又得了重病。

他第一次得病是2008年秋天，在兰州检查确诊为直肠癌。记得当时他给我打电话，我一听声音就知道情况不好，他说："我查出来了，直肠里面有个疙瘩，怎么办？"我就联系兰州的同事陪他继续检查，又给北京、上海到处打电话，最后在上海找到了一位专家。我陪他去上海住院、做手术和治疗。手术很成功，治疗的结果亦很好，没有复发。

他出院后在上海孩子家里疗养了一段时间，我天天为他做饭，加强他的营养。他刚出院时瘦得只有八十多斤，慢慢营养好了，他的体重到了一百二十多斤。我们俩2009年春末夏初回到敦煌，老彭的身体已基本康复。我跟他说："你现在要休养，以休息为主，以玩为主。想看书就看书，不想看，就不看。愿意怎样，就怎样。"他很理解我的安排。

从2008年到最后走的近十年时间，他过得还是很愉快的，有时出去开会，有时出去游玩。老彭很早就喜欢玩微信，那时候我都还不会。他也愿意散步，喂猫，到接待部和年轻人聊聊天。我每年都让他到上海体检。我和孩子们交代，他喜欢的皮鞋、衣服就在上海买。他退休之后，我们俩一起到过法国，他自己还去过印度。我工作以来只疗养过一次，就是2015年和老彭一起去贵阳。

2016年秋天，邓小南教授邀请我参加北大人文社会科学研究院成立仪式，我就说我要带老彭一起去。我们利用这次机会一起回到了母校，还去看望了宿白先生。我们俩后来还一起去过武当山，到四川成都看展览，不过我都是有任务在身，到周庄也是出差顺路经过。以前我总是想着，等我真正退下来，我们还有时间到各处去走走玩玩，实际上我的闲暇时间很少，无法陪他出去痛痛快快地玩。

我一直觉得对不起他。我忙，他生病后我不让他做饭，早上、中午两顿都是他去食堂打饭，晚上就熬点稀饭，他还承担了洗碗。这一生都是老彭在照顾我，家务事是他帮我在做。其实他不太会做饭，但只要他做，我就说好吃好吃。他爱包饺子、爱吃饺子，馅儿调得很不错。他喜欢吃鸡蛋羹，却总是蒸不好，我告诉他要怎么蒸，怎么掌握火候才好吃。我蒸的鸡蛋羹他就说好吃，他满足的样子像个孩子。

他从农村出来，一直很注意节约。以前在武汉大学住的房子后头种了丝瓜，孩子吃腻了就不吃，他对孩子说："有丝瓜吃就不错了。"我从来不要他给我买东西，他买的东西我看不上。但他的衣服大多是我买的，内衣、衬衫、外套、西装和皮鞋，只要是我买的他就喜欢。实在太忙，就在他出差前提醒他自己去试一下买点衣服。90年代初他去日本进修，我说他清瘦的身材跟日本人差不多，让他在日本好好给自己置办点衣物。

他2017年第二次生病，来得突然，来势凶险，发展迅速。年初突然胃口不好，后来出现晚上睡觉时，前半夜胃部不适，后半夜腹部不适。我还以为是他消化出了问题，后来吃了点胃药也不起作用。我建议他给上海熟悉的专家打电话询问原因。上海那边听他电话里描述的情况，判断他可能是胆囊出了问题。我就让他赶紧去敦煌的医院检查。谁知老彭被叫住院了。我到了医院，院长给我看了给他拍的CT，我一看就傻眼了，院长说老彭患的是胰腺癌。

年初，春节没过完，我就送他去上海住院治疗。医生为他做了磁共振检查，后来又做了一次CT，确诊老彭患胰腺癌。面对这突如其来的打击，我几乎绝望，浑身无力，实在难以接受，心里一直在想怎么办，怎么办，我请求医院设法救救老彭。医生耐心地给我解释说，胰腺癌一旦发现就是晚期，在全世界范围内还没有有效的治疗方法，美国的乔布斯也是死于这种病。

要么开刀，我们把你当朋友，跟你说实话，他这样的年龄，如果开刀就是雪上加霜。我把孩子们叫来一起商量，最后定下的治疗方案就是：减少痛苦，延长生命，不搞抢救。老彭他自己不问是什么病，跟大夫相处得还挺好。我没有勇气告诉他得的是什么病，医生也不让我说，医生亲自告诉老彭，说你得的是慢性胰腺炎，这个病不太好治，要慢慢治，希望你不要着急。

在老彭整整六个月的治疗过程里，我几乎天天来往于旅馆和老彭的病房，也经常与医生联系，商量如何治疗。有很长一段时间，我心里还是想不通，他怎么会得这个病？像他这样好的人不应该这样不幸，为什么老天爷偏偏要让老彭得这个病?

我查了一些资料，所有的资料都显示胰腺癌是不治之症。有一次看到罗瑞卿的女儿罗点点的文章，她是医生，见过无数病人痛苦而走，她说人最佳的一生就是“生得好、活得长、病得晚、死得快”。她不主张无谓的抢救，认为这样非但不能减少临终病人的痛苦，反会给病人增加痛苦，主张要给临终病人一个尊严。

后来我还看过女作家琼瑶写给孩子的信，发表她对“死亡尊严”的理解。她的见解，基本与罗点点医生相似。这样，我也慢慢平静下来，只得面对现实，告诉自己多陪陪他，饮食上多想些办法，尽量给他弄些他爱吃的食物，多给他一些照顾，多给他一些宽慰，尽量减少他的痛苦。

老彭很相信医生，从来不跟我打听病情，其实少知道点也有好处。现在如果有人问我如何看待死亡，我想说死并不可怕，每个人都会死，但最好是没有痛苦地死去。治疗过程中的前三到四个月，老彭的情况还比较稳定，心态也比较乐观，饮食也还不错。他说治好了，要给大家发红包。我问他给不给我发红包呀，他说那我也给你发红包。

他很愿意跟人聊聊天，有时候和医生也能说上好一会儿，我就叫他少说几句多歇息。那时候他还会看看电视，听听歌，我也不太愿意跟他聊痛苦的事。有时候我让他吃一点酸奶，他说不吃，我说就吃一口吧，他又让我先吃，然后他吃了还说:“甜蜜蜜。”

医院的饭是每个礼拜三有一顿饺子。一到日子，他就说今天礼拜三，你们早点去买饺子，一定要让我们陪护的人就在病房里吃，他看着我们吃。我说:“老彭，你看着我们吃馋不馋，要不你吃一个尝尝味道。”我心里知道，虽然我们努力帮助他减少痛苦，但毕竟这个病很折磨人，要做到完全不痛不难受基本不可能。

到后来，我搀着他走路的时候都能感觉他浑身在发抖。他说自己又酸又胀又痛，还跟我说想要安乐死。这件事我无能为力。我知道他一直在和病痛做抗争，我能做的就是请大夫想办法，缓解他的痛苦。

老彭特别坚强，痛到那种程度了，他还坚持要自己上卫生间，一会儿坐起来一会儿躺下，什么姿势对他来说都很难受，但他也没有叫过一声。一看见医生来查房或看他，他还露出笑容，稍微好一点点就又有求生的希望。我心里明白，他正在一天一天慢慢离我们远去，直到最后看不见。我唯一能做的就是不断想各种办法，好好护理他，不让他受更多的罪。

他刚住院情况比较好的时候，我还偶尔到外地出个差，这期间参加过一次两会，都是快去快回。最后将近一个月，我和两个儿子还有一个照顾老彭的小伙子，四个人轮流值班。白天我在病房守着他，晚上看他吃好安眠药睡下，我再回去休息。他从来不想麻烦别人，因为夜里难受来回折腾，第二天我还听到他给老大道歉，他说："昨天晚上对不起。"我说："你说这个是多余的话，他是你儿子呀，护理你是应该的。"但是，老彭他就是这样一个人。

有一天，我轻轻摸摸他的额头，他不知道哪里来的力气，抬起身子，把我搂过来吻了一下。他走的那一天早上，医院五六点钟就来了电话，说老彭心率、血压下降，我想他可能不行了，就急忙往医院赶。我到医院的时候他已经昏迷了，我就大声叫他："老彭！老彭！老彭！"我一叫，他就流眼泪了。听人说弥留之际听觉是最后消失的，我想他应该是听到了，那是中午 12 点。

老彭走后的半年，我瘦了十斤。按照他和我的想法，后事越简单越好。我向研究院报告了情况，叫院里不要发讣告。老彭是 7 月 29 日走的，我们 31 日就办了告别仪式。我没有发言，两个孩子也不让我发言，他们就代表家属发言。我想把老彭带回敦煌宕泉河边。两个儿子说，你带走了我们看不见，所以骨灰暂时存放在上海，他们清明、立冬，还有一些节日，都会去看看。

一个月后，我又回到了敦煌。一切都是老样子，只是我的老彭不在了。

我早上就弄点饼干、鸡蛋、燕麦吃，中午自己去食堂打饭，一个人打一次饭就够中午、晚上两顿，晚上有时候也熬点小米粥、煮点挂面，就像他在的时候一样。其实，我一直觉得他还在，他没走。

有一次别人给我打电话，问你现在跟谁过啊，我说就我跟老彭，对方一下不说话了。直到去年，我才去看了老彭的大哥大嫂。每次出门，我都想着要轻点关门，老彭身体不好，别影响他休息。我把一张他特别喜欢的照片放大，就放在我旁边。2019年除夕那天，我跟他说：“老彭，晚上咱俩一起看春晚。”

刊于《中华文学选刊》2019年第12期

讲故事的人活在我们心里

——怀念作家李迪

何向阳

2016 年 4 月，李迪老师电话告诉我他的新作《警官王快乐》一书在无锡开研讨会，中国作协创研部是主办方之一，作为作者他想邀我参加，我当时正在中央党校学习，离京难以请假，便电话中向他表示祝贺并请他谅解。他表示没事，并祝我学习愉快。我感到这是一个非常体谅别人、心底极为善良的人。2019 年 9 月在作协的电梯里再次见到李迪，那天是中国作协“脱贫攻坚题材报告文学创作工程”的启动仪式，创研部受命承担这一工程的实施，那天上午，小芊书记请国务院扶贫办刘永富主任在十楼大会议室做报告，我从办公的五楼按电梯按钮上楼，电梯门开，恰好李迪已在上楼的电梯上，同电梯的其他部门同事问十楼什么会呵，这么多大牌作家都来了。我笑着和李迪老师打招呼，说脱贫攻坚工程有李老师加入，就已经成功了一半了。李迪开心地笑着，谦和地客气着，大家那天的心情都特别好。而今天距那个上午，还不到一年，直到现在，我都不愿相信他已经于两个月前永远离开了我们。

讲故事的人走了，但他把故事留给了我们。

这些故事对于作为读者的我们而言，是一笔巨大的精神财富。作家出版社出版的《十八洞村的十八个故事》，是中国作协组织的“脱贫攻坚题材报告文学创作工程”中的一部，目前这一工程的 25 部作品已有 21 部完成待出，到年底可望出齐。李迪老师为“十八洞村的十八个故事”付出了他的全部，他的生命的最后时间全部交付给了这部作品，也可以说他的生命的最后时光全部贡献给了脱贫攻坚的写作，贡献给了曾经陪伴他给了他鼓舞和快乐的生活奋斗在十八洞村的村民。这是一个立志以人民为中心，并将文学的人民性贯彻到生命的最后一息的作家。这样的作家，又怎么可能不被我们怀念，不被人民铭记！

李迪是一位在创作中始终以人民为中心的作家。在他的故事中我们读到的是一位作家对于人民的真挚热爱。这种对人民的真挚的情感是一位作家与生俱来的品德，同时也是一位作家在深入生活、扎根人民实践中对写作者自我品性的不断陶冶与修炼。这种情感关系到一个作家对于他创作的态度，同时也关系到一个作家的笔下的人民形象。习近平同志在文艺工作座谈会上的讲话中指出，“人民不是抽象的符号，而是一个一个具体的人，有血有肉，有情感，有爱恨，有梦想，也有内心的冲突和挣扎。不能以自己的个人感受代替人民的感受，而是要虚心向人民学习、向生活学习，从人民的伟大实践和丰富多彩的生活中汲取营养，不断进行生活和艺术的积累，不断进行美的发现和美的创造。要始终把人民的冷暖、人民的幸福放在心中，把人民的喜怒哀乐倾注在自己的笔端，讴歌奋斗人生，刻画最美人物，坚定人们对美好生活的憧憬和信心”。在李迪刚刚出版的《十八洞村的十八个故事》中，我们读到的正是作为文艺创作的源头活水的人民，而作为文学原料的丰富矿藏的人民生活，始终是他创作中取之不竭、用之不尽的源泉。

无论是《金兰蜜》中龙先兰从“酒鬼”到养蜂致富专业户的转变，还是《让我在山上把眼泪哭干》的为供养儿子上大学而“我自己当牛”种地又开农家乐的母亲，和她的在上海的大学毕业后翻越唐古拉山自愿到拉萨去援藏的儿子；无论是《就是悬崖我也要跳》中从给人打工到自己创业的养猪大户再到创业农家乐的“英雄永不停足”的隆英足，还是一个人一节课同时教三个年级、奋战在农村教育战线上、期望“让每一所学校都获得较好的发展，让每一个孩子都获得良好的教育”的青年教师蒲力涛，都是作家李迪在那个南方的冬天里通过和十八洞村的村民们一起度过而得来的。与村民们交朋友，听他们讲述人生的故事，了解他们的经历成长，体味他们的喜怒哀乐，是李迪作为作家最开心的事。

《永和人家的故事》中的33个故事中的主人公，的确在槐花饼、大红枣、剪纸、豆皮、粉条这些最具烟火气的词语背后，是活跃于中国新时代的最有力量的生活意志，最勤劳肯干的善良的人们。无论是唱道情的刘金杰刘老汉，还是开早点铺的“大胡子”李留记，无论是民间剪纸艺人刘林翠，还是唱秧歌的冯曹胜老木匠，他们在李迪的笔下，都焕发出人的光彩，他们，有血肉，有情感，有爱恨，有梦想，也有挣扎、有苦恼，更有不如意和困难，但是他们都以人的精神战胜了那些现在看来也许是微小而当时是强大的困难，走上了脱贫致富的道路，过上了小康的生活，他们，是一个个有名有姓的人，他们就生活在新时代中国现实的大地上。在作家李迪的笔下，这些“他们”，从来不是概念，他们的跃然纸上的一个个生动鲜活的面孔，也从来不是单一化脸谱化的，“他们”是这个时代的主人。

但是，“他们”是不可能自己跑到作家的纸上的，作家得去生活中找到“他们”，与“他们”相遇相知相近相亲，和“他们”真正地交朋友，和“他们”真正地心连心，才可能真正地走近“他们”，“他们”也才会真正地向你掏心窝子，说体己话。李迪是和“他们”交心的人。他七上丹东，六下无锡，三季走过九省，和看守所的警察一起过了两次春节，他五下永和，数月往返，遍访十八洞村，他认真地对待他遇见的每一个人，他诚恳地珍爱要进入他书写的每一个人。特别是近两年，为写脱贫攻坚中的人们，为写向往小康生活并亲手创造着小康生活的人们，他在有限的时间走过了那么多的地方。山西永和，在中原偏北，属地临汾，临近黄河，1936年毛泽东、彭德怀率中国红军抗日先锋队渡河东征，曾在此前后共居住了十三个日夜，将“抗日反蒋、渡河东征”调整为“回师西渡、逼蒋抗日”，从而扭转了中国革命的乾坤。晋陕峡谷我去过三次，但都未能走到永和，只到了它对面的延川。黄河在晋陕峡谷气势磅礴，骁勇向前，勤劳善良的永和人民是为中国革命的胜利做出过不可磨灭的贡献的。湖南十八洞村，在南方偏西，位于湖南省湘西州花垣县排碧乡，2013 年 11 月 3 日习总书记来村调研，首次提出“精准扶贫”，强调要从实际出发，因地制宜，切忌喊口号，也不要好高骛远的目标。经过村民们的奋斗，现在的十八洞村，旅游业已成为村子的龙头产业，村民们办起了农家乐，还做起了苗绣等特色手工艺品，2016 年村子人均收入达8313元,2017年2月，成为湖南省率先脱贫摘帽的贫困村之一。十八洞村，可以说是党在十八大以来决胜全面建成小康社会、决战脱贫攻坚的起点，是新时代吹响了向贫困宣战的号角的地方。

无论是走在黄河岸边还是跋涉于湘西民间，李迪都是那么兴致勃勃，从田间地头，到街巷阡陌，他无时无刻不受着那些朴实的劳动者的吸引，而他的朴实也吸引了众多的劳动者，“他们”向他打开话匣子，向他打开心扉，对这个“外来者”“异乡人”说出自己的经历、命运、理想和愿景。“他们”不想对他有什么隐瞒，同时也不会对他打官腔妄语，他们在与他的相处中，受到他的一团火般的热情的感染，“他们”与“他”，在心心相印中完成了心的交换。

这些生活在中国南方、北方的不同水土的“他们”和“他们”的改天换地的创造，是作家李迪五次去永和，更是整个冬天都泡在十八洞村而结识和认识的，他们呼唤着他，而在这样深入的“行走”中，他们也认识了他，“他们”和“他”，就这样变成了“我们”。写下《创业史》的柳青是以皇甫村的 14 年获得了“我们”的，他与蛤蟆滩的那些勤俭善良的劳动者最终融为了一体，而李迪也是中国当代文学史中这个作家队列中的一员，他以他的生命践行了社会主义文学的信念，锻造了一个“人类灵魂工程师”这个称号所含蕴的最朴素也最高贵的灵魂。

李迪是一位热衷于讲故事也善于讲故事的作家。铁凝同志在《一位无愧于时代和人民的作家》一文中写道：“他的作品是质朴的，没有华丽的修辞，他努力写出人民心里的话，他的风格温暖明亮，他的态度情深意长，这在根本上源于他对人民群众深切的情感认同。”她说：“从这些作品中，我们感受到的是广袤的大地与奋进的人民，感受到在一个一个人物身上，一个一个平凡而伟大的战斗者、劳动者身上那推动历史发展的伟力。这样一个作家，是时代的记录者，是人民的歌者。”诚如铁凝同志评价的那样，李迪在作品中尽力保持着生活的原生状态与人的原初面貌。他的故事引人入胜，也扣人心弦。《丹东看守所的故事》《听李迪讲中国警察故事》《英雄时代——深圳警察故事》《加油站的故事》，还有我们刚刚读到的《永和人家的故事》《十八洞村的十八个故事》，他在每一部书的书名上都冠以“故事”，不能不说是有良苦用心的。

这些故事的背后当然是一个个感动了作家的老百姓的真实的生活故事，作家把他们从这个世界上每天都发生的纷纭故事中挑选出来奉献给我们，这个提炼的过程是淬火的过程，也是作家的世界观文学观得以明晰的过程。在中国现当代文学史上，赵树理就是一个擅长讲故事的人，他讲述的小二黑、小琴们的故事，在今天读来仍然活泼生鲜，他的人物仍然具有其他同时代作家不可比的来自民间的动人魅力，在他笔下，“‘人民’不再是五四时期需要被启蒙的大众，而是历史的、能动的主体”，这一主体的发现，与毛泽东《在延安文艺座谈会上的讲话》把人民放在文艺创作的主体地位上的指导与引领有关，同时也更与一个生于农村、了解农民、热爱农民、发自内心对农民利益关心、愿意热情书写农民并给农民看的作家的自觉意识不无关联。今天我们要了解 20 世纪 30 年代到 60 年代的太行山区的人民生活，了解当时晋东南和晋北百姓的生产劳动、婚丧嫁娶，了解无数个历史中的小二黑、孟祥英、李有才、田寡妇、潘永福这些具体的农民的面容、人民的理想，便不能绕过赵树理的小说，赵树理的小说是中国新民主主义革命的中国农村社会发展的一面镜子。但是这面镜子不是生硬地照出，而是力求照出人的生长性，更准确地说是农民的成长性的一面镜子。人的成长、人的解放、人的觉醒在里面，“新的人物新的世界”都在里面，这面镜子，让我们看到了以激情烛照现实、以进取歌唱新生的解放区文学的现实主义创作中的理想主义气象。这种气象同样不是理想化的拔高，而是作家对现实农民心理状况的真实反映。也就是在这个意义上，周扬才感叹，“站在斗争的最前线，创造积极人物的典型，是我们文艺创作上的一个伟大而困难的任务”，

“积极人物”的诞生，很大程度取决于作家的积极心态和在这心态下的积极发现。对于现实发生与人物典型，显然赵树理不是将之作为任务去完成的，周扬在1946年8月发表的《论赵树理的创作》文中高度肯定，“赵树理是中国文学史上第一个以农民的语言，农民的思想，写农民生活的作家”，并于1962年8月中国作家协会于大连召开的“农村题材短篇小说座谈会”上再次评价，“中国作家中真正熟悉农民、熟悉农村的，没有一个能超过赵树理”。赵树理曾言及他与农村的关系是“母子一样的”，“离得时间久了，就有些牵肠挂肚，坐卧不宁，眼不明，手不灵，老怕说的写的离开了农民的心气儿”；他言及与生活的关系时讲，“要真正深入生活，做局外人是不行的。只有当了局中人，才能说是过来人，才能写好作品”。

从这个意义上讲，李迪是接过了赵树理精神衣钵的人，他对于脱贫攻坚的书写也并不是当任务去完成的，他的书写，同时也是一个从“局外人”到“局中人”的锻造过程。一个“局外人”的作家，和立意成为“局中人”的作家，写出的作品面貌是不同的。和人民的感情到了怎样的程度，是从作品中可以看得出来的，李迪经常说，生活是口井，找到井，有水喝。如果只是从深入生活这个层面理解这句话，还并不足以概括李迪的精神境界，我以为他的“找井”的过程，就是他对赵树理等作家所秉承的现实主义文学传统的自觉继承和不断弘扬的过程。这种弘扬表现在“讲故事”这种朴素的文学讲述方式上，作为“讲故事的高手”，赵树理是他所生活的那个时代的诚实的“说书人”，而李迪作为讲述自己时代的故事的作家，他的诚实也贯穿于故事之中，从《加油站的故事》的40个故事，到《永和人家的故事》的33个故事，再到《十八洞村的十八个故事》中的18个故事，这只是他讲述的局部故事中的近百个故事，从这些平实记录的平凡人的故事里，我们读到的不是关于脱贫攻坚的标语口号，李迪也从不以概念化、符号化去处理他所选取的事件人物，他从不给他的人物贴标签，他的故事中的人都是亲切可感的，活泼泼的，都是让人能够记住的，这种写作方法，无疑是有些理论评论将“讲故事”的叙述方法贬低到非主体介入创作的论述所无法理解的。

李迪的“故事”写作，似乎也在自觉地为“故事讲述人”的作家主体正名，他要通过这发生在中国大地上的成百上千个故事告诉我们，作为一个作家，讲好发生在作家身边的日新月异的故事有多重要，而身为一个作家，如若看不到这些携带着人的气息、人的血汗、人的眼泪、人的奋斗的故事，又是怎样地愧对于作家这个“人类灵魂工程师”的称号。

“做一个有情的人，做一些有情的事，写一些有情的作品”，李迪是这么说的，也是这么做的，他数十年如一日，无论是为人处世，还是对待文学创作，无论他写的对象是警察、工人，还是农民，他都从最贴心的地方关注他们，关心他们，他愿意与他们在一起，他愿意把自己作品的主人公留给他们。

故事，是李迪创作的魅力所在。而有魅力的故事的取得没有捷径，仍然要靠与故事中的人物心贴心的书写，故事中的人物从哪里来，仍是要靠在他们成为人物之前，一个作家对他们生活的深切的体察，对他们的命运的真切的关注，对他们的情感的真挚的同情，对他们的成长的由衷的欣喜，如果没有这些，如果撤掉了这些，我们的文学则会是另一种面貌，它将是苍白无力的，它更谈不上血肉丰满，气血贯通。如何能够做到气血充盈，血肉丰满，也是没有捷径的，只有脚踏实地，这里的脚踏实地，不是一个常用语，或是形容词，而是真真正正地脚踩坚实的大地。习总书记说：“文艺创作方法有一百条、一千条，但最根本、最关键、最牢靠的办法是扎根人民、扎根生活。”对于作家来说，扎根人民，是为了写好人民，而能够写好人民，其根本还在于把人民放在心中最高位置，永远和人民在一起，坚持以人民为中心的创作导向，以满足人民的精神文化需要为写作的出发点。这写出来的作品，人民才会认可，才会爱看，才会喜欢。早在 1942 年，毛泽东同志《在延安文艺座谈会上的讲话》中就提出文艺是为什么人的问题，并指出：“为什么人的问题，是一个根本的问题，原则的问题。”习近平同志《在文艺工作座谈会上的讲话》指出：“人民既是历史的创造者，也是历史的见证者，既是历史的‘剧中人’，也是历史的‘剧作者’。文艺要反映好人民心声，就要坚持为人民服务、为社会主义服务这个根本方向。这是党对文艺战线提出的一项基本要求，也是决定我国文艺事业前途命运的关键。只有牢固树立马克思主义文艺观，真正做到了以人民为中心，文艺才能发挥最大正能量。”他进一步指出：“以人民为中心，就是要把满足人民精神文化需求作为文艺和文艺工作的出发点和落脚点，把人民作为文艺表现的主体，把人民作为文艺审美的鉴赏家和评判者，把为人民服务作为文艺工作者的天职。”并指出：“能不能搞出优秀作品，最根本的决定于是否能为人民抒写、为人民抒情、为人民抒怀。一切轰动当时、传之后世的文艺作品，反映的都是时代要求和人民心声。”

时代要求与人民心声，是装在李迪心底的，如果我们熟读他的作品，就会发现，他的讲故事的方式，不是将他自己放在前台，而是永远让他的人物——他在生活中遇到的形形色色的人，警察也好，工人也好，农民也好——无论这些人物在哪里，在看守所，在社区，在油田，在加油站，还是在乡村，他都永远把他们放在聚光灯下，放在舞台的中心位置，而他呢，这位作家，与其说他像一个导演，不如说他更像一个坐在观众席上的观众，他坐在那里，静静地观看他们的演出，并深深地为他们的人生故事所打动。所以，你会发现，他的创作到了后期，在《永和人家的故事》和《十八洞村的十八个故事》中，他的讲述者身份已然淡化，而原来的被讲述人变成了讲述者，作家变成了倾听者，倾听着他所关注的人的心灵故事，每个人的心声，都值得他驻足，值得他书写。

这种让人物自己出场讲自己故事的口述方式，并不是李迪的创新，在中国古典传统文学中我们每每与其相遇，李迪其实是接过了这种在20世纪中国文学过多受到欧化句式或翻译语言影响之后有所断裂的传统，于此我们看到了李迪的口语化、短句子，以及行文中对对话的突出，比如他在采访十八洞村村民杨超文时，《头上剃字的人》开头一句就是杨超文的语言：“李老师，我没有故事。但是，我特别想跟你说说话，讲讲我这一生是怎么走过来的。……你愿意听我讲，还说我讲什么你都愿意听，这让我心里有说不出的高兴。”比如，《一个淡定的电影原型人物》中，李迪找到电影《十八洞村》王学圻演的主人公原型杨进昌之前，村民们告诉他，他不会如此接受你的采访，他没有接受过任何人的采访，但当李迪爬到梨子寨山上最高的地方，连续三天早晨都去找杨进昌，终于打动了他后，杨进昌说："李老师啊，如果你不说你是当兵的，我今天绝不会跟你聊天。但是你说你是当兵的，而且当了八年，你是我的老班长，那我就跟你聊聊。"话匣子就这么打开了。新的故事也就这样诞生了。我们在这些故事里，都会感到生活的本来，没有人为地拔高，没有刻意地贴金，但这些老百姓自己讲述的故事却是那么感人，正如杨进昌所说："我也不是什么大人物，更不想借这个电影发什么财，一生就是这样平平淡淡的，本来日子就是平平淡淡的，电影没拍的时候平平淡淡，电影拍起来轰轰烈烈，电影演过去了日子又回到了平平淡淡。"但就是这样的平平淡淡的大白话老实人，就是这些平平淡淡地过日子奔小康的不起眼的"小人物"，却给了一个作家心灵的一次次震撼，他要翻山越岭地找到他们，要倾听他们的经历，并把这种心底的震撼也传递给了我们。

形式问题从来不简单就是形式问题。文学作品看似是语言问题的，其实也包裹着一颗心，使用这种平白易懂的语言，对应于百姓自己讲出的故事，而让老百姓自己也看得懂，看得津津有味。如果没有这样的善意和情怀，着重说唱艺术民间传承的赵树理不会成为赵树理，以口述方式让百姓现身说法讲故事的李迪也不会成为李迪。

中国正经历着一场伟大的变革，这场伟大变革，不仅是我国历史上最为广泛而深刻的社会变革，更是人类历史上最为宏大而独特的实践创新。今天，中国这个有着 14 亿人口的发展中国家，将提前 10 年实现联合国消除极端贫困、让所有人生活达到基本标准的减贫目标，全面建成小康社会，是我们党确定的第一个百年奋斗目标，是中华民族发展史上的重要里程碑，能够见证这样的历史时刻，为这一历史时刻书写放歌，是我们这一代作家的光荣和使命。作家李迪作为亲身参与到这个具有重大历史意义时刻的广大作家中的一员，以强烈的责任感、敏锐的感受力，记录人民生活，反映时代脉动，以感情充沛、功力深厚的创作，描绘历史进步，弘扬时代精神，以人民自己的故事，激励广大人民在新时代的长征路上砥砺奋进，可以说，他交出了身为作家的一份文学对于时代的精彩答卷。他的作品也必将随着时间的迁移而获得越来越多的读者认可，被越来越多的读者记住。在此，我们怀念李迪，就是要继承他以人民为中心的坚定的文学信念，沿着他终其一生所坚持的现实主义的广阔道路而奋然前行。李迪不朽！

刊于《文艺报》2020 年 9 月 6 日

五月墓园独语

——庚子年母亲节祭母

高　伟

又是五月。

日月星辰，花落花开。

妈，转眼分别一年了。

自你走，到火化；从头七，到忌辰，365 天的时间里，我总是止不住地想念你。尘世杂乱的白日里，夜深人静的梦醒时分，我无数次地在心里想你，使劲地怀想你的模样，回忆我最后见到你的时光。时间，由此分为你在和你走后两个世界，时常会情不自禁地走神：哦，那个时候，妈还在呢。

每次看到你曾经住过的空荡荡的房间，我总会想起你在时的情景，总想把衣柜里没舍得丢的你生前喜欢穿的衣服拿出来，抚摸着它，把它搂抱在怀里，感受妈妈的气息。

每次到清华长庚医院看病拿药，想起我和美国赶回来的晓兰一起去看你的那个晚上，心里就会泛起一阵忧伤。夜晚医院地下一层的太平间，昏暗而空寂。从远方匆匆赶来的我们，都是第一次到这种地方，凄苦惶惶，脚步犹疑而沉重。刚见到躺在冰柜里的母亲，我就泪流满面。天哪，母亲，才分别几日的母亲，竟然就在这个拉开的铁盒子里！阴阳隔离，兄妹俩摸着妈妈的脸，头上的白发，还有那双熟悉的手，俯身痛哭。那一刻，早已忘记一直以来对于死人的恐惧，只有痛失白发亲娘的伤悲，对血脉亲情的不舍！多么希望多年耳聋的母亲，此刻能听到她儿女的哭声，醒转过来……

皓月皎洁的夜晚，我凝望月辉苍茫的窗外，在心里无声地呐喊："妈！……我的妈妈啊！"那个时候，痛彻心扉的思念把已然须发斑白的我，又变回多年之前故乡那个彷徨无助的小男孩。我明白，从此往后，世上所有的月光都注定噙满了哀伤。

天寒地冻的冬夜，或者窗外刮风的时候，一想到此刻你还寄存在一处角落的盒子里，心就隐隐地痛。我在心里喃喃自语：妈妈，你冷吗？去往天国的路上你还好吗？

一三五上班的日子里，走出家门，天光晴好的上午，雀鸟清婉啁啾，我总会深深叹一口气——从此，我的身后，再也没有一双凝望我的眼睛了。失去了母亲的世界，一切仿佛没有什么不同，又似乎一切从此改变，天高地远，人间空空荡荡，从此我将孤单行走于归途！

时至今日，想念母亲，仍然是一道柔软的伤口，不太敢去触及，每当陷入思念里，我的眼泪就止不住地涌出来。

去年，我过生日的时候和母亲一起拍的照片，我后来无数次地看。那是我在母爱的陪伴下，过的最后一个生日。

那一天我 58 岁。

十天后母亲走了。

妈，现在想起来，那个生日聚餐的晚上，你一定有了什么神秘的感应，连平素大大咧咧的小军，拍那张照片时都惊奇地叫出来：妈今天好像特别地依恋你呢！照片里，坐在轮椅上的母亲紧紧地挨着我，左手穿过我的臂弯，身体尽可能地依偎着她的儿子。早就老年痴呆的你，此刻清醒地感知到了冥冥中的信息吗？可惜那一刻的我，完全没有意识到那一刻的珍贵，去感受和呼应母亲，兀自看自己的手机。我以为，生活会一直这么继续流淌下去。天哪，此刻我多恨自己的愚蠢！多想用无数倍的生命时光去换回那一个短暂的时刻！

妈，无缘在你离开时，守候你身边，是我终生追悔的痛！

那天，收到保姆打来的电话，我正在出差的高铁上。那一刻，我仿佛听到轰隆一声巨响，我知道，崩塌了，那个黑暗的时候终于来了。窗外阳光灿烂，车厢里众语喧哗。亲人在后，车却奔驰向前。可怜的我，欲哭无泪，隔着电话屏苦苦祈祷哀告，所谓五内俱焚，就是那一刻的样子了。一个声音海打礁石一样的在心里冲荡：妈妈走了！那个生我养我为我辛勤操劳一生的老母亲再也没有了！那双曾经温暖厚实、老来瘦骨嶙峋的手，终于松开了此生的缘分和牵挂。

跌跌撞撞的下得高铁，面色苍白的我，在众人诧异的目光下，即刻买了第二天返京的车票。好容易撑过一路心神恍惚的应酬，进到酒店的房间里，刚扔下行李，就再也忍不住，一种脱口而出的号啕，响彻在空荡荡的套间里，那是我这辈子都没有过的失声大恸！

是夜，风息树寂，孤月高悬，在那个叫作义马的异乡小城，我就像一叶孤舟，漂浮在月辉茫茫的大海上，浪滚波宽，水光粼粼。我知道，前日还与我贴脸相拥的白发母亲，此刻已与我阴阳两隔。

我在一首题为《义马的月光》的诗里悲声哭号：

是什么样的缘分
让我穿越现世的迷瘴
送我到此
今夜　在这里仰望你

出发前，我曾在地图上
寻找你　端详你
我以为　这个历史上的饮马之地
也是我又一个
匆匆的驿站

不承想

奔向你的高铁上

命运的子弹呼啸着追来

天色顿时失血

母亲　总在高楼凭窗遥望我的一颗星星

陨落了

却原来

这是一次伤痛之约　生离死别

而你啊　义马

一颗藏在

中国历史文化皱褶的黑痣

就此成为我人生的一个界碑

一盏　闪烁在我记忆深处的灯火

白鹿山的雁儿啊

请回来为我低飞唱挽

我要拾起石壕村老妪千年前的哭声

摇晃这月光

我要在这

埋葬着煤和神话传说的土地上打滚

我要做一条异乡的野狗

长长地对月狂吠

今夜夜凉如水

五月的槐香

染白了一地月光
母亲啊
五月里你生下我
又在五月里离开
我的五月
从此成为一条狭长的小径
花瓣铺路　生死莫辨
今夜　在这异乡的月光下
让儿点一支烟
为你送行
就在这女娲造人的土地
在这个叫作义马的地方
我要参透这一瓣亿万年前的月光
仰望母亲

妈，时至今日，我还在想，如果早知道是那样的时辰，我是无论如何也不会出门的，我会跪在你老人家的床前，紧紧地握着你的手，贴在你的耳边，和你说着这辈子没说完的话，告诉你，我是这样地爱你（虽然我一向口拙，从来羞于这样的表述）。我想告诉你，一家人都感激你的爱与付出，这辈子有你做母亲，我很感恩，很知足。这辈子我没有爱够，如果有缘，我想下辈子再做一回你的儿子！

母亲出生于江西的瑞昌小城，虽是大户人家，却因兄弟姐妹多，又逢战乱岁月，吃过很多颠沛流离之苦，“逃难”是母亲多次给我们讲述自己成长岁月的主题词。艰苦锻炼了她坚毅吃苦的性格，也培养了母亲性格中勇敢的品质（她常说做人“要敢闯得”）。兄弟姐妹中，她是兄长眼里能吃苦的小妹，是弟妹之中要强的二姐。及至稍长就独自外出读寄宿女师（专），读成后又梳着一条大辫子，独自过江跨省来到湖北，在那个群山环抱、一片荒芜的叫作铁山的矿山小镇里，落地生根，做了一名小学教师。这一做，就是平平淡淡却又波澜壮阔的一辈子。

可以想见五十年代之初铁山的简陋荒寂，却难以想象年轻的母亲一路走来的精神历程，是什么支撑个子小小的她在那样一个远离家人的艰苦环境里，独自完成她从少女到人妻人母的成长？一边柴米油盐、洗洗刷刷，做不完的家务，一边是备课讲课批改作业家访学生谈话，永无穷期。记忆深处一直存留着母亲的教师形象：齐耳短发，微微笑意的面容，温和的眼神，左手拿着课本，用她不甚标准的普通话，一遍一遍地高声领读着最基础的语文教习。她写在黑板上的字，跟她的钢笔字一样，笔画粗朴有力，棱角工整，认真不苟，像极了她的为人。个子不高，但腰板挺直，走路做事，都很有精神的样子。

母亲无怨无悔地安于一个小学教师的本分，守着教书育人这碗饭，寒来暑往，年复一年，从没有想到去走走关系，找一个更好的工作，谋一个轻松的职位。在几十年平凡的教书生涯里，母亲勤勉朴质，踏踏实实，虽寂寂无闻，却桃李天下，矿上许多领导和教师，都是她的学生，一年一年，一代一代的学生从她的生命里流过，而母亲还是那样一如既往、年复一年地守着满身粉笔灰尘的岁月。桃李不言，下自成蹊。一声“曹老师”，凝聚了矿上几代学生对母亲的几十年教师生涯的认可和尊敬，几乎所有的同事、学生和家长、周边邻居，都是如此称谓她，自然亲切，仿佛天经地义，大家知道，自有铁矿小学起，曹老师就在了。

曾听父母同辈的一位老人（他在黄石市里做官，我因为文学的缘故与他成为文友）评价母亲：性情质朴，做人实在、简单，算不得一个聪明的女人。虽然当时觉得有点被冒犯，但我也因此第一次以他者的眼光打量母亲，体味到母亲平凡而不普通的品格。

是的，以世俗的眼光看，母亲的确是一个不善于设计自己、少于工计的人，一个甘于平凡的人，她的人生，平平淡淡，缺少精彩，只知付出，无心索取，受尽坎坷，却很少抱怨。母亲参加工作很早（她工作证上的参加工作时间是 1949 年！），但她的工资一直很低，直到她去世，她每月工资卡上的数字也才刚刚过四千。但母亲单纯的天性也保护了她，重复单调的小学语文教学工作不仅没有伤害到她简单纯净的性情，相反让她天性的热忱率真得以保留和释放。勤于劳作、乐于做事的习惯，也让她有一个安定的心态和不错的身体。她的那份始终如一的踏实感，不是一个精于世故的女人可以得到的。母亲是以她自己的方式和途径，抵达了她作为一名小学教师的光荣和圆满之境，完成了她安于奉献的人格修为。

母亲虽然学历不高，却教给了我许多做人的道理。记得小时候住平房，院子大，做卫生时每户通常就各扫自家门前的那一块。我初次扫地，也照葫芦画瓢，妈妈接过扫帚，在更远的地方扫起来，并悄悄鼓励我："男子汉大丈夫，多做一点没事，都帮着扫了吧！"懵懂少年，如何会惜力，不过是缺少导引而已，妈妈一说，我便欣然接受，把整个院子都扫得干干净净，隔壁四邻的大人看了都过来啧啧称赞：五一啊，不错嘛，像个小伙子样儿了！少年的我，第一次感受了劳动和奉献的快乐，更自此从妈妈朴素的言传身教中领受了做人的豁达和吃亏是福的道理。

母亲品性中最让我敬重和感念的，是她的担当。那个时候，打成"右派"的父亲在外面劳动改造，家里家外，就靠母亲一个人照应了。我小时候多病，三天两头要跑医院，没少给母亲添麻烦。现在想，真苦了她了。但母亲最大的担当，还是在她决定让我复读考大学这件事情上。复读还是放弃？对于我来说，也许这一辈子没有比 1979 年夏天的这个决定更重要的选择了。复读，意味着重新加入残酷的高考拼搏，从头开始艰苦的一年奋斗，而且由理科转文科，未知的因素太多了。人生路口，我心彷徨。万幸的是，母亲深明大义，她拍板定下了这件事，她鼓励我说，读吧五一，你要读，我陪着你！从此，母子俩又开始了一年的征途。无论我看书到多晚，母亲做的一碗葱香荷包蛋面，都会悄悄地放在我的案头，给我力量和温暖。

记得很小的时候，我曾经不无嫉妒地迷惑过——站在三尺讲台讲课的妈妈，是属于我还是更爱这些学生，教师与母亲，哪个于她更重要？稍大一点我就知道了，母爱是无以更改的宿命，是深不见底、宽阔无边的大海。实际上工作之余，母亲把全部的爱都投入家庭了，几十年终日辛勤地忙碌，永无止息，从没有考虑过自己的享受，仿佛所有的快乐都来自对家庭的操持，比起那些个懂得享受生命的女人而言，母亲的确太忽略自己了，从来也没有考虑过一个女人的年华，一个人生命的意义。

我手机上有张我抓拍的照片，它那么真实地呈现了母亲在厨房时的样子：专注，笃定，辛劳，却心有所倚，心甘情愿，无怨无悔。是的，这几乎就是母亲一辈子忙碌操持家务的写照。“母亲”二字，从来都是无私奉献的爱的代名词，做儿女的也一味将母亲的付出视为天经地义。直到我们为人父母，方才体味到，除了血缘之亲外，母爱的名下其实还是有本性的善良，奉献与牺牲精神的高下差异存焉其中。而我的妈妈，就是一位愿意燃烧自己以照亮家人，永远以家人的幸福为幸福的母亲。

奉献的人生并不平凡。

以爱书写的平凡堪称伟大。

妈，你忙碌一生，为儿无以为报，唯一可以欣慰的是，你的爱不会消泯，它如春雨润物，永远被你的儿女、孙儿们感恩、铭记，那是一座存留在我们心中的纪念碑。你的坚强、勇敢和勤劳，将永远在我们的血脉中流传。无论是作为一个母亲，一个人，也许你都可以此告慰自己了。以近 92 岁的人限寿终正寝，也算是尽享天年了。仁者寿，这是上苍对你善良勤劳人生的回报。

妈，今天是你离开我们一周年的忌日，终于可以在这一天让你落土为安。事先查了皇历，今天星期天，恰好是安葬的吉日。令我想不到的是，今天也恰逢庚子年母亲节，怎么会这么巧！一切都仿佛暗含了上天的寓意——老天爷动心了，要以最庄重的深情为你送行。

这是我和晓兰、小军，一起为你精心挑选的地方。这里风水不错，位于昌平仁寿山的半腰，你来北京32年了，大多时间住在昌平，说明你和此地有缘。墓碑立于高台，四下葱茏，坐北朝南，偌大的北京城隐约在望。你在这里，应该可以看得见我们的家，也可以看得见你和爸爸在天通苑31层的高楼。妈，你操劳了一辈子，现在终于可以好好在此安歇了。希望你会喜欢这里，用你那慈祥的笑容安详地看着我们，护佑我们。我们也会常常朝着北边正对着的仁寿山，遥望高坐在半空云下的你，想念母亲。

妈，我想告诉你，我的手里至今还握着你的余温！你的那双写满了生活沧桑的手，粗粝、厚实、温暖，抚摸了多少生活的艰辛，抚慰了多少风雨岁月，不仅照顾了我们兄妹俩，也照顾了我们的下一代人，带给我多少慈母的回忆。一想起来，就满手是母亲手掌里的温暖——那是多年来我们母子摩挲紧握之中传递在手掌肌肤里、镌刻在记忆中的温度和眷恋，那么熟悉，那么真切，无须怀想，永远都在。今生我会在心里一直攥着它，永不松开。

天地渺渺，阴阳遥隔，儿子凭此余温守望母亲。

刊于《脊梁》2020年第4期

人生忽然（外三篇）

韩少功

人生忽然

我以前很少照相，总觉得留影、留手稿、留交往记录，是作家自恋和自大的坏毛病，无非是哪个家伙一心要进入文学史和博物馆，时刻准备着捏住下巴或目光深沉的姿态——累不累呵？因此，我总是年少气盛地一再避开镜头，无意积攒那种狗狗撒尿“到此一游”式的到处留痕，即便有过海鸥或尼康的相机，也多是给别人照。

没想到近一二十年来，电子数码技术使摄影的成本大降，全民摄影蔚然成风，一个读图时代悄然到来。有关文字退场的预言虽过于夸张，但影像的五光十色琳琅满目，重塑了人们对生活的感受，其巨大的冲击力、感染力、影响力非同小可。好几次，我给学生们上课，发现自己哪怕讲出了满堂的惊呼或大笑，但他们并未记下多少。倒是 PPT 的一些影像更能在他们那里入脑入心，引来一次次议论和回味。一只枯瘦的手，一位前贤的冷目，一堵斑驳的乡村老墙，一段雪域森林的清晨航拍……似乎胜过千言万语，向他们传达了更多说不清，甚至不用说的概念与逻辑。

古人说：“有诸内者必形诸外。”这不仅是说人体，也是说，一个世界本就是形貌多变的。一种对世界的真切认知，必是记忆中有关影像鲜活与丰饶的认知，决不止于文字——对于实践者们来说，对于相信“眼见为实”和“有图有真相”的很多人来说，恐怕尤其如此。所谓有内必有外，有品必有相，有义理必有声色，我的一本长篇随笔《暗示》(2002 年)，曾集中记录和整理了自己在这方面的感想。也是在那时，回望自己多年的文字生涯，我相信独尊文字的态度无异于半盲，差一点后悔自己大大辜负了相机，暗想自己若能年轻一二十岁，恐怕会从头开始，去兼任一个“读图”的影像工作者。

可惜自己已扛不动那么多摄影器材了，很多事只能留给年轻人去干。说起来，我这一辈子虽留影甚少，虽匆匆撇下太多无影无形的往日，但亲历、见证、参与了中国“三千年未有之大变局”，大风大雨，天翻地覆，惊心动魄，又何其有幸。没想到的是，承蒙辽宁美术出版社诚邀，这一次我仓促应召，不得不临时找几位朋友帮忙，好歹收集一些零落旧照，勉强编印一本影册——尽管我自己不知道这样做于读者是否有些多余，一次事后弥补是否来得也太迟。我想起多年前去拉萨一朋友家，未见他家有任何已故亲人的旧照。那位藏族朋友说，按照他们的习俗，销毁亡人旧照以及所有遗物，有利于转世轮回，让他们回到一个干干净净的陌生世界。那么，依这种说法，我的这本影册岂不是还自弃“轮回转世”？就不准备下辈子再与这个世界重逢了？

好吧，就这一辈子吧，我其实并未打算日后再来。

是的，我的亲人，我的朋友，我所有牵挂的世间生命，我曾在二十世纪和二十一世纪到此人世间一游，陪伴了你们这些岁月，幸福已经足够。

一次性的生命其实都至尊无价，都是不可重复的奇缘所在。让我们相互记住，哪怕不可能记住太久，迟早都会湮灭。

萤火虫的故事

在作家群体里混上这些年，不是我的本意。

我考中学时的语文成绩很烂，不过初一那年就自学到初三数学，翻破了好几本苏联版的趣味数学书。“文革”后全国恢复大学招生考试前，我一天一本，砍瓜切菜一般，靠自学干掉了全部高中课程，而且进考场几乎拿了个满分（当时文理两科采用同一套数学试卷）——闲得无聊，又把仅有的一道理科生必答题也轻松拿下，大有一种逞能炫技的轻狂。

我毫不怀疑自己未来的科学生涯。就像一些朋友那样，一直怀抱工程师或发明家之梦，甚至曾为中国的卫星上天懊丧不已——这样的好事，怎么就让别人抢在先？

黑板报、油印报、快板词、小演唱、地方戏……卷入这些底层语文活动，纯粹是因为自己在“文革”中被抛入乡村，眼睁睁看着全国大学统统关闭，数理化知识一无所用。这种情况下，文学是命运对我的抚慰，也是留给我意外的谋生手段——至少能在县文化馆培训班里混个三进两出，吃几顿油水稍多的饭。可惜我底子太差，成天挠头抓腮，好容易才在一位同学那里明白“论点”与“论据”是怎么回事，在一位乡村教师那里明白词组的“偏正”关系如何不同于“联合”关系。如果没有民间流传的那些“黑书”，我也不可能如梦初醒，知道世界上还有契诃夫和海明威，还有托尔斯泰和雨果，还有那些有趣的文学呵文学，可陪伴我度过油灯下的乡村长夜。

后来我终于有机会进入大学，在校园里连获全国奖项的成功来得猝不及防。现在看来，那些写作确属营养不良。在眼下写作新人中闭上双眼随便拎出一两个，大概都可比当年的我写得更松弛、更活泼、更圆熟。问题是当时很少有人去写，留下了一个空荡荡的文坛。人们大多还心有余悸，习惯于文学里的恭顺媚俗，习惯于小说里的男女都不恋爱、老百姓都不喊累、老财主总是在放火下毒、“一路欢歌一路笑”……那时节文学其实不需要太多的才华。同情就是文学，诚实就是文学，勇敢就是文学。宋代陆放翁说“功夫在诗外”，其实文学在那时所获得的社会承认和历史定位，原因也肯定在文学之外——就像特定棋局可使一个小卒胜过车马炮。

解冻和复苏的新时期文学，在某种程度上很像五四新文化大潮时隔多年后的重续，也是欧洲启蒙主义运动在东土的延时补课，慢了一两拍而已。双方情况并不太一样：欧洲人的主要针对点是神权加贵族，中国人的主要针对点是官权加宗法；欧洲人有域外殖民的补损工具，中国人却有民族危亡的雪上加霜……但社会转型的大震荡和大痛感似曾相识，要自由、要平等、要科学、要民富国强的心态大面积重合，足以使那些“老师”那里几乎每个标点符号，都很对中国“学子”的胃口。毫无疑问，那是一个全球性的“大时代”——从欧洲十七世纪到中国二十世纪（史称“启蒙时代”），人们以现代化为目标的社会变革大破大立翻天覆地，不是延伸和完善既有知识“范式”（科学史家 T.S.Kuhn 语），而是创建全新知识范式，因此都释放出超常的文化能量，包括重新定义文学，重新定义生活。李鸿章所说“三千余年一大变局”当然就是这个意思。历史上，也许除了公元前古印度、古中东、古中国、古希腊等地几乎不约而同地文明大爆炸（史称“轴心时代”），还鲜有哪个时代表现出如此精神跨度，能“大”到如此程度。

不过，“轴心”和“启蒙”都可遇难求，“大时代”并非历史常态，并非一个永无终期的节日。一旦社会改造动力减弱，一旦世界前景蓝图的清晰度重新降低，一旦技术革新、思想发明、经济发展、社会演变、民意要求等因缘条件缺三少四，还缺乏新的足够积累，沉闷而漫长的“小时代”也许就悄悄逼近了——前不久一部国产电影正是这样自我指认的。在很多人看来，既然金钱已君临天下，大局已定，大势难违，眼下也就只能干干这些了：言情、僵尸、武侠、宫斗、奇幻、小清新、下半身、机甲斗士……还有“坏孩子”的流行人格形象。昔日空荡荡的文坛早已变得拥挤不堪，但很多时尚文字无非是提供一些高配型的低龄游戏和文化玩具，以一种个人主义写作策略，让受众在心智上无须长大，永远拒绝长大，进入既幸福又无奈的自我催眠，远离那些“思想”和“价值观”的沉重字眼。大奸小萌，或小奸大萌，再勾兑点忧伤感，作为小资们最为严肃也最为现实的表达，作为他们的华丽理想，闪过了经典库藏中常见的较真和追问，正营销一种抽离社会与历史的个人存在方案——比如好日子意味着总是有钱花，但不必问钱来自哪里，也不必问哪些人因此没钱花。中产阶级的都市家庭，通常为这种胜利大“抽离”提供支付保障，也提供广阔的受众需求空间。

文学还能做什么？文学还应该做什么？一位朋友告诉我，“诗人”眼下已成为骂人的字眼：“你全家都是诗人！”……这说法不无夸张，玩笑中却也透出了几分冷冷的现实。在太多文字产品倾销中，诗性的光辉，灵魂的光辉，正日渐微弱黯淡甚至经常成为票房和点击率的毒药。

坦白地说，一个人生命有限，不一定遇上“大时代”。同样坦白地说，“大时代”也许从来都是从“小时代”里滋生而来，两者其实很难分割。抱怨自己生不逢时，不过是懒汉们最标准和最空洞的套话。文学并不是专为节日和盛典准备的，文学在很多时候更需要忍耐，需要持守，需要旁若无人，需要烦琐甚至乏味的一针一线。哪怕下一轮伟大节日还在远方，哪怕物质化和利益化的“小时代”闹腾正在现实中咄咄逼人，哪怕我一直抱以敬意的作家正沦为落伍的手艺人或孤独的守灵人……那又怎么样？我想起多年前自己在乡村看到的一幕：当太阳还隐伏在地平线以下，萤火虫也能发光，画出一道道忽明忽暗的弧线，其微光正因为黑暗而分外明亮，引导人们温暖的回忆和向往。

当不了太阳的人，当一只萤火虫也许恰逢其时。

换句话说，本身发不出太多光和热的家伙，趁新一轮太阳还未东升的这个大好时机，做一些点点滴滴岂不是躬逢其幸？

这样也很好。

深夜有泪痕

小钢先生做了一辈子摄影，特别是做纪录片，年过六旬突然要出一文集，让我略感惊疑。读过他的文稿，惊疑成了惊叹和惊喜。这倒不是说他写得有多深刻或多圆熟，写成了鲁迅或曹雪芹，而是说他信笔写来，甚至鸡零狗碎，却有一种天马行空的自由，一份“野路子”的纯净天真。

我怀疑这里的大多数篇章能在报刊上分别发表。在行家们看来，它们肯定更像零乱素材，来自匆忙的手记，缺乏必要的提炼、升华、充实、扩展、谋篇布局，不太像达标合规的出版正品。

不过，失之所在，得之所在。作者也许正因为不谙行规，或压根儿不在乎这种职业经营，反而有了远离陈言旧套的几分清新。他不按套路出牌，笔下几无“发表味”“创作味”“中文系味”，出手就别具一格，就单刀直取，就见情见性直问人心——而这正是职业写作人最易失去的立身之基。

他几乎是通过一台摄像机来写作的。各种象形和象声的细节入文，随处跳跃、喷涌、流动、繁殖以及燃烧，不时出现打乱语法的武断拼接、不惧误解的随意借代、大密度高精度的突然变形，却由此保持了一种造型力的鲜活与精准。他也几乎习惯于一种瞬间的、即兴的、现场的写作，差不多是“直播”，且从不考虑后期制作。人物多是有始无终，或有终无始；情节常见缺斤短两，或牛头马嘴；篇幅长则可以章论，短可以句论，参差悬殊超大；意涵主旨更是天晓得，看上去似有似无，亦明亦晦，微言大义既说得上又说不上，没心没肺与情深意长既相融又不相融……这种不讲章法的乱来，并不妨碍他写得兴起，写出澎湃和幽微，甚至一不留神，写出了明代归有光《寒花葬志》那种神韵（见《小邱》等篇），给我们留下了诸多泪点、笑点、萌点的打击，给自己定格了一个个生命印痕。

更重要的是，如果把他的全部文字合起来看，则有滔滔人间悲情扑面而来。一条狗，一头牛，一只猫，一只鸟，一个陌生的孩子或老人，一个偶遇的小伙或姑娘，哪怕只是在眼前一闪而逝，也无不是作者的牵挂和隐痛。虽点点滴滴，却一脉贯通。在佛教词汇里，人与动物合称为“有情”，即有血温有呼吸有眼神的同类骨肉。而人生百年，悠悠万端，最不堪一个“情”字，最能铭刻于记忆和生命的，也只是一缕缕难舍之情。前人所谓“我佛终宵有泪痕”，不过是由己及人，由此及彼，由个体生灵及家国天下，大爱无边者必有悲海无涯。换句话说，一个人恍惚之际，面对静静长夜，若念及世间那么多无助“有情”的苦和难，那么多过去与未来不忍的生离死别，有谁不会听到自己内心中的一声长哭？

由此可说，此书所写皆泪痕——感谢作者带给我的感动。

眼见如何为实

身为一个地球人，没把这颗小球看明白，有点说不过去。自有了交通、通信的现代技术，国人争相探头向外看，特别是要看从欧美到东亚的北半球，即人类文明中高理性、较发达的这一块。钟叔河先生 20 世纪 80 年代在岳麓书社主编“走向世界”丛书，第一辑三十六种，就记录了国人对“西洋”和“东洋”最初的观感。

这一看就是百多年。从早期的不以为然，把人家看成奇巧淫技、不知圣道的红毛猴子，到后来看得魂不附体，奉人家为全面优越、放屁也香的救世上帝，很多中国人的世界观大起大落，却一直支离破碎，雾里看花。这也难怪，一个人看自己都不容易，何况他人，何况隔山隔海的亿万他人！

钱穆先生早就深知其难，说中西比较眼下还不到时候，从总体上说，要想心平气和深思熟虑地展开比较，须等到双方经济水准接近了再说。他说得不无道理。因西方率先实现工业化，中西比较，一开始就无奈叠加了古今比较。前者是指地缘文化，如宜牧相对宜农、棒球相对猴拳的多元格局，即横向维度。后者则是指迭代文化，如铁器取代石器、汽车取代牛车的趋同路线，即纵向维度。把两个维度拧在一起，拿高度和长度编辫子，当然只能七嘴八舌拎不清，还动不动就来情绪、冒火气、脸红脖子粗。

在这里，钱先生可能还得注意的是，就众多观察者而言，“眼见”其实不一定“为实”。这世界上眼见为偏、眼见为浅、眼见为伪的反例多了去了。因此国人们向外看，不光要考虑看的时机（如上述那个双方经济水准接近之时），还须考虑由谁来看，如何来看——这就好比同看一片风景，平镜、棱镜、凸镜、有色镜、哈哈镜的效果会很不一样。

正是在这个意义上，龚曙光先生这本散文集值得推荐。

作者以积学为依托，以追问为引领，解读巴黎左岸的优雅与激进，体悟京都剑侠的刚直与柔软，慕中存疑，忧中有敬，从小细节发掘大历史，是深者见其深。作者礼赞俄国流放地和阅兵场上的英雄主义气节，揭示美国以乱为常、乱中求活的“灰色”治理传统，既有理想的持守，又无教条的呆气，挑战俗见潮流，清理不同国情纵深那里不同的生存逻辑，是活者见其活。作者对意大利时装、日本漫画、美国好莱坞电影等富有职业敏感，比对本土相关的产业实践，进一步破译文化心理，诊断制度得失，谋划竞争战略，更是“内行看门道”，好汉交手，高手过招，是实者见其实。总之，作为一个参访者，作者一路看到什么，在很大程度上其实取决于行前的准备，取决于自己手里是否已有高精度、高敏度、大口径、大焦段的世界观透镜。有了好的世界观，才能好好地观世界。换句话说，他之所以能见其深，见其活，见其实，是因为自己已有学识资源和经验资源的多年积累，有读得多、干得多、琢磨得多以后的一份心智通透。

这样的写作，当然就与各种小资男女口水化、观光化、抄旅游手册的域外游记，拉开了足够的距离。

从写作日期来看，作者在数月之内，利用业余时间一口气写出了这本书，其才情喷涌非比寻常。“革命一旦发动，变革便失去了机遇和价值。”这一类格言，很多学者可能说不出来。把余晖里的伦敦描述为一颗“琥珀”，把希腊的阳光书写为一片“响晴”，把夏威夷的月亮想象成从“海底升上来”“湿漉漉地挂满水珠”……这样的妙语随处可见，鲜活而独拔，很多作家可能也写不出来。

他自称为一个浑身铜臭的商人，成天只会算钱。读此书，读者们其实可感其胸臆间一片冰心万潮奔涌，对他今后的写作，想必也会充满好奇，屏息期待。

刊于《山花》2020 年第 8 期

文学，是他心里捧出的阳光

冯秋子

苇岸的日记，从一九八六年一月一日记起，至一九九九年四月六日入院接受治疗止。总量近七十万字。

每逢新年伊始，他像蓄养日久的土地，悄默声息而有底力。

“日记属于个人生活。每天能写下有意义的日记，非需要一种特殊的毅力。我没有完整无缺、无须后补地写过一年的日记。但我还是想写日记……没有日记的生活是一种无痕的、快速的生活，似乎丧失了意义……过去日记的停顿往往也由于写作。”（一九九三年一月一日）

在散文里记述道：“托尔斯泰主张每个人都应该写日记。他认为这有助于进步，有助于发展思维，就像做体操可以使我们肌肉发达一样。他常随身带着一个小本，随时记些什么，再把记下的东西加以发展和修改，写进日记。”（《作家生涯·作家写日记》）

写日记不是件容易的事。写几天、几个月可以，记述十三年，从将满二十六岁，写到三十九岁，生命最后的时间，直至握不住笔、写不了字，口述亦难以为继，便不容易。苇岸后半生经历的这一历史时段，正值中国极为重要的拨乱反正、弥合心力、推进改革开放，思想、观念、意识和政治、经济、文化等诸领域竞相呈示，从长期故步自封、闭关锁国的形制中松绑，挣脱出手脚和心智，拥抱世界，试着适应并正视人类文明进程的真实形势、生存的物质和精神需求与现实处境的残酷距离及其责任所系。作为哲学专业出身的一名青年教师，苇岸在本职工作以外，命运使然走上文学之路，又在教学实践以外，有了哲学、文学和大的文化视角去选择进行人文意义上的另一种社会实践，这一刻骨铭心的继续成长阅历，伴随了灵魂深处的认知与现实生态的艰辛博弈与抗争。就日记看，苇岸自觉地把自然科学、人文科学与社会实践结合起来，把人文精神与文学承载可能和书写者气质、方式影响下的思想格局的探索融为一体，把认识世界、助力文明生态作为自己的责任，那些掘进的、尝试辨识前路的孜孜努力，在日记中留下了深刻印记。客观上，他的日记因为外部世界与内心世界纵横交错，多层面展开，更多的发现，更多的从容或者沉重，兼有理性、真性情，伸展出来日常中的人不平凡的日子，打开了一个真实的人的精彩世界。

不少日记，侧重苇岸不断加深的对于大地道德信念的叙述。来自土地或大或小、土地上的人或重或轻的信息，连同他们和赖以生存的土地间的深重关系，是否良性进行或者恶性发展；所经见的国事、家事及世界大小事，于寻常中探求和发现事物不寻常的存在，尽在其关注的视界。而苇岸只是他们中的个体之一，恰好他鲜有遮掩和阻碍，眼光和思维超前，思虑过往、忧患将后，有勇气与顽劣发生碰撞，不回避内心的矛盾冲突，每日与时间竞力，踏实地做他中愿的工作，教学、阅读、思考、写作、记录，持之以恒地关切万物平等和社会正义，执守信念并付诸行动。日记记录的生命议题，人文精神和自然生态，思想与情感，走向未知路上的大地伦理与道德所面临的考验和挑战，深化的理性认知，水到渠成地建立起来，成为苇岸短暂一生倾力践行和恪守的实证。

从苇岸日记，读者会了解，他对文学艺术执念就里，诚实、深究的职业精神，投入时的单纯情状，有时候可能显得拘谨、拙笨，甚至固执，但无可动摇其阅读的自觉，思维始终在科学、理性的向度里。日记侧重记录了阅读这一庄重的劳作，也像是内心声息的落地种植。他的不少散文随笔，是由日记深化而成的，日记里许多内容，是他再创作的重要素材。虽然日常生活中纯粹个人性事务，如他所言，一般不记入日记，而选择存留内心，不过仍能从日记看到苇岸的思想、情感过程中一些生动、幽默，甚或真实到疼痛的迹象。准确、柔韧的文字的力量，一直穿行日记中，一日复一日，年年岁岁期间，眼睛和心灵，从疲倦的体力和脑力劳动中得以擦亮，修整、完善和越升。苇岸认为，日记虽是“自然性的笔记，但它们还不是作品意义上的文字”。（一九九八年十月二十四日）但他的不少日记，简洁、完整、成熟，确可视作“作品意义上的文字”。这套苇岸的文集，作品集《大地上的事情》（增订版）、日记《泥土就在我身旁》（上、中、下），还有二〇一九年五月十九日苇岸逝世二十周年纪念日先行出版的纪念集《未曾消失的苇岸　纪念》，不少内容对应着读，可切近感受苇岸创作的样貌、格调、精神质性，他在普遍意义上的行迹和不同于他人的特立独行之处。

日记这一精神和心理的梳理活动，符合苇岸内向、持重、宽厚、慈悲、勤勉、严谨、不畏艰险、不拒面对的性格特质，即便不堪回首，有时一场比较大的动静，也许是以更深的痛楚摧折人心、使灵魂不得安宁为代价的，他仍旧选择迎着过去，直面相对。当然也有，他带着个人的局限出发。撇开这一点，通过日记操练记录的重要性在于，他总能看见事物之所以上升和不可避免下降的实际缘由，总能超越个人去意识社会的潜在危机，思人所不常思、想人所不常想的远处和原处，总是准备着把自己放进去，如果需要作为牺牲以告警示的话，总能站出来、走上前去，或者递给需要的人一双速疾的手……他在那里。在接近农田的地方，用笔耕种。如果文学是苇岸思想和艺术的表达方式，日记便是他第一时间记录将有可能发生的表达。日记，是渡载苇岸穿过黑夜走向明天的光亮，文学是他从心里捧出来的阳光。

感谢苇岸，使读者有幸看到他埋藏的心血之作，有机会感受日记中埋藏的苇岸文学写作的开阔时空和未可估量的艺术张力。如果再有五年、十年……那些继续埋藏下去的东西，和他自身不断酝酿深化的结实支撑，又会带给人们多少分量珍重的作品？好在读者的检阅，也是苇岸精神上继续成长，与读者一起向好完成的新的机遇。

得以结集出版苇岸日记，感念的人和事有很多。林贤治先生始终关注苇岸日记的编辑、出版进展，以为除散文随笔写作以外，日记是苇岸去世以后最大限度的思想和艺术体认与深在的文字，有必要在出版条件成熟时单独成书出版，对我的整理、编辑工作也常给予鼓励，给出专业意见和建议。在此之前，为纪念苇岸逝世十周年，他力促花城出版社出版，约我主编苇岸散文集《最后的浪漫主义者》（书名得自林贤治先生）一书，并建议收入我曾在主持《特区文学》散文随笔专栏时，整理、编辑推出的五辑苇岸日记计五万余字，作为该书其中一辑，这是苇岸日记首次部分纳入书籍与读者见面。林莽先生也一直关心着苇岸日记的编辑、出版事项。尤其二〇二〇年艰难的旧历年前后，诸事缠身、令人操碎心的境况里，仍腾出精力，阅读苇岸日记中部分涉及诗歌界人事的清样内容，给出中肯意见。经林莽先生过目、把握，我踏实许多。真诚地感谢林贤治和林莽先生以及其他作家、诗人朋友给予的鼓励，感谢广西师范大学出版社始终如一的支持，感谢倾力统筹、策划、落实各个环节出版事宜的多马先生，感谢认真负责的编辑多加女士，他们为做好苇岸文集重要组成部分的日记《泥土就在我身旁》（上、中、下），发挥了积极作用。

苇岸妹妹马建秀，协助完成了许多无可替代的工作。苇岸去世两年多以后，建秀拎着几只沉重的提袋，把苇岸多本日记原件，包括他生前留存的一些书信抄件、作品原订稿等，从昌平带到我家。建秀和家人希望知道，这些日记等遗存有无价值，该如何处置是为合适，希望我能够帮助整理、编辑并料理苇岸遗留的文字。建秀讲，需要她做什么随时告诉她。作为与苇岸相互尊重，并能理解和信任的朋友，他生前曾对其编订的散文集《太阳升起以后》的出版对林莽、我和宁肯分别有过嘱托。苇岸身后，妹妹建秀整理苇岸故居遗物，发现了多本苇岸的日记及其他文字，她和我多次通话或写邮件进行交流，提出了郑重意愿。信任的分量我明白。至于苇岸的原稿，是珍贵的史料，由家人经手并妥善收藏，是最稳妥的。我接受了苇岸家人的重托。生前，苇岸是朋友，逝后，朋友能够安妥，他的创作能够持重本有的面貌，能够安置于应在的地方，如他生前那样给予社会更多人以积极元素，似为义不容辞之事。自然地，将苇岸的事情，当作自己的事情去做，方可能做好。其实自己的事，倒没有非要怎样，日常中面临诸多事务时，主动选择推后或放下的常是自己的事。我让建秀把苇岸遗作原件，全部带回保存，待建秀这边把尚未录入的遗作分别录入电脑，能核校一遍原稿更好，发我电子版。什么地方需要求证原稿，需要建秀协助翻找其他相关资料等，我会联系她。我们谈了许多整理遗作可能涉及的内容方面、技术方面的问题，如何面对大的原则或情理中的细节，或者虽小却是原则的问题。还有，需要家人给出的认识方面的支持，比如更加开放的姿态和心理准备，包容更宽泛的事物，理解苇岸，既是家人，又需放归苇岸于文学、艺术和文化范畴，他同时属于社会、属于历史，故此，保留尽可能完整的面貌，历史地看待和把握，意义重要，责任在兹。与建秀的协作有序进行。我理解，并要求自己，尽最大可能保持日记原貌。历史地去考察，现实地去比较，准确地理解和把握苇岸，鉴识他的文存对于今日中国文学、艺术、思想、精神建设的积极意义，若需取舍，须有十足的理由，即使是没有商量余地的内容，也须慎而又慎。总之，去争取最大空间，保存其价值所系。最终呈现出来的东西，苇岸能够放心、踏实、安宁，能够释疑豁义而长眠。苇岸生前对自己要求比较苛刻，行文做事极尽完美。那么，整理、编辑乃至出版这一部分离着本人最切近、最深重的文存，也要尽力使他满意。“从他的角度看，会怎样？”是我常想的一个尺度。至于出版的现实要求，不得不做“切割手术”的话，尽可能整着取下，不断章取义，不改变原意和原本用语，除非是原稿有遗漏、出现笔误或错误，予以修订、校正，按出版的技术规范要求，严格考证、核实、校正。

接下这一重托时，我在报社工作，一面做记者、编辑出报、写作、照顾家务、做现代舞蹈剧场编创和舞蹈员，一面插着空逐年阅读、核证、整理和编辑苇岸日记。日记的量，直至此次结集出版，拿到全部录入的日记，我承认自己惊到了，从日渐成熟的诗歌创作，转入命运所归的散文写作，这一重要转折，在开始写日记，到生命竭尽全力不治前夕，十三年，写下和生命，和文学艺术、哲学思想，和生活与创造休戚相关的近七十万字日记。确定将由广西师范大学出版社出版苇岸全集（共三种，五部作品）后，有两年时间，每一种作品，从头展开，进入长跑的冲刺阶段，当然是在本职工作之余，停下个人创作专心事之。而建秀在此过程，帮了需要她、只有她能够帮到的忙。这是我心存感念的。我们的协作积极、有效、顺利、愉快，尽管有时候比较艰苦，但从未因个人意识没到、心没到、手没到而将就、凑合、放任或是延误，可以说，反复地下力气，成为常态。我深感，建秀作为苇岸的胞妹，包括苇岸的其他家人，父母、兄长、弟弟和侄辈，与苇岸有一致的大气、通达、涵养，确实印象深刻。有时候我身心疲倦，下班以后连轴干到不得不赶末班地铁回家，而到家已过午夜（试过下班回家去做，竟至瞌睡没办法工作）。除了周末和出差在外，天天如此、月月如此，积重难返地累到想要缓口气，但始终保持尊重去工作，未敢懈怠。我也从中体味到很多远远高出个体劳动本身、更值得珍重的价值和意义。在这个世界上，总有超出利害的存在，是像生命一样重要的。按照能够有的理解和尊重，去做理解和尊重的事情，然后把理解和尊重的东西不走样地给到更多的人。有价值的东西，应该回归于大众，回归这个身在其中、需要人人努力建设的世界。但是由于个人能力、精力所限，可能带给书籍一些缺憾，在此表示歉意和修缮的诚意，恳望苇岸的亲朋和读者朋友批评指正，以期再版时予以弥补。

像这一类话，在苇岸日记里出现过多次："我用什么来迎接这新的一年的开端呢？"（一九九六年一月一日）

勤于阅读、观察、发现、思考、体验和实地创造的苇岸，生命告一段落了。其日记正是他对热爱生活、热爱美好事物，忠实于内心，向往有尊严地活着，不仅有益个人也能有益他者的人，给予的实在协助和鼓励。他认真地生活过，竭尽全力保存了一个躁动的、充满活力的时代，保存了它的人心和所向。他的生命魔力通过日记穿行至今，搏动不息。

刊于《新京报书评周刊》2020年5月19日

辑　三

百年逐梦终不悔

周　明

庚子年春节前夕，正当家家户户喜气洋洋地张灯结彩，张贴春联之时，我意外地收到了远在成都的老作家马识途老人捎来一幅他软笔书写的大红“福”字，欣喜万分。想想看，这可是一位106岁高龄的百岁老人的祝福啊！

这使我想起之前的2005年“马识途文学创作70年暨《马识途文集》出版座谈会”，“马识途九十寿辰书法展”及后来的2014年5月“马识途百岁书法展”，2018年10月10日“马识途书法展暨《马识途文集》北京首发式”，均先后在北京中国现代文学馆隆重举行。那时每场活动的热烈情景，历历在目。

2014年5月24日“马识途百岁书法展”的开幕式上，马老在致辞时信心满满地大声说：“我还要来北京参加下一次的展览！”在场的我们报以热烈的掌声。果然4年后的2018年10月，马老的宏愿得以实现。他的第二届百岁书法展今日开展。人们纷纷上前同他握手、问候和致意。中国作协主席铁凝在致辞中动情地说：“从马识途先生的身上真正领会了‘革命人永远是年轻’的意义和丰富内涵。”

展厅里162幅大小尺幅不同、真草隶篆各异的书法令人眼花缭乱、美不胜收。这些精美的作品可都是马老近年的新作呢！尤为难能可贵。这次书法展同时也是新版《马识途文集》的首发式。

新版《马识途文集》是一部共计有7030万字的18卷厚重之作。对比2005年四川文艺出版社出版的12卷480多万字的那套《马识途文集》，显然所辑作品更为全面，更为丰厚！

皇皇7030万字的新版《马识途文集》辑入了马老不同时期、不同体裁、不同题材，在读者中产生广泛影响的代表性作品，有《清江壮歌》及《风雨人生》《夜谭十记》《巴蜀女杰》《京华夜谭》《马识途讽刺小说集》《马识途诗词抄》《沧桑十年》《百岁拾忆》等。书法作品不计其数。至于一生钟情的文学，他自谦地说："作为写作者，我只是一个业余作家。"而书法，他也从不以书法家自命。他感慨地说："若得十年天假我，挥毫泼墨写兴隆。"

作为后生晚辈，我真是十分敬佩不老的马老！

不久前，我有天打开电视，忽然看到荧屏上马老正在接受央视《国家记忆》栏目的《突围成都》一节的访谈。话题是关于解放成都的历程。只见今日马老精神依然，意气风发，侃侃而谈。他正在讲述1949年解放成都时的历史情景。他作为四川地下党的有关负责人，在隆隆炮火声中带领贺龙将军察看国民党军在成都的军事要塞和布防，哪里有什么军事机构，什么重要建筑，什么重要党政人物住宅……这是何等重要的使命啊！

这之前马老还在央视受邀讲述过他在西南联大做地下工作时的亲历之事，那可是冒着生命危险啊！他的这些非凡经历原本计划写一本《我这八十年》，这方面的资料札记、日记积累了几大箱子呢！然而他感叹说恐怕没有时间写了。

百年逐梦终不悔！

马老入党80多年，几乎经历了整个20世纪。这是一个大动荡、大变革的时代，既有风起云涌的大革命，也有波谲云诡的复杂社会现象。马识途老人与时代同步，与人民同心，以他生花的妙笔，真实、真诚、真切生动地记录了风云变幻的大时代。如今，他虽已是106岁高龄的老人，在他90多岁时，还坚持每天写日记和随笔。还从1988年便开始用电脑写作，竟然写了几百万字呢！

他103岁那年亲笔写给我的一封回信，竟长达3页，思路清晰，文字顺畅。

2002年马老突患肾癌，顺利做了手术。当子女们事后告诉他真实的病情时，他坦然地说："我从革命战争年代走过来，多少战友都牺牲了，我这命是捡来的，得癌有什么大不了！"为此，他在北京书展的会上致辞时，风趣地说："我没有做完我要做的事呢，阎王爷却打发几个小鬼来找我，我说我不去，不去，就是不去！结果我战胜了小鬼们，健康地活下来了。"

这些年马老曾多次乘高铁、坐飞机到北京参加中国作协和全国人大等各处的会议和活动，都顺顺利利、平安抵达。老人说他的身体之所以很棒，完全是凭借着两样精神支撑：一是乐观，二是运动。另外还有两个字，就是战斗。他一生正是在坎坷的经历中战斗过来的。常有人问他，你经历那么多的磨难和曲折，加之又遭遇过病魔的侵袭，怎么还活过了百岁呢？他说秘诀就是：乐观。凡事要拿得起放得下，要乐观看待。包括面对疾病，既来之，则安之，然后战胜它。

2017 年我任职的中国现代文学馆为了拍摄老作家的影像资料，派出几个年轻人去采访马老。马老一见，便问，你们那周馆长情况怎么样？小伙子们回答，周馆长好着呢！马老你们早认识？马老笑着说，早认识呀。我可恨死他了！小伙子们吃一惊，急忙解释说，我们周馆长人挺好的，马老怎么恨他？马老嘿嘿一笑说，你们年轻，不知道。六十年代我在成都的中南局任宣传部部长时，工作非常忙，周明从北京来成都找我，约我写稿。那时他是《人民文学》的编辑，我说我工作多得忙不过来，哪有时间写稿，再说我也不是作家，哪能写小说？他说他的领导说我有满肚子革命故事可写呢！派他来就是为了催生这些故事出世。不经意间，马老被周明诱导得讲起来他的经历。周明听得入神，不时说这个可以写那个可以写。那个年代《人民文学》连续发表他许多作品，一时间，马识途名声大振。到了"文革"，红卫兵批斗他时硬说他在《人民文学》发表的作品，都是大毒草，好一通残酷斗争，你们说我不恨周明恨谁！听完马老的一番讲述，小伙子们才明白原来这是马老的幽默。提起"文革"，马老在 2017 年 8 月 29 日给我的一封信中曾简单谈到。他说："我读了你的《我多想让你恨我一回》的文章后，感慨颇多，回想锒铛入狱 6 年，弄得我家破人亡，生死难卜时，我的确对你这位第一位拉我进文坛的人恨过一回。”这后一句话当然是马老的自谦。

庚子年春，全球突发新冠肺炎，马老一直关注事态的发展，并在3月4日，为支援抗疫捐款2万。并为抗疫作词，挥毫。这项活动系北京大学校友会发起。作为在四川的北大校友的马识途还呼吁天府北大人积极参与此次活动，希望大家伸出援手，支援前线奋力战“疫”。

马老马老，令人敬爱的马老，百年逐梦终不悔啊！这是何等感人的家国情怀！

刊于《中国艺术报》2020年7月10日

乐在“棋”中

王兆胜

我与“棋”结下了大半生的不解之缘。

很多人不愿甚至讨厌下棋，它既费时又累脑子。在我，则喜欢其间的智慧、无边的欢乐，还有难以言说的“很有意思”。

从懂事起，我下的是军棋，是由司令、军长、师长、旅长、团长、营长、连长、排长、工兵、军旗组成的那种。内容简单，子力不多，简单易懂好学，这是农村孩子们的玩具，也是一种较高的智力游戏。那时，一有时间，我们几个孩子就到大伯家下军棋，捉对厮杀。因为只有一副棋，只能输者下，赢者守擂，换人上去攻擂。军棋分两种下法：初学者喜欢明棋，两人将双方兵力明摆，在包袱、剪子、锤，猜对的先手下棋，后者吃亏。有一定水平了，就对明棋不以为意，改下暗棋，即谁也不知道对方怎样布局，相互攻击，由第三人做裁判，最后看输赢。我不是下得最好的，但胜率颇高，这是最早形成的棋瘾。儿子小时候买来军棋，我与他下过，但找不到童年的乐趣，儿子也不像我那样有瘾。

下象棋是农村另一活动，一些干不动农活的老人往往在街头巷尾摆开阵势，特别是春秋时节，在阳光明媚之时，也偶有散人和闲人围观，这成为乡村生活之一景。与方块军棋相比，圆圆的象棋太难，特别是下棋人总是长考，半天不走一步棋，不会引起孩子关注。因为爷爷的弟弟王殿尊喜欢下象棋，家住得又近，我就偶尔去旁观一会儿。小爷爷年纪很大，又患有严重的肺气肿，他坐在小凳上，一边不停用嗓子拉长长的胡弦，半个村子都能听见，让人难受至极；

一边是吃对手“子”或“将”一“军”时，棋子碰撞得震天响，颇有胜券在握的气势。小爷爷长得与我爷爷王殿安很像，严肃程度也像，我一直怕他们，没留下疼爱我的感觉，只有那声声拉不长也拉不断的呻吟声，让我对象棋留下深刻印象，也知道了一些棋理。后来，偶尔也与人下过象棋，但输多赢少。后来，在济南、北京城里的街头巷尾遇到下象棋的，也会停下脚步欣赏一番，但有时围观者众，要做的事太多，总是看一两局就快速离开。

读硕士研究生时开始接触围棋。那时，学习自由轻松，吃饭时，大家捧着碗到每个房间串门，看看这个，聊聊那个，一顿饭就吃完了。有一次，转到一个室，发现围了一大圈子人，探头进去，才看到两人在下围棋，一白一黑，在一个木质棋盘上敲得脆响。以前，有过下棋基础，也有兴趣，这样一来二往，我就看会了。后来，我就上了手，与初学者切磋，互有胜负。下着下着，就上瘾了。与军棋和象棋比，围棋更容易学，知道两个眼活棋就行，谁围得棋子多谁赢。当然，这里面的道道很多，水极深，学会容易，下好难。围棋极费时间，有时来了兴趣，我们就下通宵。自从爱上围棋，生活的乐趣与日俱增，但读书学习的时间少了，这是一个重大损失。考上博士，到了北京，因为棋逢对手，对围棋的兴趣有增无减，当时的两位棋友，一是赵峰，另一个是温小郑。最厉害的时候，我与温兄一夜连下 36 局，我俩都有巨瘾，我比他瘾头还大，也更加感性。那次，一局棋厮杀得难分难解，温小郑就让我稍等一下，他自己上床后脑袋朝下，我认为他在向床下找什么东西，结果他说：“脑子有点不好使，控一控血，然后与我继续下。”我当时比他年轻，无头脑麻木感，但现在想来，还真有点后怕。可见我们沉溺于围棋有多么深。

毕业后，我被分到中国社会科学院工作。单位有几位围棋爱好者，于是午饭时间成为我们下棋的时间：从单位食堂打上饭，回到摆好棋具的办公室，一边吃饭一边下棋，仍是老规矩，输者下而赢者上。后来，有同事作星云散，不是调走了，就是去世到另一世界，最后剩下我和王和先生。王和大我十多岁，他的棋瘾大过我。每当吃午饭，他总是第一个拿着碗筷到食堂排队，然后到我办公室催我，立马吃饭下棋。一旦开局，我俩下的是快乐棋，很少长考，快时二十多分钟一局棋，输赢意识不强，这样一个中午能下好几盘。有一次，我俩越下越快，竟自感胡闹，于是收拾棋子，然后重下。因棋逢对手，所以乐在其中矣！一旦哪天有事，我没去单位，王和先生就在我办公室等着，将棋摆好，自己还在棋盘上先放一子，然后急不可待给我打电话。我摸准了他的心理，说今天实在脱不开身，去不了单位了，他就鼓点似的催，大有如我不去，他以后再不理我，也别想跟他下棋了，可谓气势如虹。有时，我急着赶过去，他就眉开眼笑，高兴得像个孩子，幸福指数明显提高不少。一旦我确实有事，去不了，就听电话那头，他在连续催促后无果，所发出的长长的叹息。此时，我知道他一定饭不香、睡不着，一下午的工作都会是无精打采的样子。如今，王和先生退休多年，其间他请我在洗浴中心下过一次，再后来因为都忙，我们就很少有机会下棋。前几天，王和兄将他的大著《左传探源》上、下册快递给我，一股暖流涌遍全身。

后来，《中华读书报》的祝晓风调到我单位，我们原是棋友，这样更方便下局，有时他也到我家里下几局。后来，他又从我单位调走，闲时就邀我到中国棋院下棋半日，那是人生中美好的时光。在棋院下棋的人不多，桌椅和棋具一应俱全，又有茶水供应，费用不高。最重要的是，各个房间有围棋高手的书法作品，像吴清源、藤泽秀行的书法风格迥异，据说都是真迹。与吴清源书法的平和冲淡、清气飘逸不同，藤泽秀行的书风在质朴、笨拙中见厚实与真纯，给人以大力士勇搏猛虎之感，欣赏之余有一种强烈的悲剧感。我与晓风下棋充满更多乐趣和玄机，他总觉得比我的棋高明。一次，我问他，到底我俩谁的棋厉害？结果他脱口而出："当然我厉害了。"我又问："十盘棋，我俩输赢是几比几？"他毫不含糊道："八比二。"我再问："谁是八呢？"他就毫不谦虚回道："当然是我了。"我不服，于是就开赛，每次都有比赛命名，还都做记录，以免哪个人届时死不认账。有时，我会在一张纸上写道："北京首届学人围棋擂台赛在京举行。"下面写上我俩的名字。还有时，我会写上："世界第一届学者围棋擂台赛在中国棋院正式举行。”更有时，我会将头两字换成“宇宙”。总之，命名越来越离谱，也越来越玄乎其玄。有趣的是，晓风每局棋都让我写上输赢的具体子数。我就说，输赢半子和一百子没什么区别，不必这样麻烦，此时，晓风就会半真半假道：“那绝对不一样。”他仿佛在说：“在棋子上输赢的多少，也代表真实水平和实力。”不过，说实话，晓风的棋力虽然整体而言比我强，但说他能以“八比二胜我”，还是有点夸张。通过比赛，他赢我的概率大致是六比四，至多七比三，从而破除了“八比二”的神话。还有一次，晓风手机通知我找地方下棋。很快，他就说已开车到我楼下。当我下去，坐到车里，开车前他突然问我：“你知道，我今天为什么提前五分钟，在楼下等你吗？”我说不知道，事实上真的确也不好猜。他就笑眯眯告诉我：“让你享受一下副局级的待遇和感觉。”这是晓风说的一句玩笑，与他平时的一本正经形成鲜明对照，这让我理解了，一个人的内心可有多么丰富多姿。

较近一次下围棋，是到王干家里。那次，在作协开完会，王干就问我，下午有事吗，如无事就找几个人一起，到他郊区家中下棋。于是，一行人就乘车进发，一会儿李洁非也来了，于是大家捉对厮杀。最有趣的是，王干与胡平下的一局棋：开始，王干一路领先，胡平陷入苦战，一大块棋被围，面临全歼，只差一口气。当然，王干的棋也只有两气。于是，王干兄开始向大家“谝”，说他曾跟国手常昊下过棋，并取得较好的战绩，那当然不是平下，而是被让子棋。但说着说着，胡平让王干注意，他要提子了，因为王干走神，自撞自己一气。结果，两人互不相让：一个说，自己苦苦支撑，终于守株待兔等来时机，必须提子；一个说，干了半晚上，好容易有一局好棋，怎能因自己马虎，让对方随便提子呢？这是一个难以调和的场面，当时王干用手护着棋局，就是不让胡平提子。在我的劝说下，胡平终于让步，不提王干的子了，风波于是停止，风平浪静了。结果当然是胡平败北。我发现，此时的王干神采奕奕，且自言自语道：“下盘好棋容易吗？哪能说提子就提子，再说确实是我自己马虎了。”而胡平则变得有些沮丧，仿佛是拾到一个金元宝，却被警察罚了款，理由是：“街上的金元宝也能捡？”但如按棋规论，王干不管是什么理由，都不能悔棋。事实上，胡平虽败犹荣，并且占据了道德的制高点，这叫作“有容乃大”。作为旁观者，我们在这局棋中得到的乐趣，显然比当局者要大得多。天快亮了，我们才不得不上车回城，王干直奔单位上班，我则回家睡觉。下了一晚棋，没睡觉，有人还精神饱满，不能不佩服。

现在，很少有时间下棋了，更没有沉迷和醉心于围棋的时光。偶尔也会接到王干兄邀请，我都以有事谢绝。最近，应郭洪雷兄之邀，加入“文学围棋”微信群，里面都是熟人和朋友，像南帆、陈福民、吴玄、傅逸尘等先生。有时看看他们在网上对弈，别有一番情趣。只是时间匆忙，有时只看两眼，有时也复盘一下他们的战况，并非特别认真执着，也是一乐。

前些年，一人还常在午后的阳光下或夜深人静时，盘膝坐于厚厚的棋盘前，对着棋书打谱，领略一下年轻时的狂热。所以在《济南的性格》一文的末尾，我写过这样几句话:“风过无痕，雁去留声。我就是那一阵子风和那只孤雁，在飞过、栖息过济南的天空与大地时，现在还能寻到什么呢？不过，我坚信，在心灵的底片上，济南永远清新，尤其在夜深人静、孤独寂寞时，一个人与琴音和棋枰相伴相对。此时，飞去的是超然，落下的是悠然。”如今，连听一听棋子敲击于棋盘上的清脆悠扬之声，也交给想象和梦境了，而不是在现实中。

如计算一下，多少年来，我在围棋上花去多少时间，那一定是个天文数字。不过，至今我不后悔，因为围棋教会我许多人生，也让我理解了天地间的不少密语。更重要的是，它给我带来无穷无尽和无以言喻的欢乐，一种只能面对秋风叙说自己心境的那种感觉。

刊于《散文百家》2020年第4期

玲　珑

胡竹峰

小文章有小文章的意思，这意思长文章没有。小文章的意思在小巧玲珑，有庭园氛围；洒洒洋洋的宏阔长文章，没有这种风味。

罗大经说看诗要胸次玲珑活络。少年读过的书，叔齐在岸上徘徊，扬声悲歌。我这一张断弦琴弹得出一声声的哀弄：叮咚，琤琮，玲珑，一声声是梦，一声声是空空。

文章是空空事业。

以空为业，有一些玲珑意思就好。鲍照说，白日照前窗，玲珑绮罗中。玲珑未必非要在绮罗中，玲珑布衣，玲珑粗服，更有好风华。

灼灼灿烂

清明前下了场雪。山里花草正好，红一片白一片黄一片紫一片绿一片。枝头积雪花影灿烂，何止明月前身，春花带雪看，又奇崛又中正。次日阳光大好，天气澄和，风物闲美。万物清明里是大地涌动的气息。茶花兰花桃花梨花次第开放，明晃晃闪烁。草木疯长，其状鲜美灼灼。万物有灵，秋叶与霜雪之态，亦灿灿夺目。物华之美，大抵如斯。

旧传奇中的故事。一老狐见人行匣苏黄李杜孔孟老庄文集，称灿灿有光。

人以自家诗文示前，狐讷讷良久道：漆漆黑灰气。皮日休诗里说得好，唯书有色，唯文有华。好文章也灿烂，才华灿烂，学养灿烂，识见灿烂，光耀眼眸，穿过时空古旧的窗棂，立虹在野。下笔底色有异，不论落墨如何，得灿烂者得生机也。

夜走外滩

二〇二〇年一月十六日，赴上海，旅舍枯坐半日，夜里忽起游行，约友人潘昱竹夜走外滩。灯火迷离，下雨的缘故，城市夜色暗淡。想起鲁迅的上海、张爱玲的上海、茅盾的上海、巴金的上海。这一夜，也是胡竹峰、潘昱竹的上海。

撑伞而行，穿巷而过，陆续三五个醉汉，岁末年关，是离别宴也是欢聚餐，往往醉人。路过一米粉店，一对中年夫妇，和和气气。三两个食客。一女子一脸倦容，独享一份炒饭一份米线，戴耳机看视频，不自禁多次大笑出声。凌晨回酒店，一大厦楼下，一流浪汉席地高卧。

游马郢

己亥年腊月二十七，两三友人结伴车往马郢。一路行经处，雾气相随，淡淡地萦绕树林，林中杂木舒朗。饭食的浓汤气息滚滚而来，一时富贵一时吉祥。这是腊月的味道，这是乡村的风致。

农舍俨然，几个村民进进出出，人皆一脸安详，一身文气，斯文在兹，心下一时惊奇。屋边菜畦端端正正，蔬叶鲜气淋漓。鸡不鸣，犬不吠，安如木雕，得了此间水土的静气，自有一番恬淡。

马郢地属长丰，距闹市颇近，人来了却觉得此地远离了尘嚣。感叹不是世外桃源，而且乡居福地了，真真丰饶长久也。

马郢可游，更可居也。

寝食安

故里风俗，人到三十六岁是一个关坎。很多地方也将三十六岁视为不顺之年。

进三十六岁的时候，病了，胆结石，疼痛十个小时方才逐渐消停。人住院了，三五日不得饮食，结石不过厘米大小，芥蒂可伤人，何止四两拨千斤。

人生第一次住院，想想人不过病中人、病外人，而到底要在病中走一遭几遭。病是人生逃不开的苦。老话说，没什么无所谓，只要不是没钱，有什么都好，最怕有病。没钱可以挣回来，但人活一世，总有得病的时候，与富贵贫穷命理都无关。

对白墙沉思，感觉人生得安就好，并不需要那么多金钱佳人美食权位，也不需要那么多文章，纵然是锦绣文章。

病人往往寝食难安，寝食安乃大安。寝食安，天下定。

中国红

得一串南红古珠，入手细腻，表皮光洁，橙黄中隐隐泛着包浆的晕斑。此串十粒南瓜形，两颗橄榄形。橄榄好吃，南瓜好看。橄榄外圆内刚，味苦且涩，气息却清芳。

南红色彩丰富，锦红、柿子红、玫瑰红、朱砂红、缟红，皆俏丽明艳。中国人爱红，有中国红一说。南红之色颇好，好在红上，红得容光焕发，红得喜气洋洋。小时候过年，家里门框上总要贴“万事如意”四字。当时看了不以为稀奇，现在想起来，觉得熨帖。人生所求无非万事如意。

赠南红珠者，友人王祥夫。祥夫先生以文名世，博物好古，工书画，笔下瓜果蔬菜山川人物得了齐白石意味，自辟笔路，又清净又文气。存有他书法一幅、山水一幅、虫草一幅。虫草画的是风吹高粱，一只蚂蚱伏茎叶做凝神状。展画细看，屏息良久，不敢开口说话，怕此物惊走也。

得铜印记

铜印源自东周，盛于西汉，古称金印，多为官家所用。《三国演义》上关羽快马斩得颜良，曹操即表奏朝廷，封他为汉寿亭侯，并铸送铜印。

铜有好意思，铜郭，铜堞，铜楼，铜山，铜墙，铜头。京剧里还有铜锤，又称净角、黑头，俗称花脸，以唱为主，是我最喜欢的角色。旧小说中常有使铜锤的好汉，骁勇异常。少年时，老家有一铜匠，整日挑担走村过户，补锅修锁，化铜为水，变腐朽为神奇。他是乡村里的闻达。

二〇二〇年春月惊蛰，得湖南叶之蓁先生黄铜胡竹峰名印一方，边款尤妙：

> 囿八斗之才于寸方内，快哉。己亥岁末之蓁利刃攻铜。

攻铜如作文，各有艰辛。铜者，金也，得铜即得金。金为五行之首，金为美，好文章是金言。受此铜印，无意多金，但求多得几斗美文。

两株树

非亲到其处，不知《秋夜》一文纪实。八道湾鲁迅旧居的院外有两株树，一株是枣树，还有一株也是枣树。院内有两株树，一株白丁香，还有一株白丁香。《鲁迅全集》二十卷，《野草》月华光洁。

旧居无俗韵，多文气多茶气多酒气多意气。此地宜喝茶，宜饮酒，宜对坐，宜闲聊，宜著述，宜翻书，宜回忆鲁迅，宜回忆知堂。

前院有两个人，一个周树人，一个胡竹峰。后院也有两个人，一个周作人，一个还是胡竹峰。

梅花闲笔

梅树下闲逛。有些花开始露出残相了，他年的花不是今年的花，他年的人亦非今年的人。花下坐着，有风吹来，拂乱地上的花瓣，拂落树上的花瓣。花瓣悠悠荡荡，飘在头发上，有一片贴在脸颊，湿润新鲜。花瓣在空中飘飘摇摇，水面纷纷扬扬一白，红色的鱼银色的鱼黑色的鱼跳起，啪地落下。人定在花雨中，真真觉得落花似雨。莫名伤感了。

风　雨

神道辽阔，路边石雕有麒麟、狮、虎、羊、华表、石马、文臣、武将、内侍，也有牵马的弁兵。衣着、扣带、毛发纤细如新。秋草青青，扁柏瘦且高，石雕比人高，树比石雕高，云比树高，天比云高，倘或是夜里，自有星辰高过天层。

岁月的风霜斑斑点点撒在石上，与秋雨一起，伸手一触，有季节的秋意，也有历史的秋意。秋雨无声，银灰色的雨丝斜斜地飘扬开来，撑开伞，方听得轻轻的淅淅沥沥声。雨水打湿树枝，伞骨冰凉，执伞的手也冰凉。

六百年前的匠人采石于此，斧锤的钉凿声由近及远，远到六百年前的风雨中。那风雨是明朝的风雨，很多年后，还有明朝的风雨。明朝的风雨烟消云散，明朝的风雨不绝不止。

风雨如晦，风吹雨，风里有雨，雨带着风，风雨不止。银灰色的细丝交织出一张韧而细密的网。人在网中，世事在网中。

塔里叭与麦鱼

江南升金湖畔人家有一种两头尖尖的小木船，小巧灵活，既用于打鱼捞虾，又用于水上运输，名为塔里叭。二十世纪六十年代，升金湖流向长江，河湖经年舟楫往来穿梭，塔里叭像落叶一样密布在黄湓河和升金湖的流水上。

其地有种鱼，形小似麦粒，值麦熟时节上市，人称麦鱼，以小鱼、小虫、水中硅藻类为食。农人捧出烤干的鲜麦鱼，颗颗似珍珠，金灿灿、亮晶晶，头尾齐全，鱼眼完整无缺。其鱼自古被人珍之。

村上首香木潭曾是昭明太子垂钓处。

昭明太子的《文选》，我读过，有法有道。

肉　身

肉身宜俗养，方得富贵气。此圣人食不厌精、脍不厌细之道。精神需雅趣，可脱烟火味。所谓腹有诗书气自华。

天下肉身皆是俗物，脱不开生老病死。人间精神分得高低。

那日读《楞严经》，卷八说得好："是清净人，修三摩地，父母肉身，不须天眼，自然观见十方世界……宿命清净，得无艰险。"宋人方回诗道：

一毫不敢昧苍天，生世明年七十年。

自恨肉身无报答，日常饱饭夜安眠。

人来不惊

山清凌凌只见秀色，不见草木。车走在晨光中，一步步腾挪，山一路上下相随，像抻开明清工笔山水手卷。那山高低不一，起伏数寸而已，绵延不知长短，不知首尾。秋冬之交，叶落树萎，有露珠挂在枯枝上。柿叶衰败，柿子却葳蕤肥硕，喜气盈盈。喜鹊也肥硕，从容啄食，人来不惊。

废　园

枯叶满地，枝头一空。天气阴沉晦暗，芦苇顾影颓然，残荷亦颓然。绕湖堤漫步，风行水上，忽觉出寒意。草地上黑影一点，瘦石也。瘦石上黑影一点，乌鸦也。那乌鸦也有黑影一点，顾盼自得。众鸟自树间跃下，从容觅食，不惧游人。

园为圆明园，随行者皆索然，觉得冬日废园无味。废园之美在废，废到极处，生机出来了。游废园，借此感触生机，可谓此行之得。

逆行文章之河

先秦文章滋味醇厚，寻常胃口吃不得，非要熟读魏晋文章。魏晋文章精神勃勃，寻常胃口吃不得，非要熟读唐宋文章。唐宋文章高头大马，寻常胃口吃不得，非要熟读明清文章。明清文章兔起鹘落，寻常胃口吃不得，非要熟读民国文章。

逆行文章之河。

起　云

起云了。一朵朵一团团一簇簇一丛丛，或停在空中或飘在天上。

云遮了日头，人在阴影里。灰色衣服的人，黑色衣服的人，黄色衣服的人。大的云仿佛一尊兽，罩在那里，一头搭在山尖，一头悬空天上。

四下觉不到风，炊烟笔直如一管淡墨画过青纸。篱笆墙上的竹枝忽地一颤，一只黑鸟雀跃而去，扑棱双翅飞翔云层。

天地如此静穆，四野无声，天上起云。

走　虫

武松醉卧景阳冈大青石上，只听得乱树背后噗的一声响，跳出一只吊睛白额大虫来。这大虫却是老虎。古语里，蛇是长虫，老虎是大虫。

《大戴礼记》有虫分五类之说：禽为羽虫，兽为毛虫，龟为甲虫，鱼为鳞虫，人为倮虫。《大戴礼记》也说有羽之虫三百六十，而凤凰为之长；有毛之虫三百六十，而麒麟为之长；有甲之虫三百六十，而神龟为之长；有鳞之虫三百六十，而蛟龙为之长；倮之虫三百六十，而圣人为之长。

关中地方还把人说成走虫。走的是虫豸，走的也是虎豹，大象缓步是走，骏马奔腾也是走，龙行是走，跬步还是走，穿街过巷是走，游山玩水更是走，我们活着，我们走着。

人往高处走，更上一层楼。水往低处流，有容乃大。流水不腐是走，户枢不蠹也是走。庄子逍遥游是走，孔子游列国也是走，一个走向江湖之远，一个走向庙堂之高。人生如戏，走一个粉墨登场，光阴似箭，走一个沧海桑田。

走南闯北、走州过县、走马到任、走山泣石、走斝飞觥、走蚓惊蛇、走及奔马、走马看花、走漏风声、走石飞沙、走为上计、走为上策、串街走巷、走丸逆坂、走笔疾书、走笔成文。我过去走笔疾书，如今走笔依旧，疾书不再，好在还能走笔成文。其实走笔就好，成文不成文不重要。

五　庙

五庙，我在很小的时候已经知道了。岳西有儿歌：

> 又哭又笑，黄狗作跳，花狗抬轿，抬到五庙，五庙不要，往东缸里一掉。

至今也不明白究竟是什么意思。或者没有意思吧。儿歌大多是没意思的，不过朗朗上口，逗得三岁小儿破涕为笑罢了。猫抬轿在年画里见过。老鼠嫁女猫抬轿。那鼠是硕鼠，极肥大。鼠嫁女是有趣的民间故事，小时候见红纸画此场景，贴在窗子上。《虞城志》说，正月十七夜民间禁灯，以便鼠嫁。杭俗谓除夕鼠嫁女，窃履为轿。

五庙距我乡不过百里，却没有去过。那天去了，不过平常一个普通集镇，为何让我生出许多感慨呢？去了五庙，但还有五庙在心里：

灰色的天空下，没有阳光，瓦房青砖，五座小庙依山而建，庙里的木偶积有厚厚的尘土。红披衣旧了。后山上麦田半尺高。

这是三岁时候想象的五庙，过了三十岁，心里还有这样的五庙。

寻　味

酸甜苦辣是味，清坐闲谈是味，高卧冥想是味，把卷长吟亦是味。游历得山水味，怀古得前时味，看书得文墨味，写作得文章味，赏画得水墨味，观帖得士子味，读碑得金石味，种菜得稼穑味。日色有光明味，月色有清凉味，山中有林下味，水畔有幽僻味。金圣叹说花生米与豆腐干同嚼会有火腿味，金圣叹有奇味，石破天惊处不动声色。石破天惊是味，不动声色也是味。人间处处有味。人间味不过风物味、烟火味。

过野村所见

众人过得民舍，忽入杂木林。一只松鼠咚然滚落地上，骨碌爬起，纵身隐于树后，再不见踪影。池塘边油菜开花了，水里一片花，地上一片花，眼里两片花。更有老树虬枝探入河潭，花千朵万朵，有红有白。水中和枝头同时开花，一朵化为两朵，千朵化作万朵，顿觉春意大好。白鹭在田间或停或飞，野鸭悠游荡过石桥，阳光照下，野草无言。

风　赋

夫庶人之风，塕然起于穷巷之间，堀堁扬尘，勃郁烦冤，冲孔袭门。动沙堁，吹死灰，骇溷浊，扬腐余，邪薄入瓮牖，至于室庐。

——宋玉《风赋》

中原一到冬天，风就多了。冬日夜长，偶尔入睡迟一些，若无兴趣读书，许多时候只得躺在床头听风。

江南是温柔富贵乡，雨水足。中原乃悲歌慷慨地，风沙多。北风大作，门窗紧闭，还是有细小的沙尘钻进家来。桌面尤需勤扫，若不然半日工夫便灰蒙蒙一层浮灰。楼头远望，骑行人裹条围巾，捂得严严实实，顶风迎沙。

风大得很，日夜不休。晚间，市声寂寥，大风越发张狂，于楼台间冲撞做狼嚎状。昏沉欲眠之际，风声陡烈，睡意又无。仰卧着，只听见狂风呼啸，玻璃哗哗作响。索性起床，一个人跑到楼下的小酒馆里闲坐。一时听不见呼呼大风，却忍不住将眼来看了。顾盼之际，想起韦应物的诗句“把酒看花想诸弟”。这首诗以前读过的，事隔多年，已记不清余下三句。酒入饥肠，得打油诗一首：

酒馆无人竹椅静，窗外有风漫夜行。

把酒看花想诸弟，中原寒冬清凌凌。

阿弥陀佛，今人作旧诗，要么没有平仄对仗，要么只有平仄对仗。

起身回家。夜深了，小巷空无一人，路口杂货铺门灯远远照来，在地上投下斑驳的暗影。只听见一阵无节奏的声音，远远从街头穿过来，像是谁家顽童忽在耳畔吹响尖厉的铁哨。倏然，前方卷起一片尘土，风来了。人逃也似的回房。关上门，风悻悻吹过树梢，隐隐传来金属之音，然后在楼道间汹涌而过，呼嗵呼嗵像大铁锤夯在墙上。

南方人并不习惯这样的风。袁中郎言及燕地之风时说：“冻风时作，作则飞沙走砾。局促一室之内，欲出不得。每冒风驰行，未百步辄返。”心下总不免暗笑，想夫子到底书生耳。如今，甫入中原，已知中郎先生非危言耸听。

天下白

空坐楼头，秋风起山野，自窗口看见。不知风自何来，不知迹归何处。几万万里之外，星辰落在银河。一人独坐，呆若木鸡，心底天地苍茫。秋风星辰是岁月天地的，也是独自一人的。文章是岁月天地的，也是独自一人的。

岁月忽已晚。想起一个老人，布衣葛服，在纸窗下以墨为饮。笔底漫漶，斑斑驳驳是他的年华。年华老去，文章留下。年华不老去，文章也留下，好文章留下。好文章有天数，一段活泼泼天赐良缘。坏文章人留天不留。

淡淡的墨迹淡淡的梦影。梦淡了好，梦里不知身是客，一晌贪欢，醒来惆怅。梦淡了好，文章淡了更好。《二十四诗品》，尤爱冲淡。

鸡鸣枕上，夜气方回。一只公鸡在黎明稀亮的天光里长鸣，决绝、孤寂又一脸烂漫诡谲笼中，毛色灿然。多年未闻鸡鸣了。鸡鸣是徐渭的猿啼、鲁迅的呐喊。

好文章不过一阵风雨一块金玉一方木石一声鸡鸣一天下白。

笔　记

时间不早，但我睡觉还早。躺在床头读《四十二章经》，书中有段话极好：

> 佛问沙门：人命在几间？对曰：数日间。佛言：子未闻道。复问一沙门：人命在几间？对曰：饭食间。佛言：子未闻道。复问一沙门：人命在几间？对曰：呼吸间。佛言：善哉，子知道矣！

人命在呼吸之间，好文章也在呼吸之间。文章成败，呼吸之间耳，稳住那口气，不能松下来。文人的积习，世间一切都有文章之道，世间一切皆是人生之道，这是我的痴。

《四十二章经》里还说，学道的人像牛背重物，走在深泥中，非常疲倦了，不要东张西望，走出淤泥之后，才能休息。佛家的说法，从来不只是智慧，还有超脱。一个人有智慧并不难，超脱难。

佛言：如人锻铁，去滓成器，器即精好。学道之人，去心垢染，行即清净矣。我辈学文章之道，亦是学道人也，得学一辈子，庾信文章老更成。

清　白

齐白石有幅小品，题为《清白世家》，画白菜，画鲜菇，自辟笔路，线条清净，设色清净，有佛经之美，静对如一卷古人笔记。人间难得清白，清白世家好，清白为人好，清白饮食好，清白文章好。清是清楚，白是明白。文章写得清楚明白不容易，要真本事，要下苦功。这又是痴话了，好在痴话本是说给同道中人的。我辈写作者，众人拾柴，一起烤火，本就是痴人。正所谓：

满纸荒唐言，一把辛酸泪。

都云作者痴，谁解其中味？

窗外春光大好，天青云白，无数锦绣文章。

离　歌

古人离别作赋，今人分离写歌。

明天离开安庆，想写篇文章。前几天作文若干，才思泉涌，应该还有余兴。此番离开，写不出文章，分明枯竭。

江郎才尽是假，障眼法耳，才情如水，江涛汹涌，淹没两岸。“江”“淹”两个字，差不多就是文学的味道。江淹的字——文通，更有文学的味道，只是段位低些，太“昭然若揭”，少了含蓄。

文通只是门槛，好像才华不过门槛。这些年写了一点文章，不少人夸奖有才华，心下惶恐。我知道才华一文不值，门槛而已。傅斯年主政北京大学文研所时，要求新来的研究员三年内不得撰文，要把才气洗净！

在安庆近三年，写了三本书，交了很多朋友。有些朋友是字典。有些朋友是散文集。有些朋友是诗词歌赋。有些朋友是武侠小说、社会小说、谴责小说、言情小说。

南来北往的人生固然痛快，但也痛苦。下午整理书籍，两千来本。三年岁月，存书两千。存书不稀罕，一年读三四百本书，这是我得意的。我得意还能读一点书。读书本是寻常事，只是我辈少文心。越来越知道一己之短。读点书，写点文章，差不多就是这样。写点文章，喝点茶，过小日子，差不多只好这样。差不多，这样很好。

写作不是娱我，写作也并非娱你，写作是我的饭碗，祖师爷赏的，得捧牢了。

忙　赋

为赋新词强说愁，忙得没有为赋新词的心境，更遑论强说愁的心情。强说愁要闲，最起码要有闲情，没有闲情，最起码要有闲心，没有闲心，最起码要有闲趣。

如今，闲人多，闲情少；闲情多，闲心少；闲心多，闲趣少。何夜无月？何处无竹柏？但少闲人如吾两人者耳。两人者，苏东坡、张怀民。闲人并不少，大雪之夜的王子猷，湖心亭上的张岱与金陵人，隐居杭州孤山的林逋。

现在没有闲人了，有闲的闲不住，无事生非终成困。

闲人是痴人。友人痴迷围棋，某回外出，棋瘾难耐，上街访同好，遇到一个。不问姓名不问身份，两人对弈三个小时，不告而别。这是当下的魏晋风度。日子是当下的好，风神是过去的好。过去的风神隔了一层，一隔味道出来了，一隔境界上来了，一隔怀想生成了。怀想似乎比憧憬高级，怀想的成本低。

近日忙乱，只好怀想过去的闲散冲淡当下的忙乱。忙乱忙乱，一忙就乱，乱中出错。忙碌忙碌，越忙越碌，碌碌无为。无为很好，碌碌无为不好。人生虚幻，秦皇汉武也罢，唐宗宋祖也罢，现在只剩一片虚无。看《道德经》，读出时间上空的一声巨叹。老子明白一切“为”，不管为有为无，为大为小，都是“无”，都是空。都是空都是空，都，是，空，你得填满它，活着的岁月，总有鸡零狗碎。

木　石

偶有文章娱小我，独无兴趣见大人。差不多是文人的通病或者说是文人的个性。我自己偶有文章之外，间或也买一点木头与石头之类把玩。不是大物件，却自娱自乐出好心境。当然这都是以前的事情了，现在没有闲钱，闲情只好搁置。闲情要闲钱做底子。

过去买物件，不是木头就是石头。昨天下午，百无聊赖，把玩木石遣兴，想起《红楼梦》木石前盟的故事。

神瑛侍者每天以甘露灌溉这绛珠草，天长日久，绛珠草脱却草胎木质，得换人形，可惜仅修成个女体，终日游于离恨天外。因尚未酬报灌溉之德，其五内郁结着一段不尽缠绵。后来神瑛侍者意欲下凡造历幻缘。那绛珠仙子道：“他是甘露之惠，我并无此水可还。他既下世为人，我也去下世为人，但把我一生的眼泪还他，也偿还的过他了。”这里面有让人感动的一片殷殷之情。

读《红楼梦》，读来读去，一情耳。年纪大了，人心麻木，越发无情，读读《红楼梦》，算是给情感补充养料。贾宝玉念念不忘“木石前盟”，最终抛下“金玉良缘”。以前曾替贾宝玉可惜过，现在年纪大了，心想，管他金玉不金玉。很多时候，金玉其外，败絮其中，还是木与石来得踏实。

人生忽如寄，寿无金石固。那些情感都过去了，只留下了一堆沉痛的文字，这是曹雪芹的福分，更是我们的福分。

童　年

陆续读过几首描写儿童生活的诗词，最喜欢“儿童散学归来早，忙趁东风放纸鸢”一句。高鼎选写的人和事，为美好春光再添了生机与希望。那样的句子，仿佛一泓清凌凌的溪水展示它最初的模样。儿童诗里随处可拾童心童趣，读来温馨，会自然而然发出微笑。浮躁急切的功名利禄时代，需要安闲自定的心绪。只有这样，一个人才能走出寂寞的困境，保持一份赤子情怀。周作人认为“倘若返本真，应学秋虫鸣”，回瞻自己的童年生活，试图恢复本性。童年、童趣和童戏，清纯且美好，童年的烦恼再多再大，也有欢喜的底色，成年后的快乐再多，随之而来的悲苦常常将其撞个粉碎。

前几天读废名《五祖寺》一文，再三击节，几次沉吟。废名通篇写一个小孩子长大后对五祖寺怀有的美丽记忆和感情，其美丽若“一天的星，一春的花”。这是童真的美丽。

入　帖

常读碑帖，有回看得入迷，差点把盛夏看成了深秋。中国书法总是让人颠倒，黑白颠倒，昼夜颠倒，春秋颠倒，冬夏颠倒，幸亏没有男女颠倒。

文章是什么？文即纹，指纹路、纹样；章本指屏蔽，转指外表。文章原义指有纹样的表面。文章的章，从音从十。古人奏音乐，连奏十段才能结束（十，数之终也），十段一章。文章文章，也有段落。文章从音乐里会意而来，用文字表达出来的东西，读起来如音乐一样美妙无穷、悦耳动听，才能称为文章。很多人的文章有音无乐。

以上是胡话。

入帖要古，学习书法从晋、唐开始是对的。写作要新，学习文章还是先从民国起步，这样上手快一些。书法顺水直流，写作逆水行舟。

文章也要入帖，临习民国、明清、唐宋至先秦的文章，学各种技巧法则，接通古人精神，接通中国文脉的水流。学习古人，进入古人，是文章家的基本要求。文章入帖的目的是把传统技法变为己有，成为自己创作的依据。

入帖之后，再谈出帖。

在当下，入帖者，七八个星天外；出帖者，两三点雨山前。

看　人

旅客的面孔似乎都是一致的，偶有例外：孩子们总是兴高采烈、活蹦乱跳，恋人们柔情蜜意，大部分人的表情还是千人一面。

去东北看人，看关东大汉。我想，谁是当年的挖参人，谁是当年的流放者，谁是当年的刀客，谁是当年的旗人。

去西安，走在人流滚滚的街头，你们都是先秦子民啊，心里对迎面而来的一些面孔说。我更喜欢看兵马俑，一张张面孔，他们是我们的先人。

去山东，亦步亦趋。当地的朋友吃什么我吃什么，他们看什么我看什么，这里是孔子的故乡。

去一些城，看到很多机器人。不是说他们是真的机器人，而是表情的生硬与刻板，有金属的质感与色泽，仿佛机器人。

小镇上，三三五五的阿婆拿个菜篮子，颤颤巍巍走在河岸边，小脚一步一步迈着，一点一点地挪动，顿觉时光温柔了许多。

去香港，看人来人往；在乡下，看负暄闲话。

澳门街头看到写满颓靡的很多张脸，尤其是下雨，走在小巷里的一张张面孔，越发显得颓废，颓废中多了古雅与香艳。

颓废。古雅。香艳。让我念念不忘。

《邹书》与《列子》

秋雨淅沥，想起前天晚上的梦：四周混沌仿佛盘古开天辟地之前的世界，迷蒙蒙虚实难辨。一个身穿淡灰色衣衫的青年抱书而行，时行时飞，怀中一本《邹书》、一本《列子》，那情景有些像庄子《逍遥游》。洋洋乎，荡荡乎，梦醒了，窗外天光大亮。

《列子》至今没读过。《邹书》者，此前一无所知。西汉邹阳被谗下狱，于狱中上书梁王申冤，因而获释，后人遂以“邹书”为上书鸣冤之典故。为何入我梦中？真是奇怪。

湖　边

天热，手摸在水里，颇有热意。在树荫下歪着身子摇蒲扇，无所事事地看水，看山的倒影，看湖面蜻蜓乱舞。

摘张荷叶在头顶，眼前一片浓绿如伞。剥几粒莲子，颗颗粉白似米，送入嘴中，甜甜的，脆脆的。风来了，软软的、潮潮的，却又清清爽爽，带来水的气息。偶尔一只水鸟扑至，啄一小鱼，扬长而去，凝成一墨点，消失在蓝天中。

阳光洒下，湖水泛橘红色，迷离而妖媚。天边的云霞，火似的烧起来，风吹得乱乱地蓬松着。太阳终于下山，闷热的一天又过去了。归牧的老人和小孩，赶着牲口，影子映在水中。几户青瓦的屋顶，冒出炊烟，袅袅上升，从浓到淡，从淡到无，渐渐无影无踪。

烟雨记

大雨如注，像筛豆散沙，打在脸上生疼，浇了人一头一身，睁不开眼。湖色空蒙，雨如滚珠，一颗颗砸在水面，激起一个个水泡。一千个滚珠，一千个水泡；一万个滚珠，一万个水泡，亿万个滚珠，湖面数不清的水泡。湖水沸腾，雾气如白纱，罩在湖面上。对岸的山不见了，心头隐隐有水光闪动。

乘一叶渔舟，单桨轻点，小船离了岸，湖水发出哗的一声响。双桨辚辚，生生犁出一条水沟，船刚过，水又弥合得无缝无隙，复归宁静。

一尾鱼从船边游过，伸手欲捉，却打一个水漂隐入深处。水面越发辽阔，山环着水，水环着船，船环着人。索性停了桨，那山、那水一齐向眼前拥来，一片又一片，心头生出无限欢喜。

月　下

盛夏夜，沿着小溪散步，溪水明澈晶莹，渐渐变成亮银色。刚下雨，溪水涨了几寸，目光及处，断枝残叶在一个漩涡里，欲前不得，欲后不能。

月亮转过山嘴，光彩幽淡，如镂寒冰，清冷的月光从云端泻下来。恍惚间，身体似乎呈现出一种透明的状态。四周都是静止的。

溪涧的月光经过岸边竹林千枝万叶的过滤，只剩下一小块一小块银白色的碎片，穿过竹梢贴在小溪里，溪水又将月光反射到空中河堤上。溪中闪烁着散碎的月影。身侧大片的原野，融在晶莹澄澈的月光中。小树、水草、竹林、野花也与月光融成一体，镀了一层银边。

上行百余米，有一石潭，浸在水底的月亮银晃晃射出白光，引人入水中。卷起裤腿，伸脚入水，似有鱼儿或小虾游过，水中月化作无数小碎片散开。

河床凸处有一块青草地，碧绿的叶尖上，点点露珠闪烁着清冷的光芒。暑气消退，阵阵阴凉沁人。人在从竹林里筛下的满地光斑中，全身银光闪烁，明灭聚散。风吹来，竹杪一荡，一片斑驳就在草皮和溪面上稀稀拉拉婆娑相拥。

夜深露重，月色越来越浓，禾苗上飘浮着月光，溪流上跳动着月光，树林里闪烁着月光。溪水声微，似真亦幻。

混　沌

夜里下雨，深宵读林语堂《大荒集》，想到“混沌”二字。

世人作文多以线条勾画，如书家，我好用水墨，近禅者。每欲作文，胸中往往混沌一体，渐次行孕有物，龙凤麒麟乎野马尘埃乎，山川河流耶瓜果蔬菜耶，抑或花鸟虫鱼五谷六畜七星八珍。因混沌而入文章，写生写真里写心写意，究竟是怎样的山水风物，无从知晓，作文的趣味正在此间。

地　气

地是土壤，气是气息气流气脉气场。地气是土壤的气息气流气脉气场，地气是生气。傍晚或者深夜或者清晨，一片白雾贴着田野蔓延氤氲，淡淡的，人说那是地气。

人站在地上才能生活，死了又埋在地下，归于地气。世间生灵的繁衍，生发枯荣都在地上。地气是地中之气。《礼记》说，孟春之月，“天气下降，地气上腾，天地和同，草木萌动”。

在乡下，鸡鸭猫狗受了伤，将它放在松动的地上，说接接地气就好，第二天，鲜活乱跳。猎人打来的猎物，野性不死，狂喊乱叫，人将它吊起来，接不到地气，须臾便死。患有脚气者，打赤脚，多去地里踩踩，脚气自愈。

天气可以预报，地气预报不了。人类至今不能做地震预测，一场地震涂炭无数，掌控着地气的永远是天意。

人要多接收地气，赐人勃勃生机，赐我辈好文章。

刊于《山西文学》2020年第6期

西沙，西沙

陆颖墨

一九七四年一月十九日，西沙群岛海战正式打响，我人民海军和南海民兵一道收复了被外军占领的岛屿。我能清晰地记得这个日子，是因为前几年我在军报发的一篇小说里面写了海战，发表的那天刚好是一月十九日。许多读者都来电询问是不是为了纪念西沙海战写的这篇小说。其实这是个巧合，但这篇文章发出来起到了纪念这场战争的效果。遥想这场海战打响时，我还在江南一个小镇上读小学，十一岁，应该是四年级吧。但这场海战对我的影响很大乃至于改变了我的人生走向。海战后记得有部电影叫《南海风云》，我们看了，都被电影里威武的战舰所吸引。特别是水兵身上那身水兵服，黑飘带蓝披肩让所有人耳目一新。因为那个年代我们看到的军装都是“红军式”的解放服，以前镇上也来过海军，军装的式样和陆军一样，不过陆军是草绿色，海军是灰色。后来广州军区一位诗人叫张永枚，也就是《人民军队忠于党》和《骑马挎枪走天下》的作者，他写了一首长诗《西沙之战》，这首诗被改编成了连环画。这本连环画成了我的宝贝。

我们镇上有几个喜欢画画的学生，经常凑在一起画着玩。什么杨子荣、南霸天都画过，当然水平可想而知。有了这本《西沙之战》，大家都爱画上面穿着新式军装的海军。这本小人书我临摹了好长一段时间，对海军和大海也产生了向往，对西沙当然也产生了浓厚的兴趣。

那时候的西沙，在我们的想象里就是“美丽富饶”四个字。电影《南海风云》的插曲叫《西沙，我可爱的家乡》，歌词对西沙美丽的风光有着详尽而充满深情的赞美。这首歌很好听，到现在在卡拉 OK 里还广为传唱。

镇上有个文化站订了不少报刊，我们小孩常去翻固定在桌面上的《人民画报》和《解放军画报》。有一期画报很大篇幅介绍了西沙。我印象特别深的是永兴岛上的一幢三层办公楼飘扬着一面五星红旗，门口的牌子表明这是西沙的政府所在地。没想到多少年后我才知道军校里一位老师，就是这个办公楼的设计者。他是从海南岛的一个部队设计单位调过来的，从他嘴里我们了解了一些西沙海战的故事。当然他不是亲历者，但毕竟是参战部队出来的。记得还闹了一个笑话，部队发棉帽时，军需助理员要这个老师交旧棉帽，老师说他从海南来的，从来没发过棉帽，助理员不相信说哪有部队不发棉帽的，我们内心也在犯嘀咕，后来反映到上面，学院有位副院长就是从海南调过来的，说海南岛从来不戴棉帽。那时候同学们都在议论冬天不用戴棉帽的地方到底什么样子。孔子说夏虫不可语冰，可能对那个地方比较适用。

由于画了多次海军服和军舰，心中和海军的缘分不知不觉就结下了。高考时由于我上一届的学生考上了海军工程学院，所以我填志愿时，也就选择了海军。

一九八四年军校毕业我被分配到了北京，那时候打长途电话非常困难，海南岛对我来说是个非常遥远的概念，西沙更是一个遥远而神秘的地方。后来也多少听到一些那边部队的情况，知道不仅美丽，自然环境也非常艰苦，但还是想去看看，一直没有机会。一九八九年海军在南海舰队举办了一个笔会，我有幸参加了，当时一同出发的还有海政文工团的一些演员。原计划文工团在湛江演出后要去西沙慰问演出，我们参加笔会的也跟着一道去西沙采风，我当然很兴奋终于有机会去西沙了。但是，笔会上《解放军文艺》的一位编辑看中了我一组小说要我修改，所以主持笔会的海军老作家杨肇林劝我留下来把稿子改好。我见去不成很眼红其他人，得知我有情绪，杨肇林老师又把我叫到房间认认真真谈了一次，意思是西沙以后肯定有机会去，但稿子刊物有时间限制不能拖。

他还语重心长地说把心静下来，写作不能浮，特别是遇到好的题材，作者一兴奋就容易犯浮华的毛病稳不住，你这次改稿子一定要注意克服。

没想到第二年，我还真去了西沙。

一九九〇年，海军正在西沙建机场。领导让我去体验生活，写一个话剧准备参加第六届全军文艺汇演，那时我刚过二十六岁。之所以派我去，现在想来我大学本科是学工程建设的，毕业后又是干这一行，体验生活容易进入情况。到海军机关六年多了，下基层是常事，舰艇部队、航空兵部队还有院校都去过。终于能去西沙群岛了，而且写话剧在北京公演，还要参加全军会演，我热情特别高。这时，杨肇林老师又把我叫去说，以前你太年轻，不知道搞一台戏有多难。一般人不敢轻易碰的，中国有句老话，十年磨一戏。他见我有些气馁，又鼓励我，军人嘛既然接受任务就要努力去完成，同时他又提醒我说这次西沙之行，应该是一次非常难得的机会，你体验生活不要仅限于工程建设，应该做个有心人，关注岛礁部队的方方面面。也许话剧不一定能搞成，但我相信你肯定会写出一批好的小说。

杨肇林老师这些话我听进去了，现在想来真是受益匪浅。我又到了湛江，在那里等着出海。连着两个礼拜因为海上风浪很大一直没船去西沙，临近元旦了，部队通知我岛上快没有补给了，我们军舰必须顶风出航，问我风浪很大能不能去？我那时候对南中国海的风浪没什么概念，在渤海湾也坐过几次军舰，有时也晕船，但咬咬牙就过去了，便说："去呀，晕船有什么不能克服的呢？"等上了军舰，到了外海一下子被巨大的风浪镇住了。那是什么感觉？浪高五米，在洗漱间浪能从圆圆的舷窗里打进来，像只巨手要把人拖出去似的。人不能上甲板，上了甲板就会被打进海里，涌就更大了，在海面上像一座座蓝灰色的大山。军舰航行就像在爬过一座一座摇晃的山。我晕船吐得一塌糊涂，许多上级机关的同志和军内外的科技工作者，还有采访的记者，都和我一样晕得直吐。有一个陆军的同志骂苏小明唱的《军港之夜》都是骗人的，什么海浪把战舰轻轻地摇，是死命地摇，都快要把人摇死了。连着十几个小时人就这样在舰上被抛来抛去。我在三楼的船舱去二楼公共卫生间时，在楼梯口发现一只老鼠，眼睁睁看着我没有任何想跑的意思。我正纳闷，老鼠突然发出打喷嚏的声音。天呢，它也晕船晕得呕吐了。我知道老鼠在舰上是挺讨人嫌的，经常咬坏东西，有时还咬坏电器造成安全隐患。按说我应该一脚把它踹海里去，但此时我却有了同病相怜之感。它的呕吐又勾起了我的肠胃反应，我赶紧捂着嘴奔进卫生间又吐了起来。第二天，风浪小了，已经到了离西沙很近的七连屿，舰上的同志把我拉起来叫我出去看一下七连屿是什么样子，我发现自己晕船症状好多了，就特地挣扎着去舰桥（也就是驾驶室）看看。才发现水兵们一人一个桶，也是吐得一塌糊涂，包括舰长他们也吐。他们和我们不一样的是已经吐习惯了，吐出胃液吐出胆汁，脸蜡黄的继续在战位上操作。我这才知道每一次顶风破浪的航行，水兵们的身体消耗是巨大的！离开舰桥的时候，我看到许多海鸥跟在军舰后面飞，我问水兵这些海鸥在湛江不就跟着吗，怎么现在还跟着我们呢？水兵说：几百公里的航程上看不到一个岛屿，如果海鸥飞不动了跌到海里就被淹死了。在远海，它必须跟着船飞行。我内心一下触动了，生出许多感慨：在海鸥都无法生存的海面上，我们的水兵战士，日复一日，年复一年地默默守望，无私奉献。这时才明白，我们叫北海、东海、南海，但是到了南海都喜欢说南中国海，因为东海、北海都是顺着海岸线狭长的海域，而到南海一下变得辽阔起来，往南尽情伸展都快到赤道了，所以说南海的风浪和气候是我之前无法想象的。多少年后我参加过一次新型军舰训练会，当时一位首长对训练部队领导说，你们练得不错，现在不要老待在渤海湾那个小鱼缸里练了，要去南海大洋上见见风浪。听到这句话的时候，我又一次对南中国海的波涛汹涌产生了许多遐想。

过了七连屿，航行二十多个小时后，军舰终于靠上了西沙永兴岛的军港。这时我看到许多探家回来的战士准备下船，许多人除了各种行李外，都带一个大大的旅行包，里面装的好像是同一样东西，是大米？面粉？好像都不太像。岸上有个来接站的水兵，喊着这边一个水兵的名字问，咱老家的土带来没有？

舰上的战士双臂举起旅行袋大声说，带来了。一问才知道他们都是其他小岛上守岛部队的水兵，他们从自己的老家带来了最好的土，有黑龙江的、有山东的、有四川的还有宁夏的。宁夏居然还有肥沃的土，我第一次听到。他们告诉我在那些小岛上土很少，植物无法生长，大陆供应的蔬菜又很难保存，他们就自己建起了菜地。哦，我突然想起来，杨肇林老师特别嘱咐我到基层要看两个地方，一个是厕所，一个是炊事班。厕所的卫生保持程度，很能看出这个部队的作风。而伙食的好坏，直接关系到部队的战斗力。甚至有人说，一个炊事员顶半个指导员。杨老师特别嘱咐我，在西沙要关注战士们碗里的蔬菜。但是战士们从自己的家乡往这背土，还是让我大出意外。不过很快我理解了。

结束采访后，我本来计划坐军舰到海南再返回北京，突然通知大概有十来天是台风期，航路断了。当知道走不了的时候，我感觉和大陆一下子隔断了，像被抛到了天边，孤零零地留在了无边无际的大海中，这时对祖国大陆的思念潮水一样涌上心头。台风来的前夕，我坐在礁盘上看着海面上的一道道白浪，思绪万千。这时我理解了我们的战士为什么会把家乡的土带到遥远的小岛上去。也许此时他们也和我一样，坐在海边看着茫茫大海，但那一片菜地里泥土的芳香，能告诉他们这是家乡的味道，这是大陆的味道。当然我还了解到，那些菜地在台风季节都会有不同程度的损坏，也就有了年复一年战士从家乡往岛上背土。多年下来，一块小小的菜地里不知道凝聚了全国多少省份的泥土，留下了来自祖国各地多少民族战士的汗水。他们这样的交融，有谁能分得开呢？

应该感谢那场台风，把我暂时和大陆隔断了，但是情感和战士们却紧紧连在了一起。

在岛上采访的时候，我还真的去帮着战士们浇了浇菜地，那浇地的水是岛水，也就是岛上打井汲取的淡水，因为永兴岛椰林多候鸟，也多土地中含着的大量的鸟粪。小时候看过的画报上说这里的土地很肥沃，但从井里打出来的水颜色发绿，这水不能喝（喝的淡水是大陆运来的），可以用来浇地洗澡洗衣服。洗澡的时候冲在身上感觉怪怪的，打肥皂也不起沫。我们几个第一次到西沙的同伴洗澡时还开玩笑，这水里养分那么大，别把我们几个都浇肥了。更有意思的是有一次在礁盘上涉水回来大家去洗澡，一位同伴突然惊叫你怎么穿了长筒袜来洗澡？我低头一看膝盖以下都变了颜色，陪我们去岛上的同志说，叫你把裤腿放下你不肯，变颜色了吧？原来岛上紫外线强要求穿长袖长裤，下水的时候也要求把裤腿放下，我偷懒想少洗一回裤子就没放，在水里走了也就半个多小时，就闹出这么个笑话。由此可以想到那些在岛上施工的战士在烈日下流着大汗，皮肤会受到多大的影响。采访中他们拉来一位驾驶员，拍着他的脖子对我说，这就是轮胎皮。驾驶员憨厚地笑了笑，还很不好意思。原来，施工最紧的时候，他开着进口装卸车经常被铁丝铁钉戳破轮胎，换轮胎的时候他弓着背，脖子部位顾不上遮挡，到下班回去他再补轮胎，到那时脖子上的皮快掉了，领导心疼地训他，你这是在拿自己脖子上的皮补轮胎，一再要求他作业时把脖子遮住，但那样的话他操作起来速度就慢多了，也不方便，所以那个部位的皮不知道掉了多少次，长了多少次。

去年在湛江的时候，我去找我一位大学同学，没找到，说是上了西沙，在一个施工队当队长。等到了西沙一问，他又去了南沙。过年的时候，我在一个施工队和战士们一起会餐，突然有个战士问队长，是不是北京该来慰问电了？队长说，来什么来，今年没有了。战士很纳闷问为什么，我们今年干得不好吗？队长说跟好不好没关系，那是属于最前沿部队的，电报到他同学那去了，队长笑着用筷子指指我。从队长刚才的没好气和笑容中，我读出了百感交集。这段对话促成了我的小说《潮声》。

我在西沙群岛遇到了一个刚要退休的工程副总指挥，他对我说：“当了一辈子兵，能赶上在西沙建这么重要的工程，军旅生涯这个句号画得太圆满了。当了几十年和平兵，退休前轰轰烈烈干这几年，以后在儿孙面前可以吹个几十年。”后来，我把他的这些话写进了话剧，用作台词。我想，和平年代的军人由于长期处于一种“引而不发”的状态，都有一种寻找崇高和展示辉煌的渴望。也许他们自己没有意识到，但这种爱国情怀和英雄情结就是军队的血脉。

过年时，在海边举行了一场舞会，其实都是一帮大老爷们，也没几个会跳舞。有两位特殊的女性：从上海一个海军医院来轮岗的医生和护士，她俩挨个拉着战士，教他们怎么跳，但战士们没一个人踩到点上。那个晚上月色很好，海边的白珊瑚泛着银光，大喇叭里播放的舞曲是舒缓的外国音乐《海滨之恋》，音乐里也配着海潮声和海鸥的叫声，不知道什么时候，海鸥的叫声越来越响，我这才发现这里的海鸥声把码头边和树林里的海鸥都引来了，海鸥们在人们的头顶盘旋，寻找着找不到的新伙伴。舞会也让海鸥搅黄了，变成了人与海鸥的“联欢会”。

我返航时坐的是一艘登陆舰，开往海南三亚。航程十八个小时，下午两点起航，风浪不大，他们给我安排的是副舰长的房间。刚想躺一会儿，一个水兵进来叫我快出来看鲨鱼群。我来到甲板上，看到不远处的海面上黑压压一片，那种壮观我想不出更恰当的词来形容。以前在青岛大连海里游泳时，都会有人提醒当心鲨鱼，没见过真鲨鱼，但知道它在海里的凶狠。像这样成千上万的鲨鱼在面前游过，我真是瞠目结舌。

在岛上我结识了不少战士，这次有几个跟我一道坐军舰回大陆，能回去探亲，他们言谈之间按捺不住内心的激动和兴奋。按规定九点后，他们都要回舱里休息，没有人愿意回去。登陆舰宽大的甲板上坐满了回家探亲的水兵。满天繁星，月亮把海面上的朵朵浪花照得清晰可见，海水发出的蓝光像流动的翡翠，甲板上人声鼎沸，有唱歌的，有唠家常的，有看海面的，也有仰望星空的。海风温柔和煦，拍打着每个人的脸庞和胸膛。我陪他们坐了一会儿就回房间休息了。不知过了多久又被叫了起来，说海面上出现了飞鱼，叫我快去看。我匆忙赶到甲板，大批的飞鱼已经远去了，只看到几个落伍者在海面上跳跃。看看时间已经三点多了，算了不回房间了，和他们一道坐着仰望星空吧，今夜无人入眠。

回到北京后，我话剧写成了，公演了好多次，还比较受欢迎，后来还获了奖，话剧中写了战士们吃菜困难的问题。现在想来，那段岛礁生活成就了我许多作品，比如《潮声》《彼岸》《海骚》，以及最近的《归航》《金钢》，当然还有《小岛》。《小岛》原发于《解放军文艺》，当时名字叫《礁盘》，二〇〇八年被收入湘教版《语文》六年级课本。二〇一二年国家启动全国义务教育统一教材编写，改名为《无名岛》，收录五年级《语文》下册。二〇一九年六月更名为《小岛》，正式调整到五年级《语文》上册，并在当年秋季全国推广教学。

西沙，是我军旅生涯的第一次远航，这次远航也启动了我文学之旅的远航。好几次我都在思考一个问题，在去西沙之前，我也当了多年海军，出过多次海了，但从晕船那一刻才知道，我对大海的了解实在是太少太少。

刊于《解放军文艺》2020年第8期

告别过去

廖华歌

一

明知道这一天终将来临，可因为不忍，因为内心深深的恐惧，因为不想突然松开拥抱过去那个自己的双手，因为有着太多的因为……所以当我不再工作，彻底闲下来，有着大把的时间可供自己自由随意支配时，依然一拖再拖，能挨一天是一天，甚至有时候原本好好的心情，忽然想起这个，情绪立时就灰了下来。

没错，所有的告别都蕴满伤痛，何况是要告别过去的自己？但人生既然已经进入做减法阶段，生活催促我必须打开一个完整的自己，回到旧时光去重检那串生命的印痕，然后，让“瘦身”了的现在这个自己，活得更加轻松畅快。

这是四月的一天，阳光很暖，风很淡，四周很静。当我终于决定要放下过去，对以往的那个自己来一次全方位的审视、梳理和告别时，风雨如晦的内心五味杂陈，毫不夸张地说，我有一种被割裂被粉碎的感觉，是时间粉碎了时间，告别填满了告别啊！

就在今天，我手持利剪，用坚执的销毁来简约、轻逸自我，更为后辈人减去负重……

这一告别，就是商参永隔。

二

目光刚触到故纸堆中那摞手稿，猝不及防的泪水令眼前一片模糊。忽有什么在静寂中发出声响，那些曾经蒙尘的往事，纷纷叫喊着醒来。12本书的手稿，几乎占据了我全部书的三分之二，后来的9部书虽然一稿仍用笔写，但最终却是在电脑上改定的，手稿也就自然消失。

我的创作习惯是，先写一稿，再改一稿，三稿边改边抄后方可寄出。一部30多万字的长篇小说，竟需百多万字的翻腾。稿子质量如何姑且不论，但对稿子干净整洁的要求近乎苛刻。决不允许写错的字、词和不意滴到页面上的墨迹存在，一旦出现此类情况，我要么将整页纸撕掉，要么精心剪下一个个的空白方格，小心翼翼用糨糊贴在写坏的地方，在上面重新写。这12部书的手稿，都是这样写出并留下来的。现在看来，也许不必那么认真刻板，但在笔写的年代，我一直都是这么做的，也有不少作家的做法和我一样。

它们都是我的至爱，是我从岩岩垒垒时光中一路走来的生命历程！现在，我要在它们身上横剪两刀，将其碎尸三段，然后撕碎放进一个个大塑料袋，再然后将其扔到垃圾箱化为尘土。

没有粉碎机，这种又剪又撕的工作量相当大，很快右手的拇指和中指被剪子磨出了血泡，手在流血，心更在滴血，过去的自己被现在的我狠狠击杀。慢慢地，血流渐缓，张开的伤口干裂锐疼，整个人越来越空，如一座破旧的老房子，一任风吹雨打霜杀雪压……

先生有些不忍：要不，保存下来一两部手稿，放某档案馆或文学馆？

你诗集的手稿怎么不放进去呢？说完我不再理他，只咬牙忍痛让剪子更加“嚓嚓嚓”尖叫。

对着虚空，我知道，我把自己剪完了。

三

那些曾被我视若生命般宝贵的书籍，在陪伴我走过不短的岁月之后，也要离去了。就像是身边有不少人走着走着就散了一样，书也如此经不起岁月的淘洗。不是我不再喜欢它们，也不是它们的经典位置发生了变异，而是后来精美的板式、纸张和装帧，直让一版再版的它们，无法不取代过去那个简单、粗制、老土的自己，这也是一种必然的宿命。

目光推开我倾尽毕生所爱的这些书们，过去的日子列队而至。曾经，我是那样迷恋它们，当初每一本书的到来，都有着惊心动魄的欣喜和故事，有着不为人知的热恋和痴迷。有时候，为能获取自己想要的书，说是费尽千辛万苦一点儿也不为过。狂风、飞雪、乡愁、闪电、荒岛、岁月……是这些书们加持我走过杂质与扬尘之路，让不断飘坠碎裂的人生，渐渐稳固恢复完整。无数个万籁阒寂的夜晚，破窗而入的月光静静地照着靠墙的书架，我在书们的拥围中，与大师面对，穿越时光，历尽艰辛，让当下的认知和思想与远古相接，梦里生出崭新的羽翅……

书们给了我满满流溢的幸福与快乐，因了它们，我从未感到凄寂、孤独和绝望。我说过，除了书，别的对我都不重要。可是目下就因为有了更好的它们，尽管我并非喜新厌旧，却也只能无可奈何地将它们丢弃，它们将带着我特有的体息、重叠的指纹以及某页上我的笔批，到一个陌生的我再也见不到的地方……

爱在此时，突然变得毫无意义。

四

我能感受到面前这么多衣服密集的呼吸。

在过去的时光中，虽然它们算不上引领时装新潮流，但能够保留至今，可见我曾多么喜爱它们。见证时代、见证生命不同阶段的这些衣服，每一件都在打开我的记忆之门，呈现着我的苦涩、忧伤、失败、快乐及小小的成功……

我望着它们，它们也肆无忌惮地望着我，没有求饶，分明是在向我抗争：你真的不要我们了吗？我低下头，不知该怎样说出这次无果的遇见。当初，为了得到它们中的任何一件，我可真没少费心力。为那件紫呢大衣，我跑遍全市所有的商店；那件黑底白碎花的外套，是我用价格高出三倍多的套服与女友互换的；那件玫红色的连衣裙，是先生特从外地买来送给我的生日礼物；那……对我而言，这些衣服都是最好的，平日在家里我根本舍不得穿。

可是现在，它们的颜色、面料、款式等都不再适合我穿了，我只好亲手将其打包，放进路边的“爱心箱”，期待还能有人看上并收留它们。心下暗猜，不知穿这衣服的会是什么样的女性？

叠放捆绑这些衣服时令我幻觉丛生，我深感自己是在四周太多的猛攻中艰难突围，今生它们和我永不会再见，唯有挥不去的念想和记忆让我在孤寂的深夜辗转不寐。

月亮穿过水中杨柳，却已不是昨日之月。

五

目光走过一件件旧物，气喘吁吁的我，仿佛比跋涉万水千山还要苦累。

一大堆委身于地、散发着旧日气息的各类证件：出席证、采访证、准考证、工作证、聘任证、嘉宾证、捐赠证……六支各在某个时期完成某部书稿的红、绿、黑色钢笔，几十个大小不同式样各异的会议上统一发的材料包，参加各种活动而留下的一张张合影照，游历过的各处景点的门票、车船票、飞机票，一大筐记满工作和生活事项的各色笔记本，用旧的台灯、订书机、茶杯，特别喜欢使用而保存下来的数本绿格稿纸，千余封国内外往来信函……都在我的锤砸刀剪之下尸碎无全。它们中任何一物的死亡都由我一手毙命，万箭穿心的我，深为如此恩将仇报而倍感自耻，它们都程度不同地帮助给力过我，我也用心珍爱过它们，可是今天我却处决它们没商量，它们死前，可否听到我内心悲痛的哭泣？

从三大纸箱中取出百多本发有我作品的各类“样刊”，这些杂志都是我最看重最精心保存下来的生命册页。我收藏它们，完全无意要交给流水，向远方传递，但我喜欢用昨日的站牌来丈量今天的路，它们虽不能成为永远，可毕竟是从我灵魂中涌出，从身心里流淌，是我生命的一部分……把它们也捆绑好，一并丢弃，我有过犹豫和不舍，我很清楚等待它们的将是什么，甚至我已闻到那呛人的焦煳味……但我还是心一横，狠着劲儿，让泪水回流于心，谁不是最终都要化为灰烬？它们只不过是提前经历罢了。

无意间，我看到自己写在《云上的日子》中的句子：其实，每一朵花，都无不死在自己的花香里……难道一语成谶？我现在的举动不正是死在自己的至爱里?!

对不起！我向过去的自己说，声音空洞得像狂风刮过老街巷。

六

春花开谢，秋草荣枯。

赫拉克里特说：人的双脚不能踏进同一条河流。万物都在运动，生灭死别，不同的生命阶段有不同的主体内容。

谁能确信每一天的你都是同一个你？

向过去的自己告别，不是斩断与否定，也不是冰封与埋葬，而是清理、整顿和腾退，是为了给生命删繁就简、减负去压，把过去的放下，让辽阔的心空落满更多的光束，以使现在的我更加轻松简约、空阔疏朗、宽敞自在，从而使属于这个阶段应有的思考和行举能得以很好的安放，尽情去享受那如古街般的慢和安详，让快乐抚摸每一个日子……

有时候，所谓的结束，其实是开始；所谓的告别，其实是永恒。

过去的自己已渐远去，可我却总会想起她，想念入骨入心的时候，整个世界都是我的。而过去的自己，也同样会时常从不同的角度默望着现在的我，她也一定在想念并祝福着我吧？因为牵系我们的是一条永不可分割的生命之链，今生她希望我好，我亦如此希望着她。

想念一个人真好，梦牵魂绕中，春来了，花开了，灿烂的阳光照亮万物……

刊于《南阳晚报》2020 年 7 月

记性，漂移或重置

宁 雨

1

记性和忘性是一对冤家。对于我们村的巧姑来说，记性好简直就是从娘胎里带来的罪。巧姑记性好到什么程度？她不仅记得现在的事，记得几十年前的事，记得她小时候的事、她刚出生时的事，最要命的是她记得自己胎儿时的事，更记得她上辈子发生的事。

巧姑不能够按线性时间来管理她那庞大的记忆。她老是把现在的事和儿时的事混淆，把这辈子的事和上辈子的事颠倒。除了村子里年龄最大的耕爷，几乎没有人能跟巧姑对话。一次，生产队里一群妇女有说有笑地点玉米或点棉花，天空晴好，万里无云，巧姑却忽然往家里跑，并且着急地要大家儿也赶快回家。她说，一场大暴雨就要来了，得赶紧着到碾棚里去弄些米面，不然连下七天七夜的雨，会让一家人无米下锅。她跑得太快了，那么胖大的身体，就像在半空里飘着跑，跟平时判若两人。耕爷说，村子里果然是下过一场七天七夜不停歇的大雨的，不过那是七十多年前。那时，耕爷还是个小伙子。那场雨，连天盖地，把沟沟岔岔都下满了，很多人家屋子里进了水。但从上世纪七十年代之后，那样的大雨再也没见过。想想，挺吓人的。可有时候，看着白河干裂的河底，还真是盼着那么一场雨。

当然，巧姑预言的大暴雨根本连个影子也没见。恢复现在时间的巧姑，像什么事情也没发生过一样，照常跟着妇女们一块儿下地干活，有说有笑。但过不了多久，巧姑又做出好笑的事。有一天，她不下地干活，也不给家里人做饭了，她去找四五岁的小孩子玩耍。她一蹦一跳的，唱着几十年前流行的儿歌，连神情也跟孩子无二。我荷姥姥正在给小妮子喂奶，巧姑咕咚咕咚跑过来，一下子扎到荷姥姥怀里，捉住一个奶子就吃。荷姥姥是个敞亮慈悲之人，素日里把整胡同所有的孩子都当成自家的孩子，尽管，她自己已经有八个孩子。但这次，她着实惊着了。论辈分，巧姑和她平辈，论年龄，巧姑还大她两岁。一个又胖又壮的中年妇女斜刺里冲出来争奶吃，荷姥姥没有处理这样突发事件的经验，她吓得大脑短路，登时翻了白眼，犯了多少年未发的癫痫病。

年轻人都自动疏远了巧姑，也连带疏远她的家人。在他们看来，她是个疯子，早该送精神病院了。但巧姑多数时候是正常的，她有着超乎寻常的种菜手艺。她种的豇豆角，比别人种的下菜早；她种的北瓜比别人种的好看，还格外甜糯。她说，她知道一粒种子什么时候需要睡觉，什么时候需要醒来。一旦种子睡结实了，你再怎么浇水、施肥也是醒不来的。所以，要赶到种子醒来的时候下种，要赶到种子打哈欠伸懒腰的时候，给它施肥、浇水。巧姑织的毛衣，每一件都绣着花。那些花的图案，有的跟老时候的牡丹缠枝相似，有的是仿戏出里的人物。她并没有花样子，甚至连电视也不怎么看。那些老派的花鸟人物，似乎是从她的记忆里流出来。

耕爷说，巧姑这样的人，是因为上辈子到阴曹报到之前，没喝下那碗孟婆汤。一生的光阴，需要两世为人，这是一种惩罚。巧姑的同辈人，尊耕爷，于是对巧姑有几分同情和包容。青年一代，连耕爷一块儿瞧不上。何况，在巧姑尚未进入老龄之前，耕爷就作古了。从此，疯子抑或神经病，就成了巧姑在村里的代名词。

发生在巧姑身上最惊天动地的事，是她的出走。那似乎是一个有预谋的逃离事件。城关过集。城关离我们村只有五里地，那里逢五排十过集。村中男女皆有赶集的习惯。早早起来，换了干净衣裤，或骑车子，或地下走着，买不买东西的就去集上逛一趟。那天，巧姑状态很好。她换了一件新织好的百鸟朝凤图案的毛衣，约着荷姥姥一块儿去赶集。到了集上，左挤右挤俩人就挤散了。天都黑了，荷姥姥也没找到巧姑。村里赶集的人，也都跟着找。巧姑的孩子们得了信，也到处找。后来，邻村有个人捎信来，他见到巧姑上了一辆开往山东的汽车，说是回趟老家，让家里人别惦着。巧姑的娘家就是附近另一个村。山东，是她母亲的老家。巧姑的母亲很年轻就没了，老家也就断了来往。

巧姑失踪几年，大约四五年吧，荷姥姥得了一种怪病。她的近期记忆严重衰减，老时候的事情却记得非常清楚。终至，她忘记了自己所有孩子的名字。她给自己的大女儿叫娘，给自己的小女儿叫姐，叫得真诚而亲昵。小女儿喂她吃饭，给她洗身子，哄她睡觉，她便乖顺得像个孩子。小女儿离开一会儿，她就变得情绪暴躁，骂人，往墙上抹屎，摔碟子摔碗。

荷姥姥的儿子带着她到外边大医院瞧病。医生说，这是阿尔茨海默病中晚期，也叫老年痴呆症。目前，发病原因不详。并且，此病无法逆转。她，是我们村第一例确诊阿尔茨海默病的人。

后来，一度有人提出，巧姑或许也是个阿尔茨海默病患者。只是，她那么年轻就发病了，大家便一根筋地认定她是个疯子。

2

我的一位女性朋友有棒棒糖嗜好，见面必剥一支递我手上。她说，棒棒糖所给予的远不止于味觉享受那么简单，比如情绪的安慰，记忆的激活，思想的激荡，皆可借助果糖在口腔、食道、血液持续递送而实现。“有点儿像婴儿的奶嘴儿。当然，比奶嘴儿美妙得多。当最中间夹心部分强烈的复合味道倏然而来，我的头脑中也会迎来风暴前最耀眼的电光石火，要什么有什么，连藏匿最深的东西都从脑缝里冒了出来。”

我不相信棒棒糖的神奇。一支糖往往被我象征性地嘬几口之后就成了一个多余的道具，等再想起这回事，是因为手心里出汗黏丢丢的难受，棒棒早掉到脚底下或衣服上，我手里攥的只是少量的糖汁。

年过五稚，记性一天天减退。起初就像退潮之后的海滩，海水远去，泥沙却依然潮湿饱含水分，刚出生不久的小蟹、虾爬子，没来得及撤退的文蛤，还在泥沙中呼吸、玩耍。后来，涨潮的引力被一丝一丝抽空，泥沙中的水分被太阳和风偷偷带走，海滩干涸了，小蟹、虾爬子、文蛤的尸体跟沙粒掺杂在一起，成为大海风干的遗物。头一天刚见的人，一小时前刚读的书，几分钟前刚吃过的药，说记不得就记不得了。拍着脑壳拼命打捞，啪啪啪的清响，打捞起的却只有水草或虾爬子的尸体。目光四处流连，头脑虚空，活像一个找不到家的人，又可怜又无辜。

小时候，我曾以记性好闻名四邻。我不敢说闻名乡里，因为关于我好记性的广告推介，主要由我姥姥完成。依我姥姥那双裹得不怎么成功的四寸金莲儿，要将外孙女的好记性推广到一个几百户人家的村子都难，更遑论全乡方圆几十公里。不过，那时我的好记性货真价实。她时常会让我帮她记住一些物件藏匿的位置，或一些事情，比如几个月前一些人跟我们借过什么东西或我们借过邻居家什么东西，上一次药王庙她是在大殿烧的香还是在后殿烧的香，上上次蒸干菜包子是用的灶屋隔板上的陈年干菜还是用的柴棚里当年晾的干菜，如此等等。我的小脑袋瓜，秒存秒取，让她相当满意。姥姥一高兴，常弄个棉籽油煎鸡蛋犒劳我，过了一天，她又到处找土瓦罐里缺失的一枚鸡蛋。我指着我的肚皮哈哈笑，姥姥也笑，笑得露出没有门牙的牙床，脑门上皱纹舒展像涨水的川溪。

道阻归期晚，年加记性销。对此，一个农家老妪和一个诗人大概感同身受。姥姥聪明，认我做她记忆的拐杖。而我的朋友，是凭借一支棒棒糖完成记忆和思考的泅渡。

我迟钝且固执，对于记性的背叛，很长一段时间里失察、麻木。早晨做饭，厨房里烟气腾腾，我习惯摘掉眼镜。摘掉，随手一放，自然放置的地方也偏不到哪里去，似乎想戴的时候，顺手一取就是。饭后一切收拾停当，拎包出门，眼镜却无论如何没有。餐桌、餐柜、餐厅里包暖气的木台面，厨房窗台、操作台，客厅茶几、门厅柜，厕所洗手池旁边，凡是可供我随手放眼镜的地方，哪里都不见它的芳踪。一遍一遍反复找，从厨房、餐厅到客厅、厕所，再从厕所、客厅到餐厅、厨房，如是者五六。颓唐，卧室找水喝，低头，眼镜就那么笑眯眯地躺在床头柜上的水杯旁。屡屡发生的眼镜案，我却全没放在心上。小小一副眼镜，怎配跟我伟大的记性叫板呢。

很快有了升级版。兴冲冲外出，刚下楼，是否锁了门的问题就开始魔鬼般狰狞地抓挠我的心尖尖。锁了吗？检阅所有大脑沟回，抠出一个一个细节想拼接出门前后的完整桥段，以证明门是锁了的。而可供读取的每一个细节都不能带我抵达那个手持钥匙转动锁孔将门锁定的动作。悻悻，只好反转身体，一阶一阶地爬过五十个台阶返回我所居住的五楼。拼将浑身力气向外拽动门把手，纹丝不动，一切安然。不由倒吸一口凉气。

向记性缴械投降。我开始每天不停地记流水账，工作的，生活的，读书的，写作的，气温的，气象的，无一不记。如果哪天耽搁了做笔记，我就担心那天的记忆缺失。漏掉一天的时间，那可不是闹着玩儿的，比找不到眼镜、忘记是否锁门，更令我恐惧。沿着一管自由水笔的蜿蜒小路，我找到了属于自己的救命稻草。我的法子很笨，但比起姥姥和我的朋友，这个办法牢靠多了。

最近五年，记事本已积攒 26 本，以平均每本 200 页每页 150 字记，共计 78 万字。想想，既得意，又凄惶。稻草很轻，一根稻草的重量不会超过 50 克。救命稻草的重量应该重于真实的稻草。假如每个字都是一根稻草，78 万棵稻草的重量要有 39 吨之巨。有报道说，日本的艺术家钟情于田园绘画，他们在稻田里创作出了一幅巨大的迷宫。我的救命稻草，78 万棵稻草，种植在原野之上又会是怎样的情形？里边也可以埋藏三两个巨大的迷宫吧。

终有一天，我不是被自己亲手种植的救命稻草给压死就是迷失在无边无沿的稻田里。但我依然每天做日志，并且乐此不疲。

3

遇到三三是刚搬到这条街上不久的事。

对门邻居告诉我地道桥北边回味小吃那家油条炸得好，油饼尤其好吃，外焦里嫩，个儿还大，一个顶小区对过餐厅的俩。地道桥，离我们小区得二里地，中间经过一个小型的菜市，两个老居民区，一座小学，还有一个老年托管中心的废墟。跑老远的路买两片油饼，不是我的个性。但我爱清早散步，一边散步一边观察一下花花草草的长势，满足作为一个伪植物爱好者的季节感。一环边上，寸土寸金之地，处处栽满房子，成群成片的花草不好寻。恰巧，去地道桥的路上有个街边绿带，有金柳、野山樱、桃树、珍珠梅、紫叶李、杨树、月季、蜀葵、悬铃木、苦楝树、三叶草，甚至还有市里不常见的地黄和大蓟。有了这不下二十种植物的狭长绿带，去地道桥北买油饼，就成了顺道脚。

有一天起得有点晚，回味小吃的油条挡排着一二十人的小长龙。答应家人溜达完顺道带油饼回去，只能硬着头皮排队。排了大约两三分钟，前边还有十多个人，大约是十一个吧，现在已经忘记了。我当时挨个儿数了，心里还想着超过十五个豁出去不排了，顶多回家去下个挂面荷包蛋，也误不了大家上班。这时候，三三出现了。原本，她排我前头，我看到她的只是一个长发覆盖的后脑勺，加上长溜溜的身材。偏偏，她往旁边撤了一步，并且转过头来。迅速的，她的脸上现出一朵大大的笑容，一把攥住我的手，语速激动地说，呀，大姐，是你啊，怎么悄没悄地站着，也不搭理我，我是三三啊！我心道，这个美女不是认错人了吧？还是我记性差，真是遇上多年不见的人，自己忘死了呢。不管如何，这人多眼杂的地方，先认下这飞来的妹妹吧，省得让排队无聊的家伙们看稀罕儿。谁让我的记性不靠谱，见过十次八次面，人家以为很熟络，自己却一点印象也没有，成为家常便饭呢。

其实三三的动机只是想让后边的人帮着排一下队，她趁机到北边拐弯那条街上给她儿子买一笼牛肉烧梅，没想到一扭头儿碰到我这个“老熟人”，这下她更放心了。三三大长腿走得快，我望着她，偷偷筛选着自己的记忆库，试图确认到底是她认错人还是我不认人，她却三蹿两跑就没影了。该排到她买油条了，她却没有回来。我也没有问她买啥，买多少，她说的瞬间就回，我信了。这下怎么办，是帮她随便带点儿，还是不管她，就假装没她这回事？我犹疑了片刻，帮她带了一份跟我一样的，三个油饼，不放糖，俗称“白片儿”。买完了，三三还是没回来。我想，北边那条街也不远，三三也快回来了吧？不如就在油条摊儿旁边溜达着等等她。

那天我终而没有等到三三。一刻钟之后，买烧梅的三三依然没有回来。我只好左手三个油饼，右手三个油饼，悻悻而归。先生打趣，夫人的经历中增加了一段记忆“白片儿”。母亲说，肯定是那个三三认错人了，你这个事不算啥，你老舅姥爷经历的事，那才好玩儿。有一回，他背着褡裢去镇上赶集，是个春天，赶集的人挺多，人们要置办农具，有的人家想相看大牲口，有的想淘换些精细的种子，好多人背着褡裢，成吊的钱儿，银子，就那么背着。你老舅姥爷在人群里走着走着，有人在背后拍他肩膀，嘿，大外甥，你一个人来赶集啦！他一扭头儿，一个花白胡子老头儿，红脸宽肩，他根本不认识。这老头儿，拉着他就朝人少的地方走，亲亲热热。到最后你老舅姥爷也没解释的机会，老头儿硬塞给他五吊钱，让他随便买玩意儿，说是多年的老亲了，见一面不容易。后来，你老舅姥爷参加八路军，住在蠡县一个村里，又碰上那老头儿，巧了，还是房东，这才掴明白根本不是啥老亲。你老舅姥爷将错就错认了表舅，解放后到天津工作了，还给那个老头儿寄过钱。

“白片儿”事件之后，我又遇到另一个“熟人”，也是一个女的，走对面儿，她热情地打招呼，呦，今天没出车啊！刚才我见你车过去，拉着活儿，原来不是你开的。我一愣神儿，随即纠正回自若的表情。说来，这个女人我还真见过，她就住我们家旁边小区，打扮得挺洋气，四五十岁了吧，走起路来风摆杨柳一般。这是个爱漂亮的女人。好吧，为了她的漂亮，我打算认下这个出租车女司机的新身份。

刊于《时代文学》2020 年第 4 期

驾校往事

司马谦

去年夏天，我不得不准备和汽车这个家伙杠在一起。之所以“不得不”，是因为我又搬了一回家。原来的路怎么都能对付过去，甚至步踮儿都行，可这回距离就有点远了。靠到最后关头学车，充分说明我是一个有点懒散的人，也不怎么追求物质享受。

我报了当地最有名的一所驾校，离家一个小时路程，还好有班车。据说教练最多，通过率也最高。

报名的第一天，我果真见到了它的“繁荣”，光排队体检，就等了整整两个小时。队伍像长龙，一点点蠕动，阳光投射出大量的热量，拥挤的人群弥漫着一股汗臭味。

几个月的学车日子，为我单调的生活平添了许多生趣的火花。我们就像一个松散的班集体，来自“五湖四海”，各色人等。闲了时，我们便侃大山，聊大天。回想起来，那真是一段最为逍遥无拘无束的时光。

先飞的“笨鸟”

“我先来，我先来，真不知道我能不能学会……”每天早上，刚撑好遮阳伞，刘芳芳就一个箭步跨上驾驶座，一边嘟哝着。我们自觉地坐到后排，挤到一起，乖乖等待着。我们知道，我们“争”不过她。

她的脾气是出了名的急，也确如她自己所说，她是一只“笨鸟”。怎么个笨法呢？按教练的说法，都两天了，还不知道方向盘往哪个方向打。入库的时候车屁股左偏，她的手风驰般往右转，结果右屁股一下出了线；坡停的时候闪电一般蹿上去，猛一踩刹车，一车的人都被颠得五脏俱散，同时发出一阵阵惊呼；直角转弯的时候每每压到直角……“哎呀，打错了打错了，应该朝这……”教练瞪她一眼，她兀自望着前方，不停地自我解释：“我明明知道是往这个方向打，结果手一偏……”她一边打方向盘一边自言自语，似乎不说话就没法证明自己的存在。她如此忘我，全然忘了身后我们这些人。在她不停的唠叨和持续的颠簸中，有人打起了小呼噜。不过，我们很快又被惊醒了，是教练如雷的吼声——“你，……我要成立个‘小偷公司’，专派你去掏包，你手忒快！”我们都笑了，刘芳芳也不好意思地笑了。

她是做生意的，听说开了一家首饰店。中专毕业后在深圳一家电子厂打工，待了七年，之后回到老家南昌，经人介绍，和老公一见钟情，双双来到泰城。和各种各样的人打交道，她的心野起来，性子也说一不二。我们在车上，她不时地谈业务——“啥？不行，妹子，我实话告诉你啊，我们的黄金回收价就是全城最高的，不信你走遍大街小巷去问问！姐不骗你，姐骗你干啥？我们要保证你的收益对不，我们自己的利润，说实话，只有针尖儿那么一丁点……”“1克拉？好，等我回去看！不不，莫桑钻我们绝不入店的……”她一边说着话，一边盯着前面。“还有几个到我？”放下电话，她急切地问。“还有六个。”我懒洋洋地说。事实上，她刚从驾驶座上下来。

中午我们到对面饭馆吃饭。留学生王依刚要请大家，刘芳芳几步来到柜台前：“我要一份牛肉拉面外加一个煎鸡蛋！”说罢拿出手机扫码。我们也只好个人支付个人的。

老板是新疆人，大热的天围着头巾，凹眼窝高鼻梁。我们便说起新疆的风风物物。刘芳芳把筷子一拍：“老娘到现在还没去过新疆呢！”

我打趣她："你是老板娘，到哪儿不随你的自由？"

谁知她一颦眉，牙一咬："哪有时间哦，每周我都得跑趟济南去进货，有时候晚上九点多才关店门呢……"

"那多没意思，人活着，也得学会享受。"王依说。

刘芳芳的眉头拧得更紧了，她深深地叹口气："妹子你是不知道缺钱的滋味儿，我可经受过。在深圳那七年，我当采购，风里来雨里去，一个月两千块钱，去了房租水电费，还剩个毛儿？看着大街上来来往往的车，女人们珠光宝气地走来走去，我就发誓，将来，我一定不能过得比别人差！我看出像我这种少文化的，在厂里混一辈子也混不成溜，干脆一狠心，回了老家。我想在老家或许有我发挥的地方。没承想，随着年龄一天天增大，爸妈老催我结婚。要是遇不到一个中意的，我才不结婚呢，才不想把自己捆到婚姻这根绳子上。结果你猜，我四婶介绍了一个青年，我一眼就相中了，多巧！"她咧咧嘴："我老公有个亲戚在山东，说这边比江西好多了，于是我们就来了，安顿下来，想法开了一家金店。"

"开金店得需要很多很多本钱，还得注意防盗。"家里开着五金店的王依说。

刘芳芳又将筷子一摔，面条汤蹦出来。"谁说不是呢，我们起先开过化妆品店、水果店，都以失败告终，赔了不少钱。眼见着我们连肉都买不起了，我亲戚劝我们：'我知道开什么店永赚不赔。'我抓住他的袖子说：'快说！'他却告诉我开一家花圈店。呸呸，你们想想，多晦气！他越这么说，我们就越要争口气。我们不是没钱吗？偏要入最有钱最需要钱的行当。于是我们拿房子做抵押开了一家首饰店，不仅回收黄金钻石等首饰，还对外出售。"

"这相当于白手起家了。"刘芳芳的话勾起了王依对父母亲的回忆，说自己的爸妈也是从两手空空，到现在的盆钵满满。多不容易。

看着他们在那儿讨论店铺，诉说自己店铺的利润，身为企业小员工的我心里不由闪过一丝艳羡，但我更明白，做生意的风险与盈利并存，一不小心，也会弄得个人财两失。有多少人因为生意亏本而走上了不回头的道路。做生意，实在是一门学问，也是悬上悬下的考验。想到此，我心畅然。

刘芳芳果然说起自己的一次“险情”。一次，有个客户定制了一枚结婚钻戒。你们知道，像“周大福”“六福”珠宝这样的名牌，钻石贵上天去。我到批发的地方找货主，将客户的要求告诉他们，我兴冲冲地告诉客户，能给她省五千块钱。钻石拿回来了，果然火彩闪耀，把人的眼都要亮瞎了。结果后来，客户又找到我，打算退货，还说毁坏了他们婚姻的美好冀望。哎呀呀，都过钻笔了，竟然是莫桑石冒充的假钻。我只好再三道歉，赔了一点五倍的价钱，才算了事……

面条吃完了，她的话还没完。面条在她的嘴里动来动去，她的唾沫星子在我们面前飞来飞去。她时而皱紧眉头，时而开朗大笑。我们说：“哎哟，马上一点了，又要分车啦！”她吃了一惊似的站起来，抓起包，一个箭步蹿到门外，回头对我们勾手：“快、快呀！”

虽然她时刻“上心”，她的手就是不听使唤。一次次差错使得教练耐心尽失，有时甚至嘲笑她。得知了可以“补课”，她便去交了九十元钱，以后的中午匆匆啃块面包，再次坐上驾驶座。大热的天，日头像火轮，眼前蒸腾起一片片的白气。她捋一下头发，对教练说：“开始吧！”

这样持续了几天，她似乎有了收获，说：“笨鸟先飞，一点儿不错。多练练，手就听使唤了。”而教练，对她的态度也奇异地好起来。她偷偷地告诉我，她知道教练大中午的辛苦，每次加完班，都塞给他一百块钱。

她似乎有的是钱，也乐于把钱花到学车上。有次中午刚收车，她突然叫住教练，从包里掏出一个首饰盒，对他说：“回去给您夫人戴！”教练推脱了几句，她使劲塞进他手里。

科目二考试前一天，我们几个人上了车。其中有两个新学员，她突然回过头，气势汹汹地盯住他们：“你们下去，知道吗，明天，明天我们就要上战场了！”两个新学员撇撇嘴，悻悻然下了车。这样，车上只剩了我们三个人，教练也不在，在另一辆车上教授新生。

她看到那俩学员走远了，将手附到嘴边，悄悄地说："今天，咱们每个人练完一圈，不要回到起点了，免得那些新学员看见。咱们明天就要考试了，就得多练练。我猜教练也是这么想的。咱们就到侧方停车那里，接着起步，好不好？"我和王依你看看我，我看看你，点点头。

真是难得。平时一辆车里总坐了五六个学员，一时间，车里显得空阔，空调的风在我们身边漫溢，我们每个人，开了一圈又一圈。当我们行驶到侧方停车区的时候，我看到教练朝这边不止一次张望，摇摇头。然而车被刘芳芳呼的一声开远了。

勤奋似乎并没有给她带来期望的回报，科目二她竟然挂了，只好又重考一次。这期间，我因单位的事情忙碌了一阵，隔了大半个月工夫。当我再次背上包，满身汗水地回到驾校，肩膀突然被人拍了一下："嘿，又碰到你了！"是刘芳芳。

教练来了，我们准备上路学习。刘芳芳从包里掏出两盒烟，塞教练怀里，一边说："多亏了您，我老公的驾驶证才没被吊销！"原来这期间，她老公开着车到枣庄，没有注意车速，超速了百分之五十，按规定，吊销驾驶证重新考试。刘芳芳第一时间想起了赞教练，琢磨他肯定认识车管所的人，于是，就给他打电话。赞教练左右周旋，终于摆平了这件事。刘芳芳一边套着安全带一边说："有熟人就是好呀！省了七千多块钱。我第一时间就想到您了。这驾校来得对！"教练摸摸下巴。

她一个猛转弯，驶过的一辆大卡车刺耳地一鸣喇叭。教练替她一打方向盘。我们都出了一身虚汗。如果卡车不及时刹车，我们都将成为车下之鬼。"你……我要开个小偷公司，一定派你去掏包！"教练拍着车头说。

我们去领证的那天，又相遇了。几个人像是患过难的战友，相约到对面餐馆大吃一顿，庆贺终于拿到了驾照。我们碰杯，说笑。刘芳芳忽然从包里拿出三个首饰盒，清了清嗓子："唉，姐儿们，相识一场不容易，看看，这都是最时髦的金手链，我打七折卖给你们！”

驾校里的“鸳鸯”

有人说他们是一对“野鸳鸯”，要不，怎么会有情人之间的种种表现呢？

他们都老大不小了，看模样，不低于四十五岁。男的扁头，罗汉肚，短腿，成天背着一个包，抱着一个挺大的水壶；女的圆圆脸，短发，蒜头鼻，牟眼睛小嘴巴。实在算不上帅哥美女。不过，他们却比小青年还热乎。你瞧，名叫小春的女人一喊——“万达！”男人就颠颠地跑过去，将女人的包抱在手里，奉上一杯有玫瑰花金银花的茶水。不仅如此，他的目光也像醉着，像要把小春看到眼睛深处去。小春咕咚几口，他又接过杯子，抱在怀里，跑长凳上等着。

八月份，炽热的阳光不遗余力地烘烤着大地，万达出了一身的汗。他扯起T恤擦一擦。刚放下，汗水又化成一道道小溪，他再次撩起衣襟擦一擦。

“万达！”小春又喊了，万达赶紧小跑上去，呈上杯子。

一天里，小春不知得喊多少回，万达不知得跑多少趟。

小春下了车，万达会挽着她的胳膊，像搀着一位老佛爷，坐椅子上。“累不累？”万达拂拂小春的头发。小春摇摇头。

万达说：“倒库差不多了，明天该练侧方停车。侧方啊，其实简单得很。你只消记住教练教你的点，盯住，速度一定放慢。慢一点，过的概率就大一点。”

小春点点头。

三四点钟，万达扶小春起来，两个人甜甜蜜蜜地回去了。

五十几岁的李姐拿着纸板当扇子，瞧着他们的背影，鼻子发出轻轻的一声哼：“野货！”

她的话点燃了人们的好奇。本来，好奇心是驱使人们找到快乐的法宝之一，又正逢夏季学车，人们都被折腾得有些烦闷，便有一搭没一搭地说起万达和小春。李姐见有人点头，接着说：“一看就不是正当的两口子。两口子，风里来雨里去的，过上十来年，哪还有那甜蜜劲？”

我有些同意。我的邻居英姐就天天和她老公吵架，叽里哇啦的喊叫混杂着锅碗瓢盆的叮当经常顺着门缝钻进我们耳朵。有理论说，热恋时间顶多持续三四个月，情深款款也就三四年，日子越过到以后，两个人越熟悉，就变成了熟视无睹的“亲人”。

小春和万达像是例外。例外的基本不是两口子。

李姐又以一副见惯春风秋雨的口气说，我没退休前，单位有一女的，和一个主任好了。两人就是他们这德性。卿卿我我，掰也掰不开。后来，男人的老婆发现了，他老婆可不是善茬，闹到纪委，男的直接被革了职，女的呢，从此在单位再也抬不起头来——害人害己哪！

快六十岁秃顶的王大哥附和，可不是吗？你说说，这万达到底看上了小春哪一点呢？那小春，活脱脱一个矮布袋……

大家便替万达惋惜起来。似乎万达这棵粗壮的大葱插到了牛粪上。

第二天侧方停车，万达又跟来了，仍是那副低三下四的样子。不，比低三下四更甚。他竟直接跟着车跑来跑去，看是否压了线。教练说，你坐着去吧！他拨楞着头，说有人看着，会更准确。小春的左后车轮一压到线上，他就喊：“打死方向盘！”小春的车头一拐出线，他就奓着手：“右回右回！”……

我们看着那车那万达，摇摇脑袋。

一圈下来，万达扶着小春到凳子上休息。万达把水递给小春，小春咕咚咕咚几口，很快见了底。万达撩起 T 恤，擦了把汗，圆圆的肚皮露了出来，上面也是亮晶晶的。

实话说，他俩长得还蛮像的，个头，脸型。我戏谑：“喂，你两口子真可以，大热的天一个练着一个陪着。”

万达咧开嘴：“陪媳妇儿嘛！”

小春也笑笑，仰起脸，看着万达："明天你就别来了，在家歇着吧。"

"不，反正没事。"万达说。

难不成，他们真是两口子？

李姐扑簌簌地摇着扇子："两个人，手钩手，馋死个人喏！"

小春没有听出话里的意味，大大咧咧地说："哈，是呀，在家，我可是万达——不，一家人的女皇，我要说一，万达不敢说二。万达，是不是？"小春一拧万达的耳朵。

万达龇着牙，哎哟，媳妇儿你轻点，拧得好疼！

小春放下手，万达嘻嘻笑着点头，就是，就是。

李大哥拍了一下大腿，嚷了句"万达！"。作为一个资深男子汉，他对万达这种没有骨气的婢膝样子真算看腻了。

万达才不管呢。轮到小春了，他又站起来，跟着车跑来跑去。

这赤裸裸的甜蜜简直像对众人的一种"挑衅"，大家的目光一刻不停地跟着他俩。人们发现，万达总是在特定的时间和小春一起消失，不知去了哪里。人们你瞧瞧我，我瞧瞧你，越发好奇。真是一对神秘的夫妻。

这期间，一对学车的小情侣吵翻了天。男孩把辫子一扬，将马丁鞋一跺："你愿怎样就怎样，以为你是谁？！"短发女孩张张嘴，眼泪吧嗒吧嗒落下来。她狠狠地将手机摔到男孩身上，嚷了句："滚！"男孩大步朝校门走去了，女孩蹲下身，揪扯自己的头发。

万达看见了，颠颠地跑过去，捡起手机，塞女孩手里，又转身去追男孩。他拉住男孩的胳膊，让他回去安慰女孩。男孩朝地上啐了口唾沫。

李姐摇着纸板说，唉，现在的小年轻啊——

王大哥也频频摇头："一个嘛忒贱，一个太硬……"

一天，大家正在等着车，小春突然栽倒在凳子上。她脸色蜡黄，汗水珠子般流下来。万达抱起她，唤：“小春，小春！”人们都慌了。李大哥说：“不会是中暑了吧？要是有藿香正气水就好了！”“不一定，也许是吃了不卫生的东西……”

万达不语，他镇静地从包里取出一枚针头，放阳光下瞅瞅，掀开小春的衣襟，扎了下去。“万达，你要干啥？”李姐拉他。

小春慢慢醒了过来，她坐起来，笑笑。

万达说：“小春，咱不学开车了吧，听话，你去哪儿，我带着你去。”

小春噘起嘴，赌气似的说：“才不呢，在家看了半辈子孩子，好不容易他俩省心了，你还不让我做点自己喜欢的事儿？”

万达不再言语。他看到大家关切的眼神，拱拱手：“对不住啊，刚才吓着大伙儿了。小春自打生了第二个孩子就得了糖尿病，每天都得一针胰岛素呢。”

上路学习的时候，万达没有跟着小春。他坐在地上，有些默然。热风吹向人们的胸膛，感觉更热了。万达耷一下嘴角，开始絮叨：“要不是为了给我生第二个娃儿，小春她就不会落下这病了……刚开始，只需要服用胰岛素，后来，病越来越厉害了，她有时还感到心慌、头晕。每天，她都得喝很多很多的水，做监测。医生说，照这样下去，以后都有失明、截肢的危险……”他揉了一下鼻子。

人们都没有说话。

王大哥拍拍万达的肩膀。

“年轻的时候，我忙着跑钢材生意，去东北，去甘肃，一走半个月是常事，有时还要一两个月。可小春从来没有过怨言。做钢材是挺挣钱的，有时好了一笔就够半辈子的了。咱国家的形势不错，我想，大男子汉，就得体现自己的价值。我让小春辞了职，专心在家带孩子。有一天我在甘肃，接到小春的电话，她连哭带嚎地喊，大儿子骑着电瓶车，脚一下拐进轮子里，栽下来摔坏了膝盖……我一听热锅上的蚂蚁似的，可咱也飞不回去啊！小春忙前忙后，自己照顾孩子。大儿子好了，可留下了轻微的后遗症，一条腿有点瘸。这两年，大儿子终于上了大学，小儿子也念了寄宿高中，省心了。可小春的病却越来越厉害了，有几回还一下栽到地上。唉，你们说，我要那些钱有什么用？人要不好了有什么用？”万达捶了一下自己的头，“所以小春她想干什么，我绝不阻拦……”

李姐叹了口气，说万达兄弟你呀，比个小媳妇儿还贴心呢。

王大哥瞄李姐一眼。他再次拍了拍万达的肩膀，这一拍有点重，万达差点朝后栽去。王大哥说兄弟，你是这个——他竖起个大拇指——小春她一定会好起来的，日子也会越来越好的……

我们都点点头。

小春过了科目三，大家围在一起，开玩笑：“小春，这下可得让万达下厨给你做几样好吃的！”

“对对，还要饮酒……”万达接着说。

小春瞪她一眼：“谁让你喝酒的？”

万达呸呸地朝地上吐几口唾沫，仿佛吐出刚才的话，又啪啪甩了自己几个耳光。

小春的眼像月牙了。

最牛的“矮子”

谁能想到呢，侏儒竟然也会开车。刚摸车的时候，我们老是出差错。教练气急了就说，唉，你们这水平，还不如人家董飞一个手指头！董飞是谁？董飞是个侏儒，脚刚能够到油门、刹车，都可以当你们的老师了！

科目二考试前几天，我们有幸和董飞——传说中的“大牛”在一辆车。我不由得将目光瞥向他。面貌英俊，上身穿着雪白的T恤，打着外腰，下身是件休闲裤，腿却比别人短了好大一截。

董飞坐驾驶座上，胸有成竹地操作着。车子如磐石，稳稳地过完一个又一个项目，没有任何颠簸的感觉。刘芳芳张着手：“哇呜——哇……”

他下了车，刘芳芳央求他坐到副驾上，为她指点。董飞犹豫了一下，拉开车门。

刘芳芳努力学着他的样子，时刻保持镇定。忽然，她哇哇叫起来：“哎呀，应该朝左打，瞧我这手……”董飞轻轻地一掰方向盘，说：“你慢点，慢一点才好操作。”刘芳芳走弯道行驶：“哎呀，点过了！”车子压到实线上，董飞一回方向盘，车子转瞬回了来；刘芳芳上坡，使劲一踩刹车，我杯中的水晃荡到腿上。董飞说：“慢点，太紧张了就容易出事。”他说：“慢了才好校车，一次两次，就形成习惯了。校车有时比硬背更管用呢。还有，教练教你的点并不一定对着你的路子，你要按自己的视线来。比如你刚才停车的时候，铆钉太黑太小了，不好把握，你完全可以对照左后视镜，看和白线的距离。这样更显眼。你再试一次？”

我们每个人都试了几次，果然他的法儿比教练的更好用。他嘘个手指，说是自己琢磨出来的。

董飞下了车，看到地上不知谁扔了块果皮，捡起来，走向不远的垃圾桶。阳光照着他。他走不出自己的影子，影子实实压着他。王大哥也走过去，把一个矿泉水瓶扔到垃圾桶。他们转过身，两人的影子一前一后，一个如此矮小，一个如此高大。

我不知道，董飞是不是为他的身体“残疾”而难受过。他是个挺有头脑的人。有头脑的人思考会越多，体味到的痛楚也多。何况，他们本身又极端敏感，自尊。

董飞坐到凳子上，冲大家笑笑。笑容像阳光，充满自信。

我说董飞你平时都做什么呀？我不敢问他的具体情况，我不确定，像他十八九岁的年纪，会不会在上学，还是早已经踏入了社会。

董飞说："我念山东大学，大三了，光学习就够忙的，不过，我平时也喜欢下围棋和摄影，去年，我的摄影还拿了全国的一个奖呢。"

这真让我刮目相看。他居然读着我落败的理想学校。高考那年，我立志刻苦奋进，一定要考上山东大学的法律专业，却以五分之差落败。

董飞笑笑，说自己这个情况，就格外需要努力。我每天早上五点就起床了，先背背单词，复习一下学习的内容；晚上十一二点再睡觉。姐，不瞒你说，我年年获得一等奖学金呢，要不是身高问题，我真想竞选学生会主席……

董飞考试的那天，下起了瓢泼大雨。教练坐在我们身旁，不住地摇头，说这下悬了，考官也不让往后视镜放遮雨板，董飞不知能不能过。

雨从天上狠狠砸下来，在地上溅起水花，达半米高。水花一朵一朵，似乎不甘心于短暂的盛放。很快，驾校的白线也消失了踪影。我不由替董飞暗暗着急。

人的命，也许都是天定吧。我难以想象董飞求学的日子。顽童时期，尚不知生活的艰辛，只追求朴素的微小的欢乐。一旦入学，知晓了世界之大，人生之漫长，便不由自主地思考起自身。再加上学习的单调，同学们往往戏谑笑骂。我不知，有没有人拿他的身体开过玩笑。我记起我一个姓于的小学同学，脸上长满了麻子，同学们就叫她"于麻子"；一个男生罗圈腿，同学们拍着手说他的腿能塞进一头老母猪，送了他个绰号"大圆环"；一个女同学戴着厚厚的眼镜，摘下来四处抓瞎，顽皮的学生故意抢走她的镜子，喊"四眼、四眼"……几乎每个人都有绰号。缺陷越明显，绰号起得越方便，流传也就越广。我记得有次我内急去厕所，一下摔到地上，撞坏了门玻璃，额上划出一道道血痕。我挣扎着坐起来，同学们笑得前仰后合，似乎我刚刚为他们进行了一场难得的好玩的演出，眼泪不由哗哗地流下来。

雨丝毫没有停歇的意思。半小时过去了，一个小时过去了，董飞依然没有消息。今天一共四个人考试，也许他排在最后一个吧。

暴雨的天不适合练车，我们就坐在亭子里闲扯。“你们说，董飞大学毕业后会做什么？”

一个在景区工作的女孩说：“什么专业干什么呗！”

李姐摇摇头：“你们想得忒简单了。有些单位，可是很排斥侏儒的……”

“侏儒”这个词此刻听来如此刺耳。上苍是这样的不公。我看过一本书，里面有一群侏儒，替女主人公抚养被抛弃的孩子。那些侏儒单独住在一个地方，常人不愿意去那里，那个私孩子被抛到那里，也许不会被发现。有天，女主人公以为孩子死掉了，却惊讶地发现一群侏儒在抚养她，把她视为亲生。侏儒也是人，且比常人具有更大的同情心和爱心。

“土行孙——董飞适合演电影哈！”餐馆老板小周说。

我们沉默不语。

不知过了多久，一双腿上撑着一把大伞朝我们挪过来。我们抬起头。“90分！”董飞做了个手势，甩甩伞上的水珠，对我们一笑，“可能是走弯道压线了，雨太大了，实在看不清。你们考试的时候如果也下雨，一定吸取我的教训，千万别着急，把握好方向盘，即使看不到线，凭平时的学习，也能做到大差不差……”

我突然觉得，即使雨下得再大，天漏了，董飞也会及格的。

赞教练

赞教练很牛。偌大一个驾校，自动挡的学员都归于他。其他教练一人只有两台车，赞教练有三台。就是这样，赞教练还觉得不满意。人来人去，人来人去。赞教练教了一茬又一茬学生。赞教练说，知道吗，我的弟子还有从上海来的呢。上海是哪儿？——国际大都市！咱这里有人情味，通过率也高，人家就是奔咱来的！

赞教练很黑。黑得像块炭。不仔细看还真不容易分辨五官。赞教练说，别看咱现在黑，想当初咱也是一白嫩小生，在潍坊厂子的时候，把最俊的厂花勾了来。后来当教练，天天抹防晒霜，忒烦了！男人黑点怕啥？太阳补钙嘛，就让明晃晃的太阳当咱的营养霜好了！对了，要是电视剧组招演员包公，你们可一定推荐我去喔！

赞教练很幽默。被他骂熟了，我们都喊他“老赞”。一个学员拍拍他的背：“老赞，赞比亚是你哥还是你弟？”赞教练低下头，认真地想了老半天：“当然是我哥啊，国土比我大，脸面比我俊，派头比我足，就是总统还得朝他叩头。”赞教练嫌学员手太快，说我要成立一个“小偷公司”，专派你去掏包，一掏一个准，还不被捉住。有学员开车走了神，车子一直往前、往前，赞教练一句话不说，过一会儿突然拍下大腿：“哎呀，到美国了！”……

赞教练很勤奋。别的教练凉亭底下放张躺椅，身子一倾，扇子一摇，眼睛一闭，偶尔睐开眼看看学员的练习情况。赞教练不是在这辆车，就是在那辆车。别的教练将学员聚拢到一起，统一对点对线，赞教练让学员一个个分别上车，到了点他下来，问这点在你什么地方？一定要记牢！他说这叫因材施教。

赞教练爱抽烟。不抽烟没法过。点上一根，烟雾袅袅，车子似乎在仙境。抽得多了，便不停地咳，咳得多了，就朝窗外吐唾沫。有学员提出关心性的抗议，老赞，再这么抽下去，你的肺都成黑的了！赞教练眯起眼，吧嗒一口烟，咱这叫“表里一致”！不抽烟，人活着还有什么趣味？

赞教练脾气很暴。像个火药桶而不自知。学员初来他训，说这么笨不懂打方向盘；学员学得慢他训，说像只蜗牛；学员学得好他还训，说别骄傲，骄傲了就会飘；学员过了他才萎下来，怎么样，老子要不训你们，你们能过？一次，他挺委屈地对我们诉苦：一个小姑娘，坡起老是出错，我才说了她几句，眼泪就哗哗下来了，唉，现在的孩子哟……我们说老赞，你回家也教教练练。赞教练一昂头，去，回家我可就成了奴才，老婆孩子跨我背上，只有在这儿，咱才能找到当主子的感觉！

赞教练有点小财迷。刘芳芳一次不过，两次不过，赞教练挺支持她补课。补了课，欲拒还迎地收下个小红包。刘芳芳摸了首饰盒到他手里，他摇摇头，刘芳芳再塞，首饰盒就落在了他膝盖上。一个留学生找关系，打算只练不考，赞教练跺着脚骂，僧多粥少，还来抢食？留学生每天交给驾校五百块钱，赞教练的脸色才缓下来。

赞教练有点“愚”。驾校空地多，闲着白闲着，有人便偷偷种上了蔬菜。春天收豌豆，夏天收洋葱，秋天捧秋葵，冬天抱大白菜。我们问，老赞你种的啥？赞教练嘿嘿一笑，我呀，种空气！老种菜，谁还有心思教你们？

赞教练还有两年就退休了。他耸着膀子，跨着步子，打着手势，指指这个，点点那个。李姐拉住他袖子，说教练你歇歇吧！赞教练一转身，嗨，还有两年，我就得老歇着了！赞教练说，他的儿子娶了媳妇，后年，就要生个胖娃娃，他要回家逗娃娃。我们便笑，老赞，娃娃看到来了个“黑熊怪”，吓哭怎么办？……赞教练一瞪眼，旋即也笑了。

刊于《飞天》2020年第12期

一碗乡愁

赵　瑜

一、与故乡的关系

乡愁是一种什么样的心绪呢？很难准确地称量。乡愁是轻的，轻如流水的声音，或者是麦田里的几声欢笑。而乡愁又是重的，沉重到一粒麦子便可以压垮一家人的身体。那些忙碌不堪的夏天并无多少诗意，苦难累积出来的收获，仅仅够喂饱我们的半个童年。那另外半个呢？正饥饿地在田野里奔跑，寻找野果子。

然而，乡愁就诞生在这种有些酸涩的语境里。那些汗水湿透了的日子，那些收割、播种，以及在泥土里埋下的种种幻想，被时间晒干，成为一些扁平的名词，变成了父母亲口中的“收秋时”和“夏忙时”，成为一种食物煮熟时的味道。

这些乡愁的分类分别是：泥、锄头、打磨、收割、堆积、炊烟、盛开、捡拾、成群结队的吼叫、劳作、不堪、欢喜、尘埃、戏剧、冰棍儿、露天电影、河流洗去的争执……还可以再列举下去，几乎，每一项劳作都是一节又一节教育课。

食物是乡愁的来源。每一次看到手工做的馒头，便会想到母亲在厨房里忙碌的影子。不论我在城市生活多久，这些乡村记忆都不会减少。它们像是被压制好了的标本，就储存在我记忆的某个抽屉里。

这样的抽屉里一定还存着一碗手工面条、一碗玉米糊。

当然，还有冬天的月光和夏天的狗叫声，有慢的一切，包括时间，包括流水的速度、鱼的样子以及我们永远也走不出的乡音。

故乡分配给每一个人的东西都是相似的。食物塑造了我们，也拘囿了我们。食物温暖了我们，也占有了我们。

每一个从乡村走到城市的人，首先要战胜的是乡村塞给我们胃部的记忆，这些记忆便是乡愁，它们顽固，而且充满了我们记忆的角落。这些乡愁，通过我们和食物之间建立起来的关系，抵制着其他我们并不熟悉的食物，我们被这些乡愁捆绑着，我们依赖这样的乡愁，我们喜悦于这些熟悉的味道，就像依赖父母亲对我们的爱一样。

乡愁里有我的亲人，我的父亲、我的母亲，以及我的哥哥。也有我的乡邻，无论离我多远，他们都在塑造我。

一想到他们所关心的事情，我的世界便被平均。我是由我的现在和我的过去组成。同样的道理，他们也是由他们的现在和他们的过去组成，我的过去和他们的过去是在一起的，这无法回避。我的过去和他们的过去像一团泥泞一样。可以说，我最为无知的童年是叙述的一种侧面，也掌握在他们的叙述里。这种像数学逻辑一样清晰的关系，佐证了我和我的故乡的关系。

有时候也会庆幸我对故乡的摆脱。是的，离家乡的距离越远，越能看清楚那种束缚。我曾经在很多篇文章里赞美过我的家乡。中间有几年的时间，我真想给过去的自己写一封信，收回某些赞美。尽管我知道，在过去的某个时刻，我的赞美也是真诚的。

我为什么想要收回我的赞美呢？其实，家乡并没有大的变化，那些世俗的、庞大的乡情，以及并不让人愉悦的势利，都在我的记忆里盘踞着。只是，在很长一段时间，我并没有意识到它们的存在，又或者，即使我意识到了它们的存在，但是，我还是会说服自己，去适应甚至包容这样的不堪。

又过去了这些年。这些不堪尽管在我的眼里已经非常清晰、量化，甚至增长扩大了触角和范围，我却没有再过度地去渲染它们仇恨它们。不是我变得混浊了，而是，我理解了我个人的来源。我的正确里也包含着我对自己的来源的认识。我所要批判的事实，并不是一个又一个百分之百的独立的错误，它们和熟人社会的各种规则融化在一起，我要批判的，是人性中的部分混沌且暧昧的东西，而不是全部。

厘清这些如同细胞一样的认识和判断，耗去了我无数的时光。我开始本能地亲近一切和故乡接近的食物。这些食物是没有人情世故的自然风物，它们负责教育我，让我在遥远的城市居住时念起故土人情的温暖。我不再是那个不懂事的年轻人了。

只有在这样的语境下，我说出来的话才可信，我对故乡的想念才真挚。

二、我生命的组成部分

去年深秋，带一群友人回我的老家，去一个亲戚的红薯地里。已经下了霜，红薯的叶子被霜打过，像是一群失恋了的鸟儿，沉默低调。

我的老宅里住着邻居，可是邻居去地里干活了，我们进不去宅院，那院子里有我全部的童年，进不了我就没有办法打开来给友人们看。

在院门口站了一会儿，有邻居过来用我的家乡话说了几句，由此，我彻底回到了我的村庄，不仅仅是语言，还有身体和思想。

我需要和邻居们说话，这样我身体的磁场才能借由他们的问话彻底摆脱城市的逻辑。我进入他们的关心里，和他们聊起相熟悉的人最近几年的变化，以及住在我们院子里的邻居今年种了什么庄稼、为什么这个时候去地里干活。

带着几个城市的朋友回到我的村庄的时候，我感觉到，那些住在村子里一辈子也不离开的乡邻妇孺，其实都是一株一株的庄稼。他们是故乡的证物和药引。

只有在这些乡邻面前，我才能真正地取到记忆的密码，回到我的旧时年华。而我与故乡的关系，正是由旧年月具体的食物、月光和路上遇到的猪马牛羊所构成。

我没有办法向我的友人介绍这些乡邻，因为他们并不关心这些邻居在我成长过程中的细节。我也没有办法向我的友人介绍我们村子里的树和牛羊，因为，树大多已经不是我幼年生活时所看到的树了，牛羊更是。我能向他们介绍什么呢？

食物。

一碗面。一碗不同形状的面，不同食材的面。一碗面里装着我的过去，也装着这片土地上的审美。一碗面是法律，也是文明，是秩序，也是欢娱。

还有红薯，还有花生、大豆，还有呢，还有泥土里长出来的一切。这个世界用食物的形状告诉我们世界的真相。真相是什么呢？我们最终所看到所享用的东西，都是对世界的再次理解。

进入城市以后，我被各种各样的新闻、面孔、事故以及食物拓展，我成为我自己的陌生人，我变成了两倍的自己、三倍的自己、四倍的自己、五倍的自己、六倍的自己、七倍的自己、八倍的自己、九倍的自己……这些积累多和判断、见识有关。然而在食物的选择上，不论我多么标榜自己是一个喜欢吃各种食物的人，只要有馒头这个选项，我就会立即放弃米饭，只要有面条，我都想尝试一下。

我是在每一个馒头里找寻我自己，也是在每一根面条里找寻我自己。

三、无辜的故乡食物

如果我们离开故土，那么，许多恒定的东西都会被外在的世界要么印证，要么打破，要么扩充，要么就直接被否定。那些起源于故乡的价值判断，总会遇到陌生的事与人，让我们不知所措，该如何扩展自己呢？我们自然会想起在故乡时的做法。这就是一个人一生不断地回到故乡的原因。不是我们的身体，而是我们的思想、我们的认识。

故乡用食物绑架了我们的身体记忆。一直到多年以后，我们才会理解，为什么有些食物牢牢地占据着内心里对世间所有味道的判断。

相当长的时间里，我把这些食物归结为我们对母亲的依赖。

后来，我有了更多地域的行走，吃了更多类型的菜肴和汤水。我把这种对故土食物的依赖归结到生理的惯性，以及血液的根本。最开始，在我们的身体运行的生命本源时，吃到了什么，什么便是我们身体的密码。

再后来，我放弃了探究我与故乡的暧昧关系，我甚至觉得，每一个人的生命元素中，最初的那些记忆都是种子。我们注定与其他人不同，是因为我们对世界的理解在一开始便有了细微的区别。有了这样的妥协，我基本上不再纠结故乡食物对我们成长和认知的阻碍。是的，不论我们后来变成了什么样子，赋予我们生命最初形态的食物并没有错。

错的是什么呢？是故土的狭隘。食物不会强迫我们表态，食物不会主动要求我们必须要热爱故乡的食物，是故乡的人，是故乡的一种自卑的同理心在这样要求。

我见过无数个痛恨自己故乡的人，他逃离故乡，拒绝食用故乡的食物。事实上，他们痛恨的是一种单一的食物造成的侵害。故乡的食物有很多，他痛恨的是在他需要食用的时候，因为短缺而只能选择特定食物的情形。比如我的母亲，自从我记事以来，从未见她吃过红薯。在她成长的某段时间里只能吃红薯，这样的饮食记忆伤害了她。而在这样的语境下，食物其实是无辜的。

我也曾经痛恨过一些故乡的食物。比如，我曾经很反感红薯叶子，因为母亲在煮面条的时候经常用红薯的叶子代替青菜。那时候，我们家的猪羊和我们一样，也是吃红薯叶子。虽然当时并没有比较意识，但是在我的幼年记忆里，总觉得每天和猪羊吃一样的红薯叶子不是什么骄傲的事。

故乡还意味着疼痛与抚摸。那些浓稠的黑夜，那些重复的鸟叫，那些让人无法忘记的饥饿与寒冷，都是故乡刻在我们身体里的刀痕。

一度，故乡的主角是母亲，或者说，是母亲的食物。后来，随着父母亲离开家乡，故乡逐渐变得模糊，模糊成地图上的一个圆点，模糊成填写籍贯时的地名。

每一个成年人，在说起故乡时大多指向自己的记忆，只有在其他几个有共同记忆的人面前，对故乡的描述才足够可信。然而当向城市里的友人们描述故乡时，我常常觉得一片空茫。是的，参照丢失了。我的故乡那么庞大，它们储存在我的味觉里、听觉里以及我的心里。该如何简化故乡？又该如何准确地将这些内容剥离、挑拣，最后成为几个光亮的词语？

我并不喜欢简化，我总觉得，准确，一定意味着驳杂。

我的故乡仿佛和我的现在没有关系。在我的意识里，十八岁出门远行，一个成年人的身体游走于各个地方。故乡只停在了早年的记忆里。

故乡只属于童年，成年以后，人只有精神的故乡，没有身体的故乡。因为成年以后，人的身体便有了多面性，可以接纳故乡以外的所有地域。

我的故乡其实就是幼年时的村庄，是村庄的万事万物，是村庄里的每一个人、每一条路。

我的故乡不只是节日和庄稼，还有一个又一个院落里冒出来的炊烟，以及炊烟里传出来的每家每户的饭菜的味道。

故乡总会从热闹的生活现场回到厨房，回到食物，回到一碗面条里。

有时候，我会用想象描绘我少年时的村庄。如果烧火做饭，那么全村的人都差不多同时进行。如果说在中午的时候吃面条，那么进入村里任何一家，都能看到母亲在案板上擀面条。

有一次在吃饭的时候，我跑到对门的赵四家里，赵四的妈妈水生嫂子正在下面条。我又去了西边的邻居桥子哥家，他的母亲菏泽大娘也在下面条。

而我的母亲自然也在厨房里下面条。

最重要的是，我们的父亲差不多同时从南地里锄草回来，甚至，他们回到家里所做的第一件事情也都差不多。

这样的人间烟火，既重复，又充满了确定性。这样的记忆一点一点地绘出了我的故乡的单调与丰富。故乡那么思路明晰，它们在每天的面条里，在每天的欢喜与悲伤里。

每一次在文字里写下“故乡”这两个字，接下来，我一定会写到面条。每一次在文字里写到面条，那么，接下来，我一定会写到母亲。

我无法改变这些，就像我无法改变我的出生地一样。

四、乡愁的简化过程

我想，我需要重新阐释一下乡愁如何从我的满腹心事简化成了一碗面食。

正如雷平阳在一首诗中这样写道：

我只爱我寄宿的云南，因为其他省
我都不爱；我只爱云南的昭通市
因为其他市我都不爱；我只爱昭通市的土城乡
因为其他乡我都不爱……

我的爱狭隘、偏执，像针尖上的蜂蜜
假如有一天我再不能继续下去
我会只爱我的亲人——这逐渐缩小的过程
耗尽了我的青春和悲悯

爱如果越来越狭窄，那么只能说明，我们的爱越来越深。

青春期的爱，泛滥，并不执着。那时的我们，热爱眼睛看到的一切，一切颜色、一切声音、一切热烈、一切陶醉。青春的热爱总像是虚拟的，这些欢喜也好，热爱也好，并不落地，停在纸上。词语可以透支，感情随着租住的地址而变化不定。有时候，一场大雪便将之前的愁情烦绪覆盖，诗稿被烟灰烧破，就此散场。

我更信任借助于食物表达的乡愁。所以，乡愁必然会停泊在一些事物上。

鸟叫声是靠不住的，因为，在深夜的时候，我们只听流行音乐。

如果在一开始的时候，故乡是一个村庄的名字，那么后来，便成为一个乡镇的名字，再后来，是县城的名字，再后来，是城市的名字，再后来，我的故乡成了一个省份。

这种变化和我距离家乡的远近相关。在海南岛生活的几年里，我的身份一直是“大陆人”。连“河南”这样一个省份也被省略了。

相反的是，当我的故乡范围变得越来越大的时候，我想念的事物却越来越少。

当我在小镇上念高中的时候，我的故乡是一个村庄，是一本丰富的地理书，是我的大多数人生内容。到了海南，我的故乡变成母亲的一个电话号码，变成春节时的一张机票，甚至变成了春节后返回海南岛时体重的变化。

故乡的丢失和一个人内心的变化有关。如果一个人的精神成长速度过慢，那么，故乡便不会丢失。故乡会占据他的内心很久。一个长期依赖故土的信息对世界进行判断的人，说到底是一个精神的保守者。不好判断这样的保守对一个人来说究竟是好还是坏。

但是，世界是变化的。

每一个人都应该扩大自己的认知范围，如果非要用家乡的一切词语来表达千里之外的世事，那么，我们很容易就会发现语病。

不只是经纬度的变化，温度、海拔、自然风物以及民俗，还有历史的不同。故乡的历史是黄河流过那些土地后书写的历史；我所在的海南，又或者你所在的东北，再或者他所在的西部，这些地域的差异，差不多将故乡的词语全都否定。

那么，这个时候，我们该如何描述乡愁？

我们只能将自己的故乡和他者进行比较，进行梳理，进行交集分析。那些我们最为关切的内容最后剩下来，成为乡愁的重要内容。

首先被抛弃的乡愁是家乡的戏曲。

其次被抛弃的乡愁是对家乡方言的敏感。

再次被抛弃的乡愁部分是方向感。

随着时间的叠加，一个远离故乡的人，渐渐丢掉的乡愁内容分别是衣物的色泽、庄稼的生长细节、嫁出去的亲戚的音讯、晚生的孩子的名字、乡村新修的道路的样子以及有了机器以后的食物味道的变化。

乡愁里剩余的东西越来越少了，还剩下母亲用缝纫机匝的花纹好看的鞋垫，鞋垫破了以后呢，便只剩下母亲做的手工面条的味道。

母亲的那碗面条，从我们记忆深处出发，一岁一岁地长大，永远不会改变。那一碗面，不只是麦子的成长、面粉和水的混合，而是爱的全部，是我们身体最初的记忆，也是最后的记忆。

每一次在文字里写下“故乡”这两个字，接下来，我一定会写到面条。每一次在文字里写到面条，那么，接下来，我一定会写到母亲。

我无法改变这些，就像我无法改变我的出生地一样。

这不是我的重复叙述，而是说，作为一个北方人，关于面食的记忆，它一定来源于母亲，它只能来源于慈悲，来源于我们内心深处的寻找和停泊。

刊于《散文》2020 年第 6 期

娘亲老矣

陈晓波

全世界的母亲多么的相像！她们的心始终一样。

——惠特曼

北京，五月一个周末傍晚。宋铁成、李纯伟、安庆远和刘毅四个吉林籍老乡聚一块儿吃个饭。偌大京城之中，四位他乡故知处得跟亲兄弟似的。

宋铁成是朝阳公园西门美食街上“一品居”吉菜馆的老板。他为人特实在，常把要好的哥们儿邀来喝酒。

边喝边聊不觉酒过三巡。这时有个学生模样的女孩走过来，胳膊挎着花篮，盛着紫色康乃馨和黄色的萱草。女孩笑着问：叔，买花吗？

哎哟喂，明天是母亲节啊！纯伟嚷道：萱草生堂阶，游子行天涯；慈母依堂前，不见萱草花。孟郊《游子诗》，这萱草花又叫忘忧草，象征母爱。我给老妈买一束。

一束五枝萱草，用彩带扎着，每枝上头有花两朵，一朵开着，一朵蓓蕾。女孩接过一百元钱说谢谢叔。

纯伟是西城某高中语文老师，文绉绉的。四人中只有他和母亲一起生活。哥几个都已过五（十）奔六（十），他们母亲也都七老八十了。

那就聊聊娘亲吧，铁成提议说，每人讲个母亲的故事。大家赞同。想到已经年迈的老母亲，自然有所感动……

庆远抿了口酒说，我先讲吧，一件小事，虽然故事的主人不是我母亲，但却让我终生难忘。

十几年前，来北京已近三年，我最落魄的时候。刚开始，和所有来自五湖四海的北漂一样，满怀激情，梦想着立业扬名的传奇。可残酷的现实把我逼入绝境。

我从吉大计算机学院毕业后，直接奔着中关村来了。先是在联想、搜狐、亚都者等知名企业求职碰壁，又合伙创办高新企业失败。把家里给我的十万元赔光不说，还欠下几十万贷款。为了生存，我在电脑商店当修理工，饭口的时候去送外卖，上门给人安装家电。每天起早贪黑拼命干，还是付不起地下室的房租，还不上贷款利息。

那一年北京冬天来得迫切，11 月 4 日下头场雪，据说是新中国成立以来下得最早、降雪量最大的初雪。阴沉湿冷的天气犹如我的心境。那天我决定放弃，离开北京回吉林。

临走前我要去逛逛商场。四通桥那儿好几个大商场，桥南有双安、华宇，桥北有当代，周围各种饭店小吃多的是。我常去逛商场，不买东西，就是冲着那儿冬暖夏凉。我钱包里还有三千多块钱，买好回家车票，剩下的够我大吃一顿了。离京前一定要吃顿饱饭！

外面大雪纷飞，商场里却是温暖如春。亮丽明快的色调、宽敞的通道、整齐规划的专柜陈列，展现的是典雅时尚。这儿是精品世界，顾客群体以中高端人士居多。而我，兜比脸干净，每次置身其中都感觉丢人……

我漫不经心地在四楼闲逛，那里有各类商务男装、男鞋、户外休闲用品和我喜欢的数码摄照品牌。我发现有个腰身不直、体态微胖的阿姨跟了我半天，笑呵呵地看我，怪怪的。终于她问：小伙子，你有多高？

我说：我……光脚量一米八五。

她问：那你体重多少，胸围是多少，裤腿有多长……

我说：阿姨，我170斤左右，别的也说不清楚。

她说：我儿子个头、体重、身材和你一样一样的。他在哈工大读硕士呢。天冷了，我得给他买几件衣服，阿姨求你帮忙试试行不？

我说行啊，就跟着她在商场里转悠。好多品牌正在搞促销活动，应季服装打五折。阿姨看上去不像中高端阶层，花钱特计较。她给儿子买了一件马克华菲新款羽绒服，两条香港潮牌休闲裤，一件皮尔卡丹夹克，一双安踏加绒运动鞋，总共花了两千多元钱。她已经来双安五回了，一遍遍挑选砍价，这次购物省了两千多块。

阿姨笑逐颜开，从拎兜里拿一瓶矿泉水给我喝。她细细端详着我说，我儿子大眼睛，高鼻梁，比你还帅呢。

她眼里闪着慈爱的光亮，那是所有母亲看自己儿女温情的目光，刹那间，那目光扎到了我的心，一股暖流涌遍全身。内心里所有的坚强即刻崩塌……我忽然特别特别想我的妈妈，想跟她哭一场。

我说，我妈妈和你也可像可像了，但她可显得比你年轻。

阿姨呵呵笑着，骂我臭小子不会说话，还要请我吃炸酱面。我说谢您了，然后匆匆离开。

我孤独地走在北三环西路街头。大片雪花落在脸上与泪水融化。我没有去大吃一顿，买了两个烧饼边走边嚼，艰难地往肚里咽。我一直在想母亲，想她的担忧与挂念，想她把养老的钱全都给我创业，想她多希望儿子有出息，常和别人炫耀儿子在北京发展呢……

我把回乡的车票退了，三千块钱交了一季度房租，继续在北京混日子。混到今天，虽说还不算大富大贵，但去双安买东西，已经不再自卑，不觉得难堪了。

母爱无限，纯伟说，为伟大的母爱干一杯！

纯伟接着说，我比你们都幸运，现在和老妈一起生活。常言说家有一老如同一宝，这是真的。“上帝不能无处不在，因此他创造了母亲。”我老妈今年 80 岁了，是个神一样存在的老人。

早年家遇不幸。父亲确诊为肺癌晚期，医院都不给治了；老妈也检查出肺结核、肾炎、神经衰弱等多种疾病。老妈自己在家里给父亲治病，她开始专研中药，求了好多偏方，让父亲奇迹般多活了两年。她自己也没有去住院治疗，就吃两样乡下遍地生长的野菜——婆婆丁（蒲公英）和马舌菜（马齿苋）。待我大学毕业回家再看她时，老妈竟然奇迹般地康复了。我知道老妈为啥不去住院治疗，她害怕病患倾家。

如今 80 岁的老妈还能做饭，健康矍铄。这既是她勤劳善良一生修来的福报，也得益于极其崇拜的那两样“神草”。她每年都大量采集购买婆婆丁和马舌菜，制成蒲公英茶，把马舌菜晒成干儿，还栽植了几十盆，保持四季新鲜。全家都喝蒲公英茶，有点什么炎症，感冒发烧，肠胃毛病，喝蒲公英茶就能治愈，再经常吃些马舌菜，基本百病无忧。

老妈老了，她最怕什么呢？最害怕自己没有用了变成负累。所以健康长寿便是她生存的价值，“神草”成了她的信仰和健康保障。我曾问老妈：“神草”真那么灵？她说信就灵。老妈告诉我一个道理，凡事只要坚信就能见证奇迹。

铁成接着说：我妈可没有那么神，她让人骗了好几回，每到关键时刻就变成弱智老太太。

头一次是我在大学读书时，有个人打我妈手机。说，阿姨您好，我是铁成同学，叫刘俊来。我妈说，你好你好，小刘有啥事儿啊？那人说：阿姨是这么个事儿，一个月前吧，铁成管我借了 5000 元钱，说是急用，答应半个月就还给我，我就把家里给我买笔记本电脑的钱借他了，可是到现在也没还，管他要几回了，他都说再等些日子，我也是着急用钱啊，阿姨你看这事儿咋办？我妈说，没事的小刘，告诉我账号。我妈把钱转给那人后才打电话告诉我，你借同学的钱妈替你还了。我说，妈呀妈，你被骗了，我没和同学借过钱啊。她沉默了半天说，妈相信你是真的急需才管同学借的，妈怕你为难。我说，再遇到这种事儿要找我爹，听他的。

第二次是典型的电信诈骗那种。一天我妈接到来电显示首都医科大学宣武医院的电话，说，您儿子叫宋铁成吧，出车祸了，浑身多处骨折，我们医院正在实施抢救，您放心，你儿子没有生命危险，但需要马上手术并住院治疗，您儿子让我们和您联系，先缴 5 万元押金，这边办理入院和手术的手续。我妈说，好好好，这就把钱转过去，一定要找个好医生做手术啊！当时我爹在美国出差，我妈联系不上他。她就把 5 万元转了过去，之后那个电话就无法接通了。她情急之中想起该给我打个电话，打通后还吃惊地问，你没出车祸呀？完犊子了，又让人骗了。

还有第三次，我妈接到绑架电话，说你儿子在我们手里。你听好：第一，不准报警；第二，半小时内付 100 万赎金，把钱转到指定账户；第三，如果报警或者在半小时之内收不到赎金，立马撕票。接着电话里传来我声嘶力竭的呼喊：妈呀，快快救我！妈妈……我妈当时腿就软了，一屁股坐在地上，哆哆嗦嗦地哀求，求你们千万别伤害我的儿啊，俺不报警，缴赎金。她打电话告诉我爹，儿子让人绑了，要出人命啊！我爹说，先给铁成打个电话试试，没准儿是骗子。一打我手机处于关机状态。这边电话没人接，那边“绑匪”不停催命，快把我妈逼疯了，让我爹赶紧付赎金，说儿子要是有个三长两短，她也不活了。说完就晕了，我爹赶紧打 120，这边继续和我联系。后来电话打通了，说你怎么关机了？我在浴池泡澡呢，手机没电了。他说了事情的经过，让我打电话告诉我妈，爹已经把赎金交了，我平安无事。

后来我问我妈，你怎么老是上当受骗，那种三岁孩子都会识破的把戏，怎么你就往套里钻呢？她理直气壮地说，宁可信其有，不可信其无，万一要是真事儿咋办？

一直不大吱声的刘毅接过话茬，说那些利用母爱实施诈骗的人真是无耻至极！

刘毅说，听你们讲这些，让我心疼。我母亲已去世多年，她曾对我倾情哺育，而我却没能让她享一天福。

我很小的时候父母就离婚了，我便和母亲相依为命。为了我她再没有谈婚论嫁。母亲是个任劳任怨的环卫工人，市级劳模。无论春夏秋冬严寒酷暑，她每天早上 4 点钟起来，穿上工装，把脸包严实，推着手推车去清扫责任区。车上拉着竹扫帚、平板锹，冬天还要带把尖镐。先把近百米的路面清扫干净，再将责任区内 5 个垃圾箱的垃圾用手推车运到垃圾处理站。干完活到便民餐厅，享受一份免费早餐。

母亲勤劳善良，也很漂亮。我从来没有因为母亲是个环卫工人感到自卑，反而以她为骄傲。上高中后我能帮母亲干活了，早上去帮母亲运送垃圾，母亲在前面拉，我在后面推，每天至少运三车，多的时候要拉四五车。干完活，母亲把从垃圾箱里捡到的废品装到车上，然后领我一起去吃早餐，她吃免费的一份，花 10 元钱给我买一份。吃完饭我上学，她继续推着车去捡废品。母亲的同事都羡慕，说我是个孝顺的孩子。

我何尝不该孝顺。我是母亲活着的目的。她用微薄的工资和拾荒所得养活我，供我上学读书。我们住在棚户区，她省吃俭用，但对我从不吝啬，从小学到高中，我吃的穿的用的，都不比其他同学差。

我考上了北航，这是给母亲的一点回报。上学前一天，我最后一次去帮母亲推车。吃早餐的时候，母亲告诉大家我儿子刘毅考上北京航空航天大学了，明天就去报到。在场的人都鼓掌祝贺。我给大家深深鞠了一躬，说以后请叔叔阿姨照顾我母亲，她拉不动车的时候帮她推一把。

我对母亲承诺：将来毕业了就在北京找工作、买房子，然后把你接到北京享清福。为了实现这个小目标，我努力了十几年，2000 年东借西凑了 20 万首付在西三环买了一套三居室住房。我计划国庆节把房子收拾好，把刚好 55 岁退休的母亲接来北京，兑现我的承诺。可 8 月中旬我接到母亲病危的消息。

母亲积劳成疾，患肝病很长时间了。她一直瞒着我病情，硬挺着每天去清扫她的分担区，最终倒在垃圾箱旁边。她知道自己时日不多，提前处理了后事。留下一本房照，棚户区改造分到两室一厅回迁房，所有权人是我的名字；一个存折，里面有3万元钱，取款密码是我的生日；还有一个小首饰盒，里面是姥姥传给母亲的一枚红宝石戒指。她对我说：你都三十好几了还没结婚，是妈牵累了你。妈穷，没给你留下什么，替我把那个戒指传给你将来的媳妇，然后再传给你们的孩子……

母亲就像一团燃烧的火，为照亮我的生命燃尽了自己……刘毅泪流满面，哥几个都发出由衷的感叹。

纯伟说，在这充斥着浮躁与功利的社会现实中，不管如何剥蚀，唯有母亲纯净无私、母爱永恒。咱们举杯，共同祝福我们已经年迈的母亲安康、幸福！

刊于《北京文学》2020年第6期

辑　四

喀纳斯湖：金山怀抱的绝美胜景

邱华栋

月色下的喀纳斯湖

在天色暗淡之际，翻山越岭，天擦黑时我们到达了喀纳斯湖。

喀纳斯湖隐身在两山之间的山谷里，天已经黑了，我看不见它的面貌，只能够闻到湖水的甜湿的潮气。我们住的房间是红屋顶的木屋，外观很好看，听说这些木屋是在俄罗斯建造好，整体搬运过来的，为的是不要就地取材，破坏环境。这些北欧风格的木屋内很暖和，在山里，昼夜温差之大相当于夏天和冬天的差别。吃过晚饭，我们想去湖边看看，就穿上了棉袄，出了木屋。

刚才我还看见月亮已经升上来了，但我们出了门，却不见一点光亮，可能是云层掩盖了它。星星的光极其微弱，仿佛离这里极其遥远，起不到照明的作用。黝黑的山体在青黑色的夜空衬托下起伏不定，如同埋伏的巨兽。木屋四周全是影子很黑的松树，偶尔传来不经意的树枝自然折断的声音，夜鸟从远处飞过，在山谷里留下了一阵扇动翅膀的惶乱的声响。

我们摸黑沿着一条通往湖边的小径而去，路是木板铺就的，踩上去发出了空洞的声响，吱吱有声。我走得小心翼翼，生怕旁边的树林里会跑出一头怪兽。其实这是可笑的心理暗示。

木屋离湖边很近，只有约 200 多米，不过需要曲折穿越一小片高大的松树林而已。沿阶而下，我闻到潮气和松树的清香更重了，再走了几步，就来到了湖边。此刻的喀纳斯湖是十分静谧的，在淡淡的月光下，湖面的颜色微微发着奶白色的光，看不见它的波纹。没有风，一条木质的栈桥伸向湖面几十米，我沿着木桥走向湖面。这是一个停船的小码头，一些摩托艇都在休息，有一两个看船的人在一条船上的船舱里说话，此外，再也没有别的声音了。

湖面相当开阔，但是没有风就没有任何声音，这一刻是我遇到的少有的良辰美景。我的心和这里的风景一样安详静谧。多少次我从地图上注视着这一片中国最西最北的高山湖泊，想象和它相遇时的激动和激情，但是当我真正地和它相遇时，这一刻却十分的安宁平常，没有一丝波动。

月亮有时候会从云层后露出脸来，它的清辉照耀着湖面，给湖上撒下了一层薄薄的轻纱。我仰脸看天，星空比刚才清晰了，也离我近了一些，星空中的星星十分的繁密，似乎在慢慢地旋转，用你几乎不易察觉的方式和速度在旋转。我低下头，再仰起脸，就找不到刚才我注目的那颗星星了。

这样的心境和经验于我也是少有的，我们在平时，有多少次真正地凝视过我们头顶的星空？我们有这样的闲暇和心情吗？我们遗忘的有我们关注的多吗？当我凝视星空和湖水的时候，心中洋溢的是一种甜蜜的液体，脸上挂着的一定是平和的微笑，虽然我自己看不见。

这是一种生命“朝向满溢”的状态，在今天的半遮半掩的月色下，我体会到了类似“大自在”的自在。

忽然，通往这里的湖边小径上传来了一阵人声，又有一群游客过来了，他们的声音打断了我的思绪，我听见他们在谈论湖怪。这里真的有湖怪吗？没有人真正看见，现在通行的说法是，这里的湖水中，出没着一种学名叫“哲罗鲑”的大红鱼，它虽然很大，但是比起传说中的湖怪来说，还是小多了。

夜色渐浓，倦意上身，我想睡了，就和伙伴反身归去。

喀纳斯湖的雾

吃过早饭，我们要去爬哈拉特山，从山上看湖。这是每一个来喀纳斯湖的人必经的项目，因为这座山上有一个亭子叫观鱼亭，从亭子里可以看见喀纳斯湖的全貌，还可以遥看戴着冰雪王冠的友谊峰。

我们向对面的山走去，先是坐了一小段游艇，游艇把我们送到了山下，然后，我们开始登山了。这个时候太阳已经照遍了山谷，但是，让我称奇的是，在山谷里，似乎凝固着一团乳白色的雾，这种雾在太阳的照射下并不散去，而是在上升。我早就听说过喀纳斯的雾的奇特了，今天看见，的确让人惊叹。

这些雾一开始是一缕一缕地在清晨从地底下、从喀纳斯湖的湖面上升起来的，慢慢地汇聚成一条山谷之中的飘带，把整个喀纳斯湖所在的谷地全部充满了。

从远处看，白雾将喀纳斯湖出口处的蜿蜒的河谷全部遮盖了，那些蒙古族图瓦人的木屋也被覆盖了，间或还能看见木屋的尖顶在雾之中隐现。雾就像腰带、像凝脂、像流云，远看似乎没有任何的变化，但是你将目光挪开一会儿，再定睛一看，那山谷之中的雾已经改变了形状。

雾使得山谷之中的树也漂浮了起来，它把山川点染得像是水墨画一样。有时候，晨雾在雨后更多，和着图瓦人的毡房的炊烟一起升腾，炊烟笔直而云雾飘动，十分好看。我一边登山，一边向山谷探望，就是为了观察雾的变化。我明白了如果山谷中没有风，雾就不动，有风云雾才飘动。太阳升得越来越快，可那浓雾就是不见散去，我很少见到不怕太阳的雾，这喀纳斯的雾算是不怕太阳的了。

等到我们爬到半山腰，我看见山谷之中的雾也升了起来，犹如一团浮云，沿着山体滑动，就像是移动的白雪冰川。等到我们爬上山顶，我再回头看雾，那雾不知什么时候已经消失了，一点儿都没有了。

山顶观湖景

爬那座有观鱼亭的哈拉特山很费劲，远看此山并不高，也就是海拔不到2000米，但是真正爬起来却居然费了两三个小时，我爬得汗流浃背，气喘吁吁。可能是高山地带，我有一点点高山反应。于是爬一爬，就歇一歇，然后回头看风景。

昨天山上的树还没有几棵变黄的，可是今天，我发现有不少树叶已经黄成了一片，那是白桦树林，几乎是一天一个样。这里的桦树分白桦和红桦，白桦的叶子秋天里会变成一种透明的鹅黄色，颜色单纯明丽，十分好看。而红桦的红叶点缀在山林当中，如同火苗一样使秋天的风景燃烧。

我观赏着层次越来越分明的山林风景，心旷神怡。等到了观鱼亭，再向下看去，眼前的美景更是美不胜收。现在，整个喀纳斯湖几乎全部都展现在我的面前，远山包围着它，使得喀纳斯湖就像是在山的手掌心里一样。它远远地蜿蜒而来，全长20多公里，像一道弯月，又像一条大鱼的身体一样泛着隐隐的亮光。在太阳的照射下，湖水幽蓝一片，像一块大玉石。它是极其安宁的，多少年来，其实它已经宠辱不惊地存在着，与山林为伴，与人兽共居，直到今天有人撩开它神秘的面纱。

仰脸看天，天空中云朵团团，投射到偌大的湖面上，竟使湖面变成了一面有花的地毯，或者是一个巨大的调色板：在云团的映射下，湖面深浅、蓝绿、翠白、明暗不一，变幻莫测，令我惊叹。听朋友讲，在这里，遇到下雨天，有时候可以看见佛光，佛光和湖光彼此衬托，奇瑰无比。

这当然是大自然的造化和人间胜景。喀纳斯湖面海拔1375米，环湖四周全是原始森林，这里是中国唯一一个具有北欧生态系统和地貌特征的地方，是西伯利亚泰加林在中国的唯一延伸带，是东方的阿尔卑斯山风景地。喀纳斯湖的湖水来自阿尔泰山脉的主峰友谊峰和奎屯峰等山峰的冰川融水，以及当地的降水，融汇而成。

喀纳斯湖的风景可以用山奇、水秀、佛光、湖怪四大特点来形容。尤其是湖怪，据朋友讲，谁也没有真正看见过，倒是有人从湖中捕到过长达几米的哲罗鲑，因此，目前大部分人认为传说中的湖怪可能就是这种哲罗鲑，这种鱼的身体因为呈现淡红色，又被人称为大红鱼。也有部分专家认为，过早地认定喀纳斯湖怪为哲罗鲑——大红鱼并不妥当，因为喀纳斯湖的成因是受了三次大的古冰川作用所形成的高山湖泊，形成年代早，地貌十分特殊，不排除湖中有大型水生动物的可能。

站在观鱼亭山上，我细心地查看湖面，希望看见湖怪或者是大红鱼，但是，除了水面上的游艇划出的波纹，水面上没有别的动静，更没有大鱼的踪迹。当然，即使有湖怪，它也一定不会在正午阳光如此强烈的时候出现。

在我眼前的湖水中，除了哲罗鲑大红鱼，还生长有江鳕、阿尔泰鲟鱼、西伯利亚鳊鱼等珍稀鱼种，在我眼前的山地里，生长着冬虫夏草、平盖灵芝、花杉灵芝等真菌，生长着紫貂、山猫、貂熊、雪豹、北山羊、黑天鹅、黑鹤、豆雁等珍稀动物；生长着针叶松、塔松、云杉、欧洲山杨、西伯利亚桦树等树种。它们共同构成了喀纳斯地区的真正的生机和风景，灵魂和美梦。中午的太阳十分强烈，此时，早晨山谷当中的雾岚似乎已经散尽，或者，倒是变成了我头顶的一朵朵白云在悠然浮动，我环视四周，目光极其贪婪，仿佛我再也看不到这样的美景了似的。

深入喀纳斯湖区

我们乘坐摩托艇向喀纳斯湖的深处行去。甜凉的水汽被摩托艇从水面掀起来，打在我们的脸上，这个时候视角变了，不再像从高处远眺和俯瞰湖面那样，我们荡舟于水面之上，和湖水如此靠近。我很想把手伸入湖水，像我过去每次遇到陌生的河湖那样，只有那样我才能记住它，记住它的质感和皮肤。但是摩托艇是高速行驶的，就像在水面上飞，我接近不了湖水。

向四周看去，湖岸山峦叠翠，秋色刚刚染了梢头，各种混杂的林木挤满了湖边，非常漂亮。这些都是这里的原始森林的一部分。湖滨的绿草已经发黄了，但是各种颜色混杂其中，就像一张杂色的地毯。

此时，汽艇划开水面，我们如同行走在一幅画中——原谅我这样矫情的比喻，但我们确实就是在一幅画中游动。这样的体验今后可能很少再有了，我只是深深地吸气，让自己的肺部充满了周围的空气。虽然已经接近秋天了，但是湖的两岸仍旧是生机盎然，水天一色，让我忘情。

以我们进入湖区的方向算，在湖的右岸，为整个月牙形湖面的内侧，一路上有六个伸向湖面的岩石脊背，俗称六道湾。

听说每一道湾都有一个美丽的传说，但是以我的经验，这样的传说都比较低能无趣，朋友似乎想向我介绍，但是看见我表现出了不感兴趣的样子，他就不说了——对真正的美景来说，任何的附加物都是多余的，传说也不例外。可能我是一个作家的缘故，我对平庸的故事或者传说深恶痛绝，每一次去风景名胜地带，我都忍受不了导游小姐所讲的“传说”。因此，我的眼睛比耳朵要更喜欢不带传说的风景。用眼睛看吧，让风景从此进入你的生命深处！

在第四道湾的平台上，我们下来站在上面向湖心处看，他们说这里经常可以看到“湖怪”，我就翘首以望，看见湖水之中似乎有一些重重黑影，但是等了一会儿，没有湖怪浮出水面，也没有看见大红鱼。

重新上船，我们继续进发，向湖的尽头而去。这里的湖面似乎宽了许多，小船在湖上行走如同一只水蚊子，一旦巨大的湖怪从水中一跃而起，汽艇是肯定要翻的，那时候，我们就成了湖怪的食物了——我们这样吓唬着同船的女士，把她吓得脸都变色了。但是很快，我们就到了六道湾，再往前就是双湖了。

双湖由两个一公里长的小湖组成，就像是两颗系在喀纳斯湖的脖颈上的珍珠。湖水同样来自冰川融水，并最终汇入了喀纳斯湖。双湖的湖水要浅得多，晶莹清澈、碧绿剔透。湖中繁衍着大量的小红鱼，也就是小哲罗鲑鱼。这里的原始森林保存得相当好，附近有马鹿、棕熊和北山羊、野猪出没。

再向上游走，就是白湖了。白湖又叫阿克库勒湖，湖水呈现少见的乳白色，半透明状，形成原因是上游的冰川中的内碛——碛是沙石积成的沙堆，经过冰川的运动被挤成了白色的粉末，而冰川融水又将它带入了河湖，由此形成了白湖。白湖的湖面比较宽，群峰倒映，有的地方宽达两公里。据说这里的天气变幻莫测，常下太阳雨，有时候盛夏也雨雪交加。这里的风景更美，因为很少能有人到达这里，因此白湖就像是一面处女湖一样宁静安详，处乱不惊。这里的河湖形成了许多湖心滩，生长着白桦和云杉，风景极像俄罗斯画家列维坦的作品。

在白湖的上游，就是千湖了。

千湖，顾名思义就是有很多湖，这里因为靠近冰川，有大量的古代冰斗地貌、冰窟和雪粒盆、水蚀洼地等，这样冰川融水就汇聚在这里，形成大大小小的湖泊，沿着冰川的边缘，像发亮的大地珍珠。这里仍旧有走兽和飞鸟来栖。

千湖已经靠近边境很近了，它的上游，就是阿尔泰山脉的主峰友谊峰。它是我国海拔最低的冰川。朋友告诉我，有一年盛夏他来到了冰川下，只穿着短裤，躺在冰上晒着夏天的骄阳，那是一种十分奇特的感受。

群峰之上，消失的正是夏天

在喀纳斯湖停留的第二天下午，我向另一侧的山爬去。我对面的山就是有那座观鱼亭的哈拉特山。因为没有路，我就漫无目的地向山上爬去。爬到半山腰，我回首望去，山谷中的喀纳斯湖十分宁静，就像一面大镜子。太阳西斜，山上一片浓绿之中又带着一小片一小片的嫩黄，那是松树林中的白桦树叶黄了。

我坐在一片衰草之中，面向整个山谷。这个时候，我想起来一句诗：“群山之上，消失的正是夏天。”这好像是美国诗人罗伯特·勃莱的诗句，现在，我极目望去，在群山之上，隐隐要退去的，当然是夏天本身。我就坐在衰草之中，我知道，每年的夏天，我四周的草花，那些金莲花、石蒜花、野芍药、牛奶草等等百花争艳，但是谁的美丽也压不过别的花，它们后来织成的是一面真正的花毯。

现在，百花尽凋，夏天鞠躬告退，金色的阿尔泰来了。

我坐在草丛中，感到一种从未有过的惬意。这使我想起来多年以前，我自己写的诗《与草为伍》：“这真是好草／草们没过膝盖，穿透岩石／长到了天空里去／草们多么茂盛／一年一发，枯了又荣／在每一次起伏的虫鸣中／它们都呈现了衰老和死亡的全过程／草们喧哗，为了不可更替的方向而哀伤／它们站在那里，无穷无尽／随风一起摇摆／把热情摇进大地，摇进飞鸟的身体／和草在一起／你觉得所有的根都在温暖地拥抱着你／向你欢呼／让你流着眼泪，闭上眼睛／成为它们的一个兄弟。”

在阿尔泰山的金色的秋天，在如诗如画的喀纳斯湖的草坡上，我和多年以前我自己写的一首诗又相遇了。现在，我就像是草们的一个兄弟，静静地看天看山。

观察夏天在群峰之上的消失不过是一个借口，我想享受一个人在阿尔泰山的草坡山林中度过一个漫无目的的下午才是真的。

很多人都在成年以后，没有了在大自然中一个人待一个下午的机会和心境了。是什么使他们失去了这样的心情和热情？实际上，这样做只是本能，它甚至不需要你的热情。我们“太忙，没有时间”，这是可以说得过去的理由吗？我不相信。成年就意味着真正的丧失吗？

我安静地坐在草丛之中，感到了满足和极度轻松。我休息一会儿，继续爬山，在草坡中惊起了很多秋天的蚂蚱，它们不情愿地蹦开，为了给我让路。这里仍是生机勃勃的生命世界。随便我坐下来，翻开一块石头，石头下就会有不知名的虫子惊慌地四散逃命。我只要坐一会儿。我眼前的草丛中，昆虫就开始忙碌，四下里全是生命的迹象。

再向远处看，山谷当中图瓦人的木屋隐现在喀纳斯湖下游的河谷地带，那里牛羊成群，是另一种生命的繁茂。

我坐在高处，感到四周的群山向我涌来。这好像是另一位美国诗人史蒂文斯的诗句："我把一只圆形的坛子 / 放在田纳西的山顶 / 凌乱的荒野 / 围向山峰 / 荒野向坛子涌起"，这首诗和我的处境与状态十分贴近，又一首诗在这一刻复活了。

但是大地它不管这些，它现在每一天都在向秋天深处进发，喀纳斯湖的秋天在层层的山林之上变得一天比一天金黄。在我的周围，有一些牧人准备过冬打下的草垛还散发着清香，牛马在山坡上悠闲地吃草，蚂蚱欢快和绝望地振翅而飞，在半空中轰响——它们的季节，就要结束了。

整整一个下午，我就在一面山坡上散步、腾越、攀登和闲坐，看着夏天在高空退去，看着太阳慢慢西斜，直到落山，我才心满意足地下山而去。

阿勒泰的动物

从阿勒泰山的自然景观上看，在海拔上，从低至高分荒漠带、草原带、灌木带、森林带、高山草甸带、苔藓地衣带和永久冰川带，在不同的地带都生活着不同的飞禽走兽。

就像所有的山脉一样，除了人，阿勒泰山的动物也是构成这一片山林的生机的重要组成部分。

在海拔 3000 米以上的雪线附近的高山草甸上，生长着高山雪鸡，我在山上看见过它受了我的惊吓，扑棱棱飞入远处的树林。雪鸡一般都有赤色的羽毛，在冬天一般喜欢成百只一起活动，在山林里做短距离的迁徙，声音很大。在阿勒泰，我有一次吃过雪鸡肉，发觉并不好吃，肉味发柴，一点也不香，可能是不肥的缘故。

在雪线以上，有时候还能发现棕熊和雪豹的踪迹，而天空中经常盘旋的兀鹫，几乎是这里特有的风景。在我的少年时代，有一年和伙伴们在天山深处攀爬和历险，曾经看见过棕熊，当时我们骑在马上，而那头熊抱着一棵树，在不远处看着我。

我在阿勒泰山里听到了这样一个故事，说是有一头棕熊发现了偷摘松子的人正在把它过冬的粮食偷运到外边，非常悲伤，一连好多天抱着一棵松树，冲着山路上偷松子的人和车大吼，声音十分凄凉悲愤，后来这头熊竟然郁郁而死。

在一个边检站，我们遇到了森林警察抓住了一伙偷松子的人，他们开着卡车，车上装着用麻袋装满了的松子，都是他们偷采的。这些偷采松子的人灰头土脸，一个个蹲在地上，据说也是山下的失业工人。他们失业了，到山里偷盗松子，但是他们的行径竟然会让棕熊愤怒至死，这是他们没有想到的。

而在高山草甸中，经常见到的是旱獭，旱獭又可以称之为土拨鼠，一般颜色是淡黄色，比兔子还要大。旱獭善于挖洞，它们的叫声有点像小狗的吼叫，只不过声音要小一些，有时候，在高山草甸子上，我可以听到不远处的几只旱獭听到我的接近而发出的警报声，它们的吠叫此起彼伏，直到我越靠越近，就都瞬间钻入地洞不见了。

旱獭是草原的害兽，它把牛羊的优良牧草都给吃了，而且，它还是鼠疫的重要传播者，我在新疆长大的时候，经常在夏天听到山里被封山，有一些牧民得了鼠疫急性死亡的事，据说就是有人吃了旱獭的原因。

喀纳斯湖边上的森林里还有一种鼯鼠，这是一种会飞的老鼠，飞起来有点像蝙蝠，在树上飞快地爬的时候又有点像松鼠。

而在阿勒泰山脉中，一般比较少见到野牦牛、藏野驴、藏羚羊、豺狗、山猫、狼、马鹿、盘羊和北山羊，这些大型动物一般在昆仑山、帕米尔高原、天山、阿尔金山的高山地带才能够常见到，像阿勒泰的较低的海拔，一般看不到它们的身影。

但是在这里的森林当中，各种飞禽却很多，除了高山雪鸡，主要的还有松鸡、黑琴鸡、榛鸡、星鸦、啄木鸟、雷鸟、百灵鸟、麻雀、喜鹊、布谷鸟、猫头鹰、乌鸦、鹳鸟和黑颈鹤等，它们使得这一片森林生机盎然。

松鸡的特点是它的肉有一点松子的味道，十分好吃，比雪鸡的肉香多了。黑琴鸡在求爱的时候喜欢搏斗，但是雄鸡一旦得手，雌鸡下了蛋以后，雄鸡就远走高飞，寡情而去。每一年过冬，黑琴鸡天天白天在树上觅食晒太阳，到了傍晚，它们就像高台跳水一样，从树上一头扎入松软的雪地里过夜。

而榛鸡在感情上比较专一，当年配偶死了肯定不会另娶。星鸦的身上有白色的斑点，尾巴上还有一点白边，比乌鸦好看多了。星鸦最会储存过冬的粮食了，它们从秋天开始，就准备着粮食，一次次把松果存入地洞，到了冬天，它们还能够在厚厚的积雪上打隧道，准确地通向自己的粮仓。

雷鸟是一种会变颜色的飞禽，冬天它们变成了白色，从春天开始，颜色就开始变成了黄褐色，夏天是栗褐色，秋天就变成了深褐色，一年四季都变颜色，也是飞禽之中的一绝。这是它特有的适应生存环境的进化的结果。

而最动人的鸟，我看应该算是百灵鸟了，它在早上的时候会欢声歌唱，声音极其清脆动听，被称为“草原歌星”。百灵鸟的飞行也是一绝，它能够像火箭一样突然就从草丛中直蹿入天空，也能像直升机一样在半空中悬飞好几分钟，还能够转着圈圈飞，它飞累了，又可以像一块石头一样忽然从半空跌落草丛。我有时候经常不经意地惊起了一只百灵鸟冲天而起，它那又是惊恐又是欢快的鸣叫撒满了天空。

新疆的猛禽也很多，有一种猛禽叫玉带海雕，一般成双入对地生活在悬崖上，它们是草原老鼠的天敌。

而我觉得草原上功劳最大的，应当属于屎壳郎。这种黑色的甲虫完全是草原上的清洁工，它们天天晚上都会将牛羊马的粪便清理得一干二净，有意思的是屎壳郎在求爱的时候，会从地洞中滚出一个大粪球，当作求婚的礼物，雌屎壳郎如果答应了，就会和这个雄屎壳郎一起推粪球，有的雌屎壳郎非常懒，躺在粪球上不动，让雄屎壳郎自己推。

在山林的岩洞和草丛中，有时候我可以看见一群群的呱呱鸡，这种淡褐色的飞禽又叫作石鸡，特别喜欢群居，往往是一大群几十只在一起，喜欢“呱呱”地叫，所以它们就被称为呱呱鸡，这种小野鸡的最大的特点是，如果你用枪打死了一只，那么其他的呱呱鸡都不会离开，而是围绕在死去的同伴周围，大声地叫唤，这样，你就可以耐心地一只又一只地用枪把它们都打死。呱呱鸡在新疆比较常见，它的肉味鲜美，长得也算漂亮，双爪和短嘴都是红色的，眼睛是褐色，身上还有蓝灰色、葡萄灰色的羽毛，很漂亮。

任何一片自然的风景，如果只是有人的存在，而没有这些动物，那么这里的风景就不是有机的。而阿勒泰的风景，因为那些飞禽走兽的存在，显得生机盎然。人类为了自己的生存而破坏环境，到头来就将忍受物种的孤独，你可以想一想，当地球上只剩下人类的时候，世界是多么可怕！

走近图瓦人

我从喀纳斯湖景区的旅游居住区出来，沿着小河向图瓦人居住的木屋走去。

这是不大不小的一个村子，居住的全是图瓦人，据说有一千人。它位于喀纳斯河的河谷地带，四周被青山环绕，环境十分优美。这是图瓦人冬季过冬的定居点。平时，在夏天里，图瓦人和哈萨克族人一样，都要赶着牛羊到牧草丰美的夏牧场里去，在那里搭建临时的蒙古包。他们的木屋都是用原木搭建的，一根根原木整齐地搭成了一个尖顶的木屋。早晨的炊烟袅袅升起，一派祥和的景象。

一些小孩追打着从木屋中冲出来，我叫住了他们。

“你们是什么人？”

一个小孩看着我。“蒙古人。”他回答道。

“是不是图瓦人呢？”我像是在问他们脑筋急转弯的问题。

“是，是蒙古族的图瓦人。”回答完我，他们就跑开了。

史书记载，图瓦也称为“土瓦”“德瓦”“库库门恰克”，在中国的隋唐时代，又称为“都播”，在元代被称为“图巴”“秃巴斯”等。

我走进一个图瓦人的木屋，看到了两个妇女，一个年纪大一些，另一个是一位年轻的小媳妇。我问候了她们，她们应答着，并给我倒了奶茶，还在奶茶里放了一些炒米。我喝了一口，感到很香。

这奶茶是这里的哈萨克族人和图瓦人的爱物，他们常说“宁可一日无肉，不可一日无茶”，由此可见他们对茶的重视。这奶茶就像我们汉族平时必喝的茶一样。我掏了10块钱，要求喝马奶子酒。老太太就给我倒了一碗，我喝着微酸的马奶子酒，感到很惬意。

小媳妇和我随便地用汉语聊天，她告诉我她要做马奶子酒了，我说我也想看一看是怎么做出来的，就跟她到了屋外。

她把一桶已经发酵好的马奶子浆倒入了一口锅里，然后将一个没有底的与锅口径大小一样的圆木桶放在锅上，这个木桶的上方凿出了一个小孔，并且安置了一个向下倾斜的滴酒槽，木桶上再盖一口锅，然后，小媳妇在底锅烧火。

火苗飘摇，使锅里的奶浆翻滚，并且飘出了一阵阵奶香和酒香。停了一会儿，我就看见在滴酒槽里流出了半透明的奶酒。

几个图瓦人小孩骑着马，跑了过来，其中一个手里还牵着一匹马，那匹马没有骑手，它在等待着一个骑手。

我上了那匹马，几个孩子大呼小叫地跑开了，裹挟着我的马一同在道路上奔驰，一开始我还有一些紧张，适应不了在马背上的颠簸，但是很快我就习惯了，想起了少年时代在天山深处的牧场里的骑马奔驰，放松了。很快我们就骑出了村子，跑上了河谷地带。在马上看四周的风景，似乎全都有了一种动感，远处的山脊线像是流动的波浪，早晨的云雾正在散去，秋天的金黄正在染遍整个喀纳斯湖地区，我心旷神怡。后来我们骑累了，就又转回身，回到了图瓦人的村子。我给这几个带我玩的小孩每人十块八块的，他们也很高兴。

图瓦人信仰的是佛教，而萨满教也对他们有深厚的影响，有时候也举行萨满教的仪式，只是我在那里的日子里无缘看见。

这个喀纳斯的图瓦人村落和整个的喀纳斯湖景区，从人到景，互相映衬，共同构成了喀纳斯独特的人文和地理景观，让人流连忘返。

图瓦人和这一片山林共同生活着，生长着，他们十分重视环境，平时烧的木柴，都是一些枯树、死树，一些游人随便乱扔的东西，他们认为这是扔在了他们的家里。毕竟，这里是他们的家园。

卧龙湾

喀纳斯河仍旧滔滔地向下游流去，在河谷当中冲刷出来一道河湾，这个河湾就是卧龙湾。由于河水的长期侵蚀冲刷，形成了一连串曲折的河岸，因此，激流跳荡的喀纳斯河在这里变得平缓宁静了，河水的流速也明显地减低了，水流九曲回肠，水面上可见水波细密，柔和生动。这是喀纳斯湖景区的结束乐章，到了这里，除了再往下游的一片白桦林以外，喀纳斯湖的美景就到此为止了。

因此，卧龙湾自然有它的绝妙之处。卧龙湾整个呈现“U”字形弯曲，河曲上有几处伸向河面的平台，呈现出月牙的形状。而河曲之中，还有两个河心沙滩，就像是两个巨人留下的脚印。

在河湾的两侧，生长着十分茂密的森林，这是一片人迹较少的针叶、阔叶林，全都是原始森林。而四周的山峦起伏错落，在河曲上的大平台上，全是绿色的草形成的天然的草坪，在这个喀纳斯湖景区的结束和高潮的乐章部分，卧龙湾以一湾如龙盘旋的河湾，给这里的景色做了概括和总结。

在整个的从友谊峰冰川开始向下游喀纳斯湖景观，到了这里就要结束了。我觉得，卧龙湾以它的弯曲的河曲，优美地为喀纳斯湖打了一个句号。它就像是一件玉佩，佩戴在了阿勒泰山的胸前。有这样一件胸饰，喀纳斯湖景区的风景戛然而止，收得恰到好处。

白哈巴村和那仁夏牧场

上喀纳斯湖有两条路，一条是从布尔津直接北上，我们上去的时候这条路正在修，所以，我们是从哈巴河县境内的另一条路北上喀纳斯湖的。

在这一条路上，我们在中国和哈萨克斯坦的边境上走了一段，还经过了可以说是中国最西北的村子——白哈巴村。这个村子中还有一个中国最西北的边防哨所。

白哈巴村也生活着一些图瓦人，这个村子还有一些哈萨克族人，加上以汉族人为主的边防哨所，这个村子主要由三个民族组成。

白哈巴村也坐落在一条河谷当中，离哈萨克斯坦的边境线只有几公里，这里的图瓦人的尖顶木屋仍旧具有一些异国风情的味道，一些白桦和阔叶杨树点缀其中，两条蜿蜒的小河从村子的两侧流过。

我们不断地和迎面碰到的村子里的哈萨克族牧人打着招呼，他们一个个脸膛发红，身材魁梧，嘴边挂着十分淳朴的微笑。这里是一个旅游风景区，因此我们可以见到很多游客在悠闲地溜达，看着踏着夕阳归来的牧人，这真的像是一幅世外桃源的景象。边防战士在换岗，一幅井然有序的样子。

如果从白哈巴村继续北上，就会到达中国最北边的夏牧场，那仁夏牧场。在那仁夏牧场可以望见阿尔泰山的主峰友谊峰，而那仁哈巴河就发源于友谊峰冰川，极目远眺，可以望见友谊峰常年不化的冰雪王冠，在太阳的照射下熠熠生辉。

那仁夏牧场是一个保存完好的天然牧场，由于处于中国的最西北的边境上，很少有人能够到达这里，因此，那仁夏牧场是一个最能代表阿勒泰山脉优良夏牧场的地方。

每年的夏季，甚至几百公里以外的吉木乃县的牧民，都要赶着牛羊到达这里，进行几个月的放牧，来的时候牛羊很瘦，深秋季节在赶着牛羊下山的时候，牛羊的体重已经增加了一倍。那仁夏牧场的牧草质量特别好，由于海拔高，所以天然的中草药特别多，像芍药、金莲花、百合花很多，这些都是牛羊的草料，所以有一种说法，说是阿勒泰的羊“走的是黄金道，吃的是中草药，喝的是矿泉水”，因此阿勒泰的牛羊肉味道极其鲜美。

那仁夏牧场的景色是周围地区牧场风景最美的，在整个的夏天，这里几乎是一片花的海洋，而在群峰的边上，生长着大片的原始西伯利亚泰加林，这里的风光十分像欧洲阿尔卑斯山的风景。云杉、红松、白桦和冷杉就像是山的围裙，山林当中，苍鹰在群山之上飞舞，松涛阵阵，天空之中白云朵朵，大地上，牧人的白色毡房深隐于草丛中，这样的情景让我忘情。

告别喀纳斯

就要告别喀纳斯了，汽车迎着霞光万道的朝阳，沿着盘山道急速而行。我已经熟悉了这里的山水、花草、人物、风云，我在这里变成了一个喜欢抒情的人，这是我没有想到的。汽车在盘山道上不断地降低海拔高度，我离喀纳斯湖也越来越远了，我的确有一些惆怅。

仿佛是连汽车也不愿意走似的，车开了一段，司机布拉提发现汽车已经没有油了，油表上显示为零。而我们离哈巴河的加油站还有一百公里。所以，为了不抛锚，司机布拉提加快了速度，尽量地飞驰。

我知道这种情况长途司机也经常会碰到，他们的办法是往油箱里撒一泡尿，让油箱里的仅剩的一点油被尿浮起来，就可以再开几十公里，但是也容易损坏发动机。我们没有撒尿，可能是日本人造的越野车性能极好，即使是没有一点油，一个半小时以后，我们已经穿越了一片高山荒漠地带，来到了哈巴河县的洼地上，见到了加油站的牌子，此时，我们真正地离开了喀纳斯。它隐藏在辽远的黛黑色的群山之中，我看不见它了。

刊于《地球》2020年第7期

书院四季

叶　辛

上海浦东，近海边了，有一个小镇，人口不多，不过六七万，名叫书院。

初次走进去，我以为近年来基层重视文化，特意把这小镇改了个时髦的名字。不料当地老乡说，我们这里从有镇子的那一天起，就叫作书院，方圆十里八里，都晓得的，有 100 多年的历史了。

人们俗称这一区域的村民为书院人家。

离海这么近的地方，100 多年前住的都是渔民，靠捕鱼捉虾为生。这地方有一道名菜叫海碗。就是一只硕大的蓝色碗里，置满了海里捕上来的鱼、海米、海胆、海参啥的，还有退潮时在滩涂上捡拾的贝壳肉，一起放进锅里蒸熟了吃。是江南地方浓油赤酱的烹饪方式，端上桌来香浓味鲜。当过渔民的老人告诉我，以海碗盛菜，主要是因为在船上吃饭时有风浪，不可能放好几个菜，只能混煮，吃大锅饭、海碗菜。

我就好奇，乡风民俗如此浓郁的沿海村庄，怎么会取名书院呢？名为书院的小镇究竟是什么样子的呢？

秋　熟

秋到书院，葵花籽儿熟了，稻米熟了，远近闻名的瓜果也熟了。海边的天蓝得出奇，蓝得让人久久地望着出神，蓝得和远方的海似乎连接到了一起。

书院的老人、孩子以及辛劳操持家务和田地的妇女，随着地里的庄稼收进屋里，望着海的时间越来越多了。老人在等待儿子的归来，孩子在期盼父亲回家，当妻子的，更是以焦虑的心情，盼着能看见丈夫的身影。

风吹来，有声响、有凉意了，田野上收割过的土地袒露出了黝黑的胸膛，告诉人们，随着秋熟，收获的季节到了，出海打鱼的船也该归来了。

秋季的收成，决定着一户农家、一个村庄、远近乡里来年整整一年的生计。出海打鱼的渔民们也一样，有在海上遇见风浪遭遇险情的，甚至有碰上海难的，然而对于江南经验丰富的渔民来说——比如书院人家的渔民，十有八九是鱼虾满舱、满载而归的。

满舱满舱的鱼虾捕捞来了，除了尽情地享受丰收的喜悦，海吃海喝地品尝海鲜，吃不完的还能晒成鱼干，腌成咸鱼，更多的活鱼活虾自有渔行及时地运送出去，卖到集市上去，送进大上海的水产市场，让城里人也品尝新鲜的鱼虾。

不出海留在家中务农的妇女，种出的粮食不够吃，海鲜卖得的钱，自然首先用来补足来年一家老少要吃的米啊，面啊。还有多余的钱，就在晒场上修筑一溜五间两厢房的砖瓦房，粉墙黛瓦。用来干啥呢?

办学、修书院，让年年出海打鱼、在家务农的下一代读上书，读历朝历代提倡读的圣贤书。当然，男孩女孩进书院来，首先是识字，字认得差不多了，就得读“赵钱孙李，周吴郑王”的《百家姓》，读《弟子规》，读《女儿经》……再不要让他们像上一辈那样，啃泥巴、出海、下苦力。

100多年前的书院人，就是本着这样的理念，先把书院这地方称作书院场，后来又叫书院乡、书院人民公社、书院镇。不管建制名称怎么换，“书院”两个字是祖宗定下来的，没有换过。100多年前由于秋熟结出的果子，就这么延续到了今天。

夏 果

夏天的书院是很美的，美在盛夏季节仍然像百花齐放的春天一样，有姹紫嫣红的花儿恣情怒放。

夏天的书院是很爽的，爽在入夏以后有西瓜吃。全上海、全国最好的西瓜8424，其核心产区就在今天的书院。

8424 西瓜并不大，一个人吃一个没啥问题，男子汉两只手把它捧在手里，绰绰有余。不过，你得小心一些，如果捧到的是一只成熟的西瓜，捧着捧着，一不注意瓜儿就会轻响一声，裂开了。顿时，一股诱人的瓜香会引人忍不住俯首看瓜瓤，哎呀，嫩红嫩红的，新鲜欲滴。瓜入口，那滋味儿不仅仅是清新，不仅仅是一般意义上的甜。现在农业技术日益推广，甜的西瓜多了，新疆的西瓜甜，海南的西瓜甜，中原地区好几个省份也培育出了优质的品种，连历史上不产西瓜的贵州，都培育出了又大又甜的西瓜。但 8424 西瓜，在上海，在江南，是公认的首屈一指的西瓜。它给人的感觉，是一个爽字，这爽包含着脆，包含着畅快，甜是不用说了。

这和书院得天独厚的砂质土壤分不开，同临海地方冬天寒冽、夏季酷热的气候分不开，更与瓜农们的悉心种植分不开。

到西瓜成熟的季节，书院人家的路边停满了来拉瓜的车，西瓜一摘下来，就装上车了。如果没有预订，是没有瓜给你的。买不到西瓜的朋友也不必沮丧，书院人家会给客人推荐阳光玫瑰葡萄，晶莹的、闪闪放光的、皮肉透明的葡萄，让人一见就有种惊喜感，不由分说想含一颗。

总而言之，书院人家的夏日，是瓜果成熟的季节。读者朋友能想到的瓜果，包括冬瓜、南瓜等蔬菜，其滋味也要比他处的有特色。

冬 宿

在东北，北风呼啸、天寒地冻的日子里，有“猫冬”的说法。

上海人不“猫冬”，而在海边的书院，追求的是冬宿。“宿”在这里的意思是住下来。

一般来说，上海人的生活俚俗，不喜欢在离家近的地方过夜，人们却愿意来书院体验一番冬宿的滋味。

如若是三五好友，找一户或两三户庭院农家，品茗，聊天，散步，到小河旁观赏典型的江南水乡农家安闲恬静的生活形态。冬阳明丽的日子，午间在云海边，看水天一色的景致，望海鸥在湿漉漉的海滩上觅食。逛一圈回来，坐在通透的玻璃暖房里喝咖啡，农家主人会请客人尝一尝冬腊月里户户都会搓的汤圆，有甜的、咸的，有海米味的，各取所需。

人数多一些，则可以去民宿过夜，伙食会愈加讲究一些，以海鲜、蔬菜为主，全是生态食材。虽是民宿，全套设施是镇里统一核准，达到了宾馆的标准。而民宿周边，往往是一家家美丽的庭院。庭院虽然不大，那一小块一小块的地里，既有蔬菜，又有花儿，赏心悦目不说，让人由衷地佩服主人是在用绣花的功夫经营着田地。殷实讲究些的人家，还会在庭院里搭起假山，小小的比人高的假山，用采购的太湖石搭建出来的。小则小，却颇有品位。鱼塘更常见一些，有客来了，主人会扬手往鱼塘里撒下一把鱼饵，鱼儿便会蜂拥而至，拍溅起一片水花。

更为普遍的是农家乐。基层的联欢活动、学界的研讨、公司的联谊……社会上有什么需求，农家乐里就有啥服务，配套的设施一应俱全。冬天里连带着元旦、春节，有许多辞旧迎新的活动，这时人们都喜欢到书院的农家里来，既领略了江南风情，又感受了文化气息，在冬宿的同时，还规划了第二年要干些什么。虽是冬日，心里却总在想着：春天很快要来了。

春　花

春天的文章写得很多了。

花儿的文章同样几乎被写尽了。

书院的春花几乎没人写过。

沪剧里唱：“正月梅花、二月杏花、三月桃花，红里泛白，白里泛红……”喜欢沪剧的上海人几乎都会唱，直白而又贴切。

桃红李白油菜黄，蝶飞蜂舞鱼儿欢，书院的春天是色彩斑斓的。

每年三月，草长莺飞桃花开，四面八方的上海人云集而来，到书院看桃花。灿烂的桃花，含笑怒放，一大片一大片的桃树，形成一个迷离的粉红色世界，一张张笑脸沉浸其中。

家家户户的小花园、小果园里，白玉兰、粉玉兰谢了樱花开，樱花谢了杜鹃开，杜鹃谢了月季、玫瑰、扶桑、牡丹热热闹闹地次第开放。小河边、道路旁、防风带附近、瓜田地角、庭院前后，目力所及之处，都是姹紫嫣红的花朵，处处惹人的眼。各种花儿开得太茂盛了，以致人们分辨不清，空气里弥漫着的好闻的味道，究竟是哪种花儿的馨香。

带着海腥味的风吹来，暖洋洋的，有一股独特的清新气息。海鸥的鸣叫声透着喜气；跳跳鱼在浅海滩欢呼雀跃，迎接着书院的春天；蛏子张开嘴巴，在春水中吐着泡泡；螃蜞在海滩上爬来爬去，也出来感受春日的阳光。海滩边，一片绿色的芦苇一天一个样地使劲拔节，日渐茂盛起来，很多书院人来采摘鲜嫩的粽叶回家包粽子。滩涂上也热闹起来，捡蛏子、抓跳跳鱼、刨蟛蜞的孩子们叫成一团。

果园更是诱人而入，鲜红的草莓、紫色的桑葚，还有无土种植的酸甜小番茄，生长在一个无污染的环境里，摘下来即可入口。圆溜溜的白瓜，也煞是惹人喜爱。

春天，置身于书院，在路边，在海边，在庭院中，在田地里，出奇地舒畅、欢快。

而今，书院已经归入上海自贸区临港新片区，这是特区里的特区呵！一条经过书院连接上海中心城区和临港新片区的快捷大道正在修建。随着临港新片区的建设，上海必将迎来更美好的春天。

哦，书院是美丽的。

刊于《光明日报》（15 版）2020 年 5 月 22 日

春　山

陆春祥

“平芜尽处是春山，行人更在春山外。”公元 1033 年暮春，这两句春山词在盎然春意的江南随处荡漾着，这是欧阳修刻画的春山，不过却是给忧愁的旅人做背景的，以乐写愁，春山虽美好，然人在旅途，漂泊无期，心境迷茫。

欧阳修三次科考，23 岁的第三次迎来连连捷报，中进士第十四名，本来，他可得状元，然青年欧阳锋芒过露，那些考官有意要挫其锐气，为的是促其成才，登第后立即被授秘书省校书郎，充西京留守推官，又洞房花烛，如此说来，青年欧阳应该没有忧愁，他是在替别人忧。

果然，1034 年的春正月，46 岁的范仲淹，因为管了宋仁宗的家事，劝皇帝不要无故废郭皇后，从右司谏的位置上被贬睦州知州。正月的汴京，虽天寒地冻，但范仲淹的内心并不沮丧，他已经第二次被贬，肺部也有毛病，不如趁机去江南，去睦州（也称桐庐郡），那里有著名高士严光，那里有瑰丽的富春山水，那里有他诗心中的春山。

去睦州

1

隋文帝仁寿三年（公元 603 年），睦州设立，下辖淳安、遂安、建德、寿昌、桐庐、分水六县。

睦州起先的州治，坐落在雉城（今淳安西南），地处崇山峻岭，百姓出行基本靠水路，而水路又多险滩急流，这样的事故闻所未闻：曾有三位桐庐县令，因去州政府汇报工作，被水淹死。显然，雉城的州治不适合政府办公，几经周折，武则天才同意迁移州治至建德境内的梅城。梅城地处三江口，新安江、兰江呈丁字形汇入富春江。虽偏处浙西，水路却发达。

苏州人范仲淹，应该是熟悉睦州的。

船出汴河，过颍河，这就到了淮河。过淮河，他们一家遇到了惊险，《赴桐庐郡淮上遇风三首》有记如下。

其一：圣宋非强楚，清淮异汨罗。平生仗忠信，尽室任风波。舟楫颠危甚，蛟鼋出没多。斜阳幸无事，沽酒听渔歌。

其二：妻子休相咎，劳生险自多。商人岂有罪，同我在风波。

其三：一棹危于叶，傍观亦损神。他时在平地，无忽险中人。

完整的场景和心情记录，过淮河遇大风浪，生动画面，跃然纸间。船行淮河，白茫茫一片，忽起风浪，越来越大，人站立不稳，船歪东倒西，还有那些大鼋，也来凑热闹捣乱，它们浮在船边出没浪间，一船的人都胆战心惊，孩子吓得哇哇大哭，此时，范仲淹只有一遍遍地安慰着家人，不怕不怕，我们不怕。果然，接近傍晚，风平浪静，夕阳也出现了，打鱼的船只撒开了网，渔人悠悠地唱着歌。哈，把酒拿出来，那什么，朋友们，来喝酒吧，压压惊，于是，一船笑声又在淮河的清波上回响。范仲淹的不怕，缘自他的底气，大宋朝，和那强横的楚国完全不可同日而语，这清冷的淮河，自然也不同于汨罗江了，我对朝廷尽职尽忠，即便有点小挫折，也不会像屈原那样葬身水底，眼前是有些危险，不过，很快会过去！

其二其三，更像是咏物诗，诗言志。老婆呀，你不要责怪我，朝堂上提意见，是我的职责所在，当官总是不断有风险，我此次被贬去睦州纯属正常，现在，你也别怪那些同船的商人，不是他们东西带的太多太沉，要怪只能怪风浪，我们还是安心坐船吧，等风浪过去，一切风险自然也就烟消云散。

谁说范仲淹仅仅是在写淮河上的风浪呢？自出汴京以来，每每闭目闲暇时，自少年到现今的经历，都会一幕幕浮现。

2

范仲淹，字希文，唐宰相履冰之后……仲淹二岁而孤，母更适长山朱氏，从其姓，名说。少有志操，既长，知其世家，乃感泣辞母，去之应天府，依戚同文学。昼夜不息，冬月惫甚，以水沃面；食不给，至以糜粥继之，人不能堪，仲淹不苦也。举进士第，为广德军司理参军，迎其母归养。改集庆军节度推官，始还姓，更其名。

上面这段文字，出自《宋史·范仲淹传》，信息量极其丰富。

宋太宗端拱二年（公元989年）八月，成德军节度掌书记范墉家中，添了个儿子，他就是婴儿范。不想，两岁时，范墉因病去世，两年后，范妻谢氏改嫁至长山（今山东邹平）的朱文翰，四岁的幼儿范还不懂人事，便成了朱说（音“悦”）。幸而继父亦属忠直之士，对少年朱养育和教育并举。

“划粥断齑”成为少年范仲淹苦学的著名故事，也是中国许多家长用来教育孩子的励志好教材。这个故事出自宋代魏泰的笔记《东轩笔录》中：

惟煮粟米二升，作粥一器，经宿遂凝，以刀画为四块，早晚取二块，断齑数十茎，酢汁半盂，入少盐，暖而啖之。

这位少年天生就是苦读者吗？肯定不是，谁都想躺进父母温暖的怀抱，可朱少年没有，等到他知道自己的家世后，那种悲愤感，立即转化成无穷的动力，含泪告别母亲，去应天府求学。所有的苦，在朱少年眼中，都是上苍对他的考验，强行者有志，白天读不完，夜里接着读，从夏天读到秋天再到冬天，读书疲惫了，冷水就是醒脑器，食物缺乏，没关系，夜里取两升粟米，煮一大锅粥，第二天，用刀在冷却的粥上划个十字，分成四块，早晚各取两块吃。菜呢？好办，弄一些姜、蒜切碎，加入醋和盐，煮熟，哈，不错的开胃菜。

苦读的日子，从少年到青年，许多时候，他甚至晚上睡觉都不脱衣服，为的是醒来就能读书。公元 1015 年，26 岁的朱说，终于以寒儒成为进士。姜遵如此赞他：朱学究（科考明经科的专有名词，表示至少学通一本经书）年虽少，奇士也，他日不惟为显官，当立盛名于世。这姜遵，是长山籍名士，他丁母忧回乡，消息传到长山城，少年朱知道后，就邀几位同窗学友专程拜访，一番愉快畅聊，很少夸奖人的姜遵，事后对他夫人这样评价朱少年。

有一种说法是，少年朱知道自己的身世后，对朱家兄弟们的奢侈生活不满意而立志出走，励志苦读，但我推断，其继父家也是清苦，并没有太多的钱供少年朱读书，假如朱家待他不好，他为什么不早早改名，要等到中进士两年后任推官时再向朝廷申请认祖归宗？而且，后来，他还将宋仁宗授予自己的恩命，转赠给早已去世的继父，朝廷遂追授朱文翰为太常博士。一切都说明，三十岁前的朱说，和我们眼中的范仲淹，形象是一致的，能极度克制自己，有着坚忍的毅力，眼界开阔，满腔平民忧乐情怀，富贵、贫贱、毁誉、欢戚，没有一样会打动他的心。

3

2011 年 4 月 6 日，我又一次虔诚地拜谒了范文正公的像，这回是在江苏省兴化市。仔细听着讲解员的介绍，她语气中明显带着自豪，这种自豪感是把范公当作家里人向人炫耀的那种感觉，因为，范公在这里做过令兴化人永远感念的三年知县。因为，范仲淹改变了兴化的历史。

而我却有一种不露声色的微微嫉妒，因为我也早已在心里把他当作我的老乡。当然，对范公来说，兴化却是他人生事业起步的地方，这里谁也不能替代。

登第后，虽做过几处小官，但范仲淹的才能一直没有得到很好发挥。1023年，机会来了，他在泰州做一个收盐税的官。他发现，兴化这一带都是海涂，常常泛滥，于是主动请缨，要求去做治理的苦差事。一共三年，如果不是他母亲去世，他可能还会在兴化知县的任上干下去。尽管如此，因为他的投入，因为他的努力，历史对他这三年是这么盖棺论定的：招流散，勉农耕，轻徭赋，赈灾荒，人民有口皆碑。这还不是主要的，他的主要任务是修筑捍海堰。集中通、泰、楚、海四州民夫，积工累石，历经千辛万苦，终于修成长一百四十三里、基阔三丈、高一丈五尺的捍海堰，并建有十多座石质水闸。这个堤被人称为“范公堤”。结果可以想象，堤建成后，“束内水不致伤盐，隔外潮不至伤稼”，以堤分界，东边产盐西边庄稼，堤内百余里间，泻卤之地尽复为良田，“期月之内，民有复业耕诸田者共一千六百户，将归其租者又三千余户”。范远见卓著，他的治理一举多得，并彻底改变了兴化的经济结构，由制盐为主变为农业为主，生产力也大大发展。振兴，教化，兴化的地名都因范仲淹而一直生动而挺拔了。

范公在兴化的三年，可书颇多，如果时间允许，如果不是我们打断，讲解员会一直讲下去的。司马光在《涑水见闻》中曾说：范堤成后，“民至今享其利，兴化之民往往以范姓”。百姓情愿以改姓来永久纪念他，这岂止是崇拜和敬仰？

少年事青年事，事事都已成云烟，转眼间，他就是个饱经风霜的中年人了，放眼两岸，郁郁苍苍，春山如笑，看着船舷两边不断翻滚的浪花，他知道，睦州就在眼前了。

在桐庐郡

春山半是茶的四月，江南的鲜嫩葱翠欲滴，经过一百多个日夜的兼程，范知州终于到达桐庐郡的州治所在地梅城，富春江的颖绿，瞬间抚平他略带忧伤的心灵，他立即投入考察和工作中。

1

南下途中，范仲淹的脑海里，也常浮现出一个人来，此人就是戴斗笠披棕蓑、耕于富春山的东汉隐士严子陵，范晔《严光传》中的情节，他每一个字都熟悉。

梅城往下几十里，就是严光的隐居地富春山，第一件大事，先去严子陵祠祭拜，以慰心中惦念之情。轻舟而下，一个时辰不到，富春山就在岸边。东台那巨石，似乎就坐着悠闲的严先生，严先生在看天，云高云低，鸟停鸟飞，他也在看人，各式各样的人都来，好多是文人、官员，他们感叹几声，吟咏一番，然后拍拍身上的灰尘，转身赶往下一站，该当官还去当官，该作诗依然作诗。

这回，范仲淹来了。祠角塌陷，廊柱腐烂，杂草疯长，看着眼前破败不堪的严祠，范知州的心一下疼痛得紧：一位高风亮节的高士，他应该是富春江的核心灵魂，构堂而祠之，能让人“思其人，咏其风”，更能“使贪夫廉，懦夫立”！怎么如此凄凉？必须立即重修！虽然，副手章岷指挥具体修缮工作，但范仲淹全程参与指导，并亲自写下《桐庐郡严先生祠堂记》，“云山苍苍，江水泱泱。先生之德，山高水长”，这就将严光的精神价值提到了一个空前的高度，而且，自此后，严子陵祠，一直都由政府主持修缮，并有专人祭祀管理。

我始终认为，富春江那一江的春水，充满着诗意的灵性，皆因严光而生动具体。自谢灵运叹吟严光后，一直到清末，七千多首诗词将这百里春江填盈得要满溢出来。富春江的每一滴水，富春江两岸的每一片绿叶，两岸峡谷上空的每一朵云彩，都有诗意在飘荡，而其中的百分之九十，都为严光而歌。更有，隐士黄公望以一幅《富春山居图》，使富春江的价值再一次卓越提升，黄公望和范仲淹一样，完成了心中对严光的精神崇拜，只是，他用的是线条和淡墨，以及八十多年的坎坷人生经验。

2

还有教育，是范知州心里惦记的另外一件事，于是，修祠堂和建书院，同时进行。

书院叫龙山书院。展现在范知州眼前的睦州府学，它跻身孔庙，狭小局促。梅城之北三里，拱辰门外的乌龙山南坡，那里却有一座规模很大的寺庙，是书院的理想之地，经过修缮和扩建，龙山书院很快建成并使用。范仲淹写信聘来好朋友、著名学者李觏为“讲贯”（讲习）：“别来倾渴无已，想至仙乡，拜庆外无恙。此中佳山水，府学中有三十余人，阙讲贯，与监郡诸官议，无如请先生之来，必不奉误，诚于礼中大有请益处，至愿至愿……此地比丹阳又似闲暇，可以卜居，请一来讲说，因以图之，诚众望也。”（范仲淹《与李泰伯书》）桐庐郡山水皆佳，离丹阳又不远，您可以长久居住，李兄您来吧，做龙山书院的首席教授，我们三十多位学生正翘首以待您呢。

自然，除李教授主讲外，繁忙的公务之余，龙山书院的学子们，也经常能见到他们这位州长的身影，范知州讲课，深入浅出，有声有色，他在应天书院的苦学精神不断激励着学子们，他在应天书院的教学和管理经验，使龙山书院在短时间内迅速声名远扬，谆谆教诲，经世致用，睦州士子学风一时大有改观。

有龙山书院引领，睦州的官办和义学书院如雨后春笋般地涌现。其中著名书院有：钓台书院、丽泽书院、宝贤书院、文渊书院、石峡书院、五峰书院、瀛山书院等，共计三十多所。书院的直接成果就是辈出的人才，据资料，仅两宋，睦州的詹睽、方逢辰等甲第魁首，进士及第三百多人。遂安詹氏一门出了二十四位进士。严子陵钓台对面的芦茨村里，居住着唐代诗人方干的后裔，范仲淹曾两次拜访方干故里，其中《留题方干处士旧居》诗如此赞：“风雅先生旧隐存，子陵台下白云村。唐朝三百年冠盖，谁聚诗书到远孙。”范仲淹后的两百多年，方干的子孙中，出了十八位进士。南宋乾道年间，移居到浙江仙居皤滩的方干裔孙，为纪念方干，还在那里建设了桐江书院，朱熹任职台州时，曾两次巡视，并题写书院匾额。

严州文化研究会的陈利群先生，经年致力严州文化的开掘，成果颇丰。他告诉我，龙山书院倡导的新儒学，还直接影响到后世严陵理学的形成和发展。东南三贤，南宋的吕祖谦、张栻、朱熹，曾会聚严州书院，讲学辩论，天下士子蜂拥而至，严州成了当时天下理学的交流中心，《礼记集注》等刻本就在这里问世。赵彦肃、钱时、陈淳等继续推动严陵理学走向成熟，并形成了《严陵讲义》等理学名著。这些研学活动和思辨大讨论，对后来的闽学、湖湘学派、浙东学派的形成，都有很大的推动作用。

龙山书院，成了州府官办书院的标杆，引领全国。范仲淹主持庆历新政，各州府官办书院遍地生长，费用由国库拨付或地方税赋资助，粗略统计，当时全国各类书院猛增加至一千多所。士子们的琅琅书声，透过书院上空的云朵，传至北宋的四荒八极，给人以不断的激励。

3

接下来，自然要说到范仲淹的诗歌写作。其实，这是他考察桐庐郡各地生产生活、风土人情的各类心得，也算本分工作。连头带尾算，范仲淹在桐庐郡只有十个月的时间，其中三个多月在南下的赴任途中，然而，他却创作了他一生中近六分之一的诗歌。

> 范文正有《采茶歌》，天下共传。蔡君谟谓希文："公歌脍炙人口，有少未完，盖公才气豪杰，失于少思。"希文曰："何以言之？"漠曰："昔茶句云：'黄金碾畔绿尘飞，碧玉瓯中翠涛起。'今茶之绝品，其色贵白，翠绿乃茶之下者耳。"希文曰："君善鉴茶者也，此中吾语之病也。公意如何？"君谟曰："欲革公诗二字，非敢有加焉。"公曰："革何字？"君谟曰："翠绿二字。可云'黄金碾畔玉尘飞，碧玉瓯

中素涛起。'" 希文曰："善。" 又见君谟之精茶，希文之伏于义。（宋·刘斧《青琐高议》）

范仲淹的《和章岷从事斗茶歌》与卢仝的《走笔谢孟谏议寄新茶》，被誉为中国茶文化史上的双璧。上面这则笔记，从一个侧面写出了范仲淹斗茶歌的影响之大，更可窥见北宋茶事欣盛的蓬勃局面。宋朝的斗茶，红火劲你都想象不出来，达官显贵、僧道羽士、文人墨客、市井细民、贩夫走卒，全都热衷。宋徽宗写有《大观茶论》，亲自注汤击拂，试茶斗茶，并分赐群臣，共品佳茗。蔡君谟，就是蔡襄，他的《茶录》影响颇大，他也亲自斗茶，苏轼的《天际乌云帖》，就写了蔡襄与周韶斗茶的趣事，蔡襄准备了上乘的茶品和水品，却不幸落败，原因是杭州人周韶的茶叶非常人可比。看赵孟頫的《斗茶图》，也着实有趣。四茶贩在树荫下作"茗战"（斗茶），炉、壶、碗和盏等饮茶用具分装两头担中，左前那位，一手持杯，一手提桶，神态自若；身后那位，一手持杯，一手提壶，作将壶中茶水倾入杯中之状；另两人则站立在一旁观望，真是茶叶卖到哪斗到哪，宋人随时随地可烹茶比试。

除了《斗茶诗》，还有《出守桐庐道中十绝》、《新定感兴五首》（睦州曾名新定郡）、《桐庐郡斋书事》、《游乌龙山寺》、《和章岷推官同登承天寺竹阁》、《江干闲望》等诗，当然，最著名的当数《潇洒桐庐郡十绝》了：

潇洒桐庐郡，乌龙山霭中。使君无一事，心共白云空。

潇洒桐庐郡，开轩即解颜。劳生一何幸，日日面青山。

潇洒桐庐郡，全家长道情。不闻歌舞事，绕舍石泉声。

潇洒桐庐郡，公余午睡浓。人生安乐处，谁复问千钟。

潇洒桐庐郡，家家竹隐泉。令人思杜牧，无处不潺湲。

潇洒桐庐郡，春山半是茶。新雷还好事，惊起雨前芽。

潇洒桐庐郡，千家起画楼。相呼采莲去，笑上木兰舟。

潇洒桐庐郡，清潭百丈余。钓翁应有道，所得是嘉鱼。

潇洒桐庐郡，身闲性亦灵。降真香一炷，欲老悟黄庭。

潇洒桐庐郡，严陵旧钓台。江山如不胜，光武肯教来。

我努力进入范仲淹诗歌的场景，从之一到之十，几乎每一首，都是他对睦州大地、富春江山水的心灵倾吐。青山，白云，流泉，竹林，绿波，兰舟，江岸，人家，一个个影像，次第而来，换一个季节，晴日和雨日，这些影像还会不断变幻，给范仲淹以各种惊喜。我最喜欢第六首中的“春山半是茶”，惊蛰雷声过后，雨前茶就会慢慢冒出茶树，睦州遍山都是茶的世界，范仲淹的春山，满是浸染透了的翠绿，那是富春江水滋润而成，富春山中隐居着的新叶，凝聚起天地间的绿色精华，为严光带去隐居的悠闲，为农人们带来满满的欢喜。

睦州下属的六县，现为桐庐、淳安、建德三县市，茶叶收入依旧为三地百姓的重要来源，三地共有茶园三十多万亩，茶农十多万户，茶叶总产量超 1.5 万吨，总收入超 20 亿元。雪水云绿、千岛湖茶、建德苞茶，沐着富春江山水的各类原生态绿茶红茶，在中国茶叶市场上芳香浓郁。

4

且有章、阮二从事，俱富文能琴，夙宵为会，迭唱交和，忘其形体。郑声之娱，斯实未暇。往往林僧野客，惠然投诗。其为郡之乐，有如此者。于君亲之恩，知己之赐，宜何报焉？

范仲淹到桐庐郡不久，就给恩师晏殊写了一封长信，这信，除了开头交代南下的行程外，基本上是一篇介绍桐庐郡山水的散文，上面就是后半部分的一小节，主要意思为，我和章阮两位副手，不仅工作配合得好，闲暇时光的休闲，也都能玩到一块，范曾多次说，他的肺不太好，酒应该喝得不多，那就喝茶，弹琴，唱歌！

范知州离任一百五十二年后，南宋孝宗淳熙十三年（公元1186年），陆游来到了早已改为严州的梅城。陆知州年逾花甲，精力显然不济，而京畿之地的严州，此时已十分繁荣，诸多公务让陆知州叫苦不迭：“桐庐朝暮苦匆匆，潇洒宁能与昔同。堆案文书生眼黑，入京车马涨尘红。”（《读范文正潇洒桐庐郡诗戏书》）不过，忙归忙，诗文还是不断写着的，陆游也记下了前任业余时间的一个小插曲，这和范的信暗合：

> 范文正公喜弹琴，然平日止弹《履霜》一操，时人谓之范履霜。（陆游《老学庵笔记》卷九）

短短的记录，却耐人寻味。《履霜》，或《履霜操》，究竟是一首什么样的曲子呢？凡带操字的古琴曲，基本上可以追溯到春秋战国时期，诸如《文王操》《古风操》等，唐代韩愈写有《履霜操》的诗，序言这样说明：尹吉甫子伯奇无罪，因后母屡进谗言而被逐，自伤作《履霜操》云：“朝履霜兮采晨寒，考不明其心兮信谗言。孤恩别离兮摧肺肝，何辜皇天兮遭斯愆。痛殁不同兮恩有偏，谁能流顾兮知我冤。”诗的主题，伯奇清晨踩着寒霜，哀叹自己无罪而被逐。

再回过头来，看范仲淹的身世和经历，他的先祖，唐朝的范履冰，虽是武则天的重臣，依然死在了武则天的手上，而他自己，因为刚直，看不惯现实中的许多东西，也经常碰壁，即便如此，他依然自警自省。《周易》坤卦：“初六，履霜坚冰至。”字面之意为，踩上霜时就知道寒冬即将来临，提醒人们防微杜渐而如履薄冰。如此说来，意思就相当明白了，范仲淹平日只弹《履霜》，并不是琴技差，不会弹其他曲，而是牢记为官的职责和使命，如履薄冰，坚守清廉的节操。

思 范

桐庐县城，迎春南路与白云源路交叉口东南百余米，范仲淹纪念馆静静地卧着。白墙黛瓦的仿古建筑，背依平阳山，一座小山，青翠依然是它的主调。它应该是富春山的余脉，整个桐庐县城，南北两城，桐君山和大奇山遥望，富春江穿城心过后，缓缓向杭州而去。

范仲淹的半身塑像，凝视着所有的来访者，“天地间气，第一流人物”，朱熹的赞词成了醒目的匾额。整个宋朝，因为有了范仲淹这样一批贤臣而自豪：“自古一代帝王之兴，必有一代名世之臣，宋有仲淹诸贤，无愧乎此。”（《宋史》）在同辈和后代官员眼中，范仲淹是一个全能型且无瑕疵的官员楷模。我以为，元好问的评价十分到位：范文正公，在布衣为名士，在州县为能吏，在边境为名将，在朝廷，则又如孔子说的“大臣者，求之千百年间，盖不一二见”的栋梁之材。范仲淹用他六十四年的生命历程，完美地书写了辉煌的人生。

陪同我进馆的桐庐县长齐力，中文系毕业，“70后”，戴眼镜，斯文儒雅。齐力和我说：每回见到老市长范仲淹的塑像，他心中就会升腾起范忧乐天下的鲜活形象，老市长在桐庐郡，虽只有短短的十个月，却让睦州人民怀念了一千年，对他而言，范仲淹三个字，就是一种无形的激励。

我以为，富春山水有四姓，那就是姓桐，姓严，姓范，姓黄——桐君山之桐君老人，严光之富春山，范仲淹之春山，黄公望之《富春山居图》。现在，春山谷雨前，我一路奔跑，去富春山中，摘取芳嫩和云烟。

刊于《光明日报》2020年5月1日副刊，原题《“第一流人物”范仲淹》

飞鸟横断

蒋　蓝

鹭立鱼潜，蜀国天青

我是固执的，一直把《诗经》视为一个动植物自在而愉悦的世界。《周颂》当中有《振鹭》：“振鹭于飞，于彼西雍。”以舞蹈翩翩的白鹭喻示来朝且祭的贵宾，说这些贵客像白鹭一样优雅、高洁，足见白鹭近距离地参与了周人的生活，成了礼仪的榜样。《诗经》还有这样的句子：“振振鹭，鹭于飞；鼓咽咽，醉言归。”据说自此之后，鹭鸟摇身一变成了鼓精，能够跃升为礼仪重器大鼓的精魂，可见鹭鸟突入崇拜的身影。到汉代，用以作为鼓饰的图纹，便是白鹭了，因而《乐府诗集》第一支鼓吹曲就是《朱鹭》。

在西南地缘，古蜀时期的鱼凫部族，便以鱼鹰为图腾。但“凫”字之意无须理解过于狭窄，凫在先秦时乃是包括了鱼鹰、野鸭在内的水鸟名称，为“凫属”，可知凫甚至也包括了鸳鸯等水鸟在内。然而，凫在先秦时竟然还是凤凰之别名。可见，凫鹭不仅是实有的寻常水鸟，也是神鸟之别称。

仔细观察鹭鸟的飞行姿势，它的双腿长拖于身后，足趾叉开，这与金沙出土的“太阳神鸟”的造型完全一致。黄河文化的太阳鸟是金乌，蜀地的太阳鸟是白鹭。所以，不要把西蜀的“太阳神鸟”附会为黄河文化里的“阳鸟”或“金乌”。它们回环于蜀地山水间，鹭鸟以洞悉鬼魂的眼神，成了蜀人的精魂。

黄昏时分，是锦江水面最为恬静的时刻，从树巅倾泻而来的夕光，开始在丝绸的水面淌金。白鹭忽闪着翅膀栖息下来，水墨画一样的简净淡雅。白鹭立在水边长久冥思，成了隐士们的榜样。在它的身边，则是穿行在千年律诗里的那一叶扁舟，终于用一束渔火，放大了白鹭梦一般的体形。我们不但目睹了杜甫的白鹭，也看清了李白的白鹭，而刘禹锡的白鹭儿与白居易的白鹭彼此交错而飞，在历史的水面撒下了365天的樱花、报春与细雪……

在锦江望江楼一线，刚刚出水的小鹭鸟白得发亮，拳一足，栖立于泥滩上，所谓“独钓江涛”，就显示了它们的狡黠。游鱼与白鹭，在沉默中成了一组吊诡的命题，白鹭与游鱼就仿佛彼此守望的银锭。在夏季，白鹭的体羽几乎是白云凝聚而成，双翅却带一点微黄，如同从一团白铁里抽出来的利刃。大多数水鸟的尾脂腺能分泌油脂，它们把油脂涂在羽毛上来防水。鸬鹚缺少尾脂腺，它们的羽毛防水性差，身体很容易被水浸湿，不能长时间地潜水。白鹭翼极狭长，脚上长蹼，后弓明显，翼面在腕处折屈，善鼓翼慢飞，喜欢在水域低空以短距离滑翔。在每次入水被浸透以后，它们要站在岸边晒太阳，待羽毛晾干之后，才回到水下。

蜀天多云，蜀犬吠日。每到隆冬时节，成都的白鹭并不南迁，它们仍然在逆风里打开精瘦的身体，仿佛骑帚飞行的上师。经常看到它们飞上几十个来回也一无所获，也许饥饿刺激了它们斗争到底的欲望，就像一架韧性十足的反潜机，终于在力竭之际命中了水下的猎物。

更多的时候，我见到的白鹭，往往都无精打采弯着脖子，金鸡独立，仿佛一把休息的弯刀，这种策略拯救了它们的性命。周围是自由的风，流动的水，高敞的天空，无边落木萧萧下，它们被某种大限系住了脖子。白鹭懒得抬头，梦在水里融化，宛如破水的刀。但刀在水里，就像被水，折断了一般。白鹭不但构成了一个现代城市的田园之梦，更让我发现，自由与自在，均在振翮与收翅之间明灭。

有“小东坡”之誉的宋代诗人唐庚，其诗学苏轼，遭际也与苏轼有些相似。贬居惠州期间写有《白鹭》一诗，他从白鹭里看到的却是重重危机：“说与门前白鹭群，也宜从此断知闻。诸君有意除钩党，甲乙推求恐到君。”相由心生，景由心造，果然。

白　鹭

一只白玉色的鹭鸟，穿过低云，笔直地溅落成都锦江！它的颜色逐渐发绿，像一块氧化的青铜，带来一抹古蜀天青。鸟儿体内似乎有一盘力道十足的机械发条，驱动着鸟儿的嘴喙深入锦水迷乱的腹部。水波像鲫鱼那样聚形，像鲤鱼那样摇曳，也像乌鱼那样挣扎！可是，当嘴喙从锦水里收回，鸟儿仅仅带起了一串水滴。也许白鹭在水下完成了欢娱，也许它仅仅是挥写了一种想象。

不知道什么原因，鹭鸟没有放弃，用双爪抓紧水体，它打开羽翅，晃晕了天空，鹭鸟的体形在水边膨胀，最后像鲲鹏那样打开如云之翅，拍动。硬是把整条锦江提了起来，并达到了梦中的高度！

这样，置身于成都锦江两岸的人，才得以看清，锦江原来是一条流质的闪电，鹭鸟则是闪电的手柄。

斧头的质地

为了越过最高的山巅，鸟儿提前做了多种准备。

鸟儿已飞翔了几千里，身体变得很轻。轻到不易接受地球的重力。

有鉴于此，卡尔维诺在谈到自己的创作时，说他一向致力于减少沉重感，并把“轻逸”一词作为最珍贵的礼物送给新千年的写作者。其实，“轻逸”是要抛弃体力的。

气流仰攻山巅，形成了一条坡道。鸟儿顺势而上，它们最后一丝体力从翅尖漏走，被气流带往一个一个的冰凹。鸟儿仍然展开空空的翅膀，不再动弹。

不动，就是鸟的在场。气流抵达临界面，凝结为云，将不可见的腰身玉体横陈。鸟必须与流云达成一致，把羽毛拉长为拨穗的经幡。几次蛇行之后，它们从巅峰的垭口流泻而过。似乎不是飞过的，倒更像是垭口在阳光下蒸腾起来的云气，由此，鸟影成了旗云的旗穗。

在更高处，气流飘然至上，铺开了网格状的大云。鸟儿知道，高处不胜寒，高处缺乏氧气和自由，必须折返大地。

这样，鸟儿终于从回忆中醒过来。收拢翅膀，不再随波逐流。鸟儿入云瀑布一般俯冲下来。灰白色的鸟影，脱离了云的阵营，显现出斧头的质地。看上去，让我想起直赴梁山的水浒英雄。

一个轻若鸿毛的下午

几天前的一个下午。我在楼道顶天立地的玻璃幕墙下，发现了一只死麻雀。走道里回荡和谐的风。它刚刚死去。脖子折断，微热，轻若鸿毛。

问题的核心在于，正如诗人保罗·瓦莱里所指出的："轻应该像小鸟，而不是像羽毛。"

今天下午，我路过这面玻璃幕墙下，又见到了一只迷路的麻雀。它急于回到天空，可惜它怎么也无法回到鸟儿与花朵的鸣叫中。麻雀飞扑着玻璃，它想象的飞翔总是从玻璃上滑落。接着它再一次飞扑，碰撞又滑下来。

走道里回荡和谐的风，我试图过去帮它一把。麻雀拼命扑向想象的高空。在坚硬的天空之墙，它终于折断了脖子，跌落在中途。它滑下来，与我前天见到的那只麻雀一样，前赴后继的位置。微热，轻若鸿毛。

比一团卫生纸还要轻。

玻璃上，留有很多登踏的划痕。鸟儿的身体变成了一些浅黄色的液体。

唯有这样的赴死方式，让我眼含热泪。而且，我绝对不会再贸然施以援手，去加剧鸟的徒劳挣扎。但观看一只鸟的陨落，我二十年没有找到答案。

蜀国的枝头

“恨别鸟惊心”的余绪是，我从芙蓉花大面积跌落的风雨空隙里，看见乱飞的鸟儿，再一次，像菊花那样飞起，站在了蜀国芙蓉的枝头。

凝露为霜，霜如银。在晨光下变成了一滴一滴的时光残液，从容自瓦楞落下。夜露滴落的声音，将鸟鸣溅湿，鸟鸣翠绿而蓬松，如山野的万竿修篁，如西王母的发饰。我方知道，夜露流过的方式与姿势，与雨完全不同。

落单的鸟

在《曙光》的最后一则格言里，尼采写道：“勇敢的鸟儿成群结队，飞向远方……我们的所有伟大的导师和祖先最终都在某个地方停了下来，精疲力竭，姿势可能既无威严也不优雅：这也将是你我之辈的下场！但是你或者我又算得了什么！其他的鸟儿将展翅飞向更远的地方！我们的这种信念和希望随着它们的翅膀上下翻飞，飞上了云端，飞向了远方；它超越于我们自己和我们自己的无力之上。”对于尼采来说，这只落单的鸟儿飞过的地方无疑是虚无的，因为落单的鸟儿脱离的权力，它即将到达的任何地方也必将变为虚无。虚无主义不会容忍任何价值形态永远占据他的地盘。

现在，我在茫茫大海上，目睹了一只落单的鸟儿越飞越低，一如卡夫卡所言“鸟儿翅膀耷拉下垂”，造成了云层的松懈。

鸟渐渐看见海面上出现了一道身影，就像一根树枝将黑暗挡在胸前而留下的影子。那不但是摆渡黑暗的桥梁，也是超度劳累与疲惫的冥河之船。鸟儿翅膀一松，终于站在了枝条上……

这是多次在我梦里上演的场景。我每次惊醒过来，一直没有在枝丫撑起的天空，发现那只鸟。

其实，鸟儿的确就站在自己身影的枝条上。

鸟在空山、远山而横断

鸟是空山的大师。

鸟儿也是空山的人民。

如果空山不闻鸟鸣，空山就显示出主人的失语，主人的失踪。空山就趋于荒芜性质。如果再无一只急射的鸟影，似乎暗示空山已经被天光遗忘。绿水青山一律木头木脑，流水潺潺，进一步逼显了空山的荒谬。

空山鸟鸣，既是鸟儿的自我叙述，也是空山得以显现的最佳方式。因为鸟鸣在空山中获得的起落与回声，恰恰也是由鸟鸣到鸟语的唯一生成之地。

山与鸟儿共有的语境，在秘密与清朗、玄奥与灿烂的转折里，在鸟儿自我揭露的过程中，由于山的过度呵护，鸟儿就像无解的谜语，让很多诗人闻鸟儿落泪。

空山的空，并非空寂、空旷、空无，不是空空荡荡。空山的空位充实、盈满之际自然漫延出来的天籁，鉴于天籁无声，所以化作一道鸟鸣。

唯有在鸟声打开的亮光之下，我们才能目睹空山乃是充盈之山的本质。

被空山抛弃的山，鸟不拉屎，是死山，是假山，是人工堆出的一个工事。不是空山，也不是远山。

远山之远，不是空间距离赋予的模糊，而在于处于一种憧憬心态下的朦胧心像。远山因为鸟影的起落，因为鸟影提拽远山的如云之翼，远山欲飞。

远山欲空山，成了鸟儿摆渡生死的场域。而鸟儿也成了厘定远山欲空山的一个觇标。

恰如法国哲人布朗肖在论及儒贝尔时讲的一段话："空间的空洞，空间不再浓缩而成，而要通过减法减到破裂然后大放光芒。"①

鸟　爪

鸟儿向蝴蝶伸出了爪子。

蝴蝶感觉到了一股阴风。在鸟爪的伸与缩过程中，蝴蝶已经变化出 48 种以上的应变策略（这一数字提法，是鲍尔吉·原野一次与我谈话时，脱口而出的急智）。宛如色身涌立、法身遁去的立体主义画作，构成了一个伪命题。

蝴蝶是搅扰时间的妖精，它在低空挽出了很多绳结，但这并未能阻止鸟儿的追踪。蝴蝶于花丛的蜂腰穴位飘然而入，鸟儿失去了芳踪，蝴蝶就此脱离了威胁。但鸟儿用嘴喙让花丛感到了痒意，花枝乱颤……鸟儿将自己拆卸开来，独剩一副角质化的嘴喙，火钳一般暴伸，夹住了蝴蝶的命门。看上去，犹如一个成熟的大命题。

鸟篆体

鸟儿从来就是散漫的，每当我看见鸟儿在温江的金马河边沙地觅食，其足迹的鸟篆体，也可以理解为是对自由的最好脚注。水浪从来就没有去擦拭这一神示，它们总是被风拓下来，带往天上。

鸟可以站在树枝上，或房脊上。一当鸟儿们呆立于一根电线上，鸟就像被

① 《未来之书》，南京大学出版社，2015 年 11 月版，第 85 页。

一根铁丝串起来的猎物。烧烤吗？的确让我想起用钢丝穿过锁骨的罪犯。

我的意思是，无论多么高洁的形象，必须要拒绝毁灭形象的语境。也仿佛一个在公众面前签名的美女，人在不断开花，字并非鸟篆，的确是鸡爪疯的制品。

跑步随录

黄昏时分，绝大部分人尚沉浸于晚餐的酒意，我不会放过这最为安静的时刻，我会沿着府河跑步。

一出三环路，府河一线更为安静，而习惯性飘起的细雨会进一步驱逐散步者。唯有水边的白鹭与燕子、麻雀，成为这静谧时分的独享者。我会停下脚步，观望立在水边的鸟儿，以及远方落日熔金的晚霞。它们与我一样，呆望着融化在水面的夕光，一动不动。

细雨早就停止了。夕光逐渐变红，由制式的刺眼比喻，回到了生活的暖意。鸟儿的身影反而像拒绝被渲染的绝缘体，停留在红光荡漾的边缘之外，可也不会太远。鸟儿是看客，不是主流的表演者。

我逐渐意识到，从天空回到水边的鸟，似乎才是时光轮转的把手开关。

那一根嘎嘎转动的发条呢？

突然几只惊飞起来，府河就出现了一个骚动的缺口。既有红光溢出，也有天光下泻。而地上的黑夜，被鸟儿飞离的身影带动，地泉一般汩汩涌出来……红与黑，就这样达成了同盟。

人们称之为世界的东西，将从我们的头顶，笼罩下来。

鸟儿既无所谓府河荡漾的红光，证明了它们并非趋光动物。一般而言，趋光动物都有甲、有壳，很像劳动着的、大口吃饭的人民。甲壳可以保护他们异常脆弱的身体与内在。可是更为脆弱的萤火虫逃得远远的，在纯黑的环境里酝酿幽暗的自足系统。鸟儿梳理羽毛，羽毛怕火。羽毛在暗中聚光而妖冶。

鸟儿也无所谓自大地萦萦而起的黑暗，证明了它们并非一味舞蹈的可怜虫。

鸟是天使。因为天使不需要希望，但也不需要惧怕。

鸟儿飞翔的高度既高于希望，鸟儿的谦逊与匿身，也低于恐惧的水平线。

游弋于希望与恐惧之间的这个世界，其实是无从打量鸟儿的起落与踪迹。鸟儿背对这个世界。当然，它还背对观察它们的我。

鹊 起

名声不能像大鹰轰然展翅，那过于惊世骇俗了。声名鹊起，指的是名声如喜鹊那样登枝，那样捷足而飞临。出处是《晋书·卷七一·孙惠传》:“今时至运集，天与神助，复不能鹊起于庆命之会，拔剑于时哉之机，恐流滥之祸不在一人。”清代李斗《扬州画舫录·新城北录下》:“先在徐班，以年未五十，故无所表见，至洪班则声名鹊起。”

喜鹊拔得了头筹，而非采用更为寻常的麻雀用以比喻，在于喜鹊具有突变、惊飞的本能。宋代陈与义的诗《道山宿直》里，就有“离离树子鹊惊飞，独倚枯筇无限时”的句子。

我想，声名鹊起，之所以并不选取更为凶猛的隼鹰之类，是人们看重了喜鹊的另外一面并不激烈、不走极端的鸟性：施施然，就像小姐道了三个万福。所以，名声应该是在舒缓的、漂亮的、半推半就的、礼仪性的等待里从容而盛开，从容而来。

当代人受不了等待的煎熬，受不了喜鹊对于名利极可能丧失机会的半推半就语态，他们不需要鸟性与持续性礼仪，他们免起鹘落，只注重一夜之间暴得大名。

可见，喜鹊与名声是相互保管、相互对应的，是门当户对。这样的等待，不再是寻找时间之水中的岛屿，因为等待就是时间的水体。

等待中的名声，是由暗礁崛起公众视野里而成的岛屿。等待就不是一味坐等，暗中的持续运作是等待的真实性原则。于是，等待机会的人，最后将岛屿修炼成了码头。

鹊，其实是一种特别喜欢鸣叫的鸟。篆文异体字的“昔”，是拟“嘻”的声音，进一步表示这种喜欢“嘻嘻”噪叫的鸟，用声音显示了它的喻示，成了人间学习的仿生学榜样。看来，坚持无边的聒噪，才是声名鹊起的实质。

而在我眼里，鹊字也可以理解为“昔日之鸟”。公输子削竹木以为鹊，成而飞之，三日不下，可见喜鹊的确还具有稳住名声的表演技能。而让“昔日之鸟”继续奋飞，成为“明日之鸟”，个中就藏有太多的阴谋与秘密。

真空里的飞翔

康德指出：“一只轻捷的鸽子分开空气自由飞翔，感觉到了空气的阻力，它或许会想象，它在真空里将飞行得更为轻快。”有鉴于空气的阻力就是鸽子的支点，康德的意思是，这一比喻意指那种使得主体性无根化的困境。

但处于半醒半睡状态的我，的确经常在实践康德的比喻。我是正打正着，让自己逐渐冷下来，冷到六亲不认，冷到不关心温暖的妹妹，冷到除了自己之外，一切东西都是有根化的，它们脚踏实地，死死扎根于具体的场域。我不但是无根之木的开花重组，也是无羽之鸟的翱翔回环。无羽之鸟如果无法飞得更快，那么，盘旋着、挣扎着、翻滚着的坠落，总比笔直地堕落要慢一些。偶尔我被一股气流托举一下，让我在灾祸的想象空间里获得减速，我因此也获得了“下降里的上升”。

枯枝上的鸟

鸟儿抓紧枯枝，枯枝惊醒了，鸟儿成了枝条上唯一的叶子。叶子在风中不会上下蹁跹，但叶子的绒毛却在风里打开了来自天空的全部气孔。高天的聚形物，看起来是一块黑铁。

枯枝上的鸟儿，是水墨画空间的一滴墨汁。黄昏的气息一般而言容易发展为暮气，但因为有发亮的嘴喙，黄昏就开始在角质化的反光里营造出一抹暖意，宛如远处家的窗户透出来的微光，使得墨汁漫漶，润而晕，鸟儿逐渐成了乌云的妹妹。

生机总是低伏而收敛。鸟儿一回头，我能看见躲在水墨之后的出神与安然，绝无半丝强制、扭捏的身形……

就这样，直到枯枝逐渐融化于黑夜，直到松墨的香气从枝条间四散，直到鸟儿孤悬于黑夜的帷幕，直到鸟儿成为黑夜中最黑的核心。天光遁去，树枝逃逸，唯一的鸟儿，突然大叫了一声。

雨箭与鸟

大雨如注。雨在空中拉出了白线，雨是天空的气根。雨下得越是密集，天空就获得了一种稳健的立场，于是，中气十足地持续瓢泼。奇妙的是，一只桐花凤，在春末的雨箭中斜飞、回环，它总是能避开、卸掉雨箭对自己的冲击，桐花凤骄傲于自己的速度与反重力，它对于与雨箭展开的龟兔赛跑逐渐失去了兴致。这就仿佛一根绣花针，不紧不慢地进行刺绣。我估计，这一门游身八卦掌的绝技，一定对古代那些愁眉不展的仕途中人，产生过神启。

死鸟的拓扑学

早晨，我发现一只麻雀倒在我的阳台一角，死了。很轻，比鸿毛还轻。

这是一只成年的麻雀，它散发出一股羽毛动物的特殊气味，有点儿像发霉的粮仓散发出来的那种糠味儿，不知道这是飞翔的气味，还是死的味道。我想象着，麻雀就像一只木匠的墨斗，在天空弹出的十万根墨线，将云气与阳光切割成粉末，情欲蹈空，由此构成了蜀地冬季特有的白蜡蜡的暖阳天。我不得不借用曼古埃尔在《和博尔赫斯在一起》当中，博尔赫斯阅读德语诗歌时发现的一个词“雾气的微光”来贴近这一表述。麻雀没有受伤，羽毛闪耀着丝絛的暗光，它的翅膀掠过了多少人的希望。现在，它像个生物标本，比标本还标本，昭示着麻雀之于飞翔和挣扎的全部命运。

美国作家斯蒂芬·金在小说《肖申克的救赎》里描述说：“就像一些美丽的鸟儿扑扇着翅膀来到我们褐色牢笼，让那些墙壁消失得无影无踪。就在那一刹那，肖申克监狱的每一个人都感到了自由。”而我面对这只麻雀，唯一确信的是，它让一些人产生展翅飞纵的冲动，是在于我们心中，一直藏有那个墨斗……

庄子说：“飞鸟之景，未尝动也。”庄子的这一说法让我想到的是，鸟儿抛下了身体，它的影子在天上。

刊于《大家》2020年第1期

北面山河

杨海蒂

第一次到陕北时，瞬间被击中了：脚下是世界上最广最深的黄土，地球上最大的黄土高原，被鬼斧天工切割得千沟万壑，气势磅礴地伸向天空；中华民族母亲河黄河，狂怒咆哮一泻万丈，浩浩荡荡泥沙俱下……

而当我来到陕北偏北的榆林横山，目睹“龙隐之脉”横山山脉穿过黄土高原横亘天际，亲见无定河淌过塞北沙漠漫延横山全境，我对这片土地充满了敬畏；当得知在这片神奇辽阔的黄土地上，一代代帝王将相大展雄才伟略，一位位英雄豪杰泼洒满腔热血，一曲曲历史交响激越昂扬，一首首壮丽诗篇千古流传，我对“龙兴之地”横山高山仰止。

“欲知塞上千秋事，唯有横山古银州。”

陕北的深冬季节，让我感觉犹如置身于西伯利亚般寒冷。昔日沙漠与高原相接的横山，经过长期植树造林，早已被层层绿色覆盖，看不到我期待的塞外风光。但在寒冬腊月里，郊外峁塬上也还是衰草枯黄。刺骨寒风将我的脸抽打得生疼，我瑟缩在超厚的大棉袍里，循着时间的线索，探听古银州废墟下的历史回响。

古银州林茂粮丰马壮羊肥，是漠北游牧民族活动的历史舞台，也是他们进犯关中的跳板。汉人、匈奴人、鲜卑人、突厥人、回纥人、契丹人、蒙古人，曾在这儿龙争虎斗，绝大部分又像天上的神鹰一样不知所终。

隋朝战乱，银州城被废；隋末唐初，横山人梁师都建立梁国，大举重建。

举旗抗宋的党项族英雄李继迁，就是古银州人。

北宋国策崇文抑武，漠北游牧民族趁机坐大。战争是最有效的征服方式。李继迁招兵买马，银州是他的练兵场。当羽翼日丰，他拥兵自重，建立起割据王朝：夏国。他练兵的山寨得名李继迁寨。李继迁长子李德明韬光养晦，固守着父亲遗下的小金銮殿，“深挖洞广积粮不称霸”。李继迁长孙李元昊，也在银州呱呱落地，少时“喜兵书，甚英武”，成年后“性雄毅，多大略”，心雄万夫觊觎天下，三十四岁时终于如愿称帝建国，史称西夏。

横山是党项人的根据地，银州是西夏政权的发祥地。

北宋与西夏两军对垒，无论哪一方，“得横山之利以为资，恃横山之险以为固”。银州地势险峻、群山拱卫，更是易守难攻，成为宋兵北进的屏障。党项人当然知道银州的重要性，一直严防死守。有次北宋军队终于得胜回朝，满朝文武额手称庆，苏轼以诗咏之：“闻说将军取乞誾，将军旗鼓捷如神，故知无定河边柳，得共中原雪絮春。”此时的苏轼之作，与“谪居于黄，杜门深居，驰骋翰墨，其文一变，如川之方至”后的东坡诗词，真不可同日而语。

无定河边柳，俗称“断头柳”，枝条昂扬向上，越是被砍越是长得粗壮，是陕北独有的特殊景观，其顽强坚韧的生命像极了陕北汉子。

为除心头之患，大宋先后派狄青、范仲淹等重臣名将，在横山戍边，以抵御征讨西夏。狄青旗开得胜的峁塬“狄青塬”，现入选“横山新八景”。年过半百的范仲淹，于横山边境作《秋思》，“人不寐，将军白发征夫泪”一句，最是动人心弦。

古人尚武，文人大多是热血男儿，“宁为百夫长，胜作一书生”；反过来，很多武将也文采过人，岳飞的《满江红》横绝古今。颜真卿、高适、岑参、王昌龄、谢安、文天祥、范仲淹、辛弃疾、陆游、岳飞、王阳明，这一串在中国文化史上熠熠生辉的名字，这些“上马能杀贼，下马能草檄”的才俊英杰，个个剑卷长虹笔挟风雷，人人刚直忠烈视死如归，是真正的国家栋梁、时代脊梁。

西夏与北宋、辽、金热战正酣，漠北蒙古又崛起，成吉思汗所向披靡。虎踞西北近二百年、对中国民族历史发展产生过深远影响的西夏王朝，湮没于元军铁骑飞扬的滚滚黄尘里；灿烂迷人的西夏文化，消失于历史的云谲波诡中。

国破山河在，城春草木深。古银州渐渐被人遗忘，直到李自成逃难而至绝地逢生，才刷了一次存在感。民国时期，由本土进士邀请临时大总统徐世昌书写“古银州”三字、时任县长主持勒石的摩崖石刻，至今悬于无定河南岸，无言地诉说这片古老土地的昔日辉煌。

李自成出生于横山李继迁寨。

旧县志写道，李自成降生时，家里土窑“洞壁现蛟蛇奇纹，层剥不没”。我钻进过他家窑洞，没有看到“蛟蛇奇纹”，或许因为我俗人凡眼吧。土窑下方有一个被淤的隧洞，据说是李继迁的兵器库，民国时村民从洞中掘出过冷兵器。土窑前方地势平缓，是李继迁的练兵场，窑后梁峁相连的“蟠龙沟”，时而高挺时而平缓，犹如巨龙盘旋。

王侯将相宁有种乎？《明史列传》称，李自成是李继迁的后裔。当年，有少数西夏王公贵族从元军的血洗中侥幸逃出隐匿民间，或游牧或农耕。穷人家的孩子李自成，七岁到长峁墕打童工，据传这期间曾作有打油诗，可看出他从小就胸有丘壑。历史推进到公元二十世纪，湖南人毛泽东万里长征来到陕北，尊崇李自成为“陕人的榜样”，也在壮丽的黄土高原上咏雪：“北国风光，千里冰封，万里雪飘。望长城内外，惟余莽莽；大河上下，顿失滔滔。山舞银蛇，原驰蜡象，欲与天公试比高……俱往矣，数风流人物，还看今朝。”其青云之志，其文韬武略，使“秦皇汉武，略输文采；唐宗宋祖，稍逊风骚”。

话说李自成率起义军从陕北出发，威号闯王，一路攻城略地，好不威风。“剑光闪闪亘长虹，百怪惊逃竟避锋。点缀江山无限景，吟身疑在画图中”，这是闯王自题，何等意气风发。李闯王定陕西，灭明朝，龙袍加身，登上大位，国号“大顺”，建元“永昌”。当时的形势，对李自成及其大顺政权来说一派大好，谁也没有想到很快就翻了盘，真是“其兴也勃焉，其亡也忽焉”。这一曲历史悲歌，引得多少人扼腕。智识的盲点、道德的弱点、文化的缺点，使闯王和他的执政团队迅速忘掉了“初心”，权争、骄奢、腐败、怠政四起，焉能不败。郭沫若在《甲申三百年祭》文中，将其剖析得淋漓尽致，新鼎初得的中国共产党，视其为前车之鉴。

大顺政权像一颗流星，在历史的天空划过，闪过一道短暂而耀眼的光芒，然而，它在世界农民战争史上留下了浓墨重彩的一笔，在中国历史长卷中写下了绚丽的篇章。“农民领袖”李自成仍不失其伟大，欧洲人称之为“十五世纪最伟大革命家”。在我看来，李自成是一个革命家，是一个统治者，不是一位杰出的政治领袖。

中国堪舆祖师、风水宗师杨益说“自古英雄多出西北”，盖因“西北多山，得天地严凝正气，其龙最垂久远，形胜完全，上钟三垣吉气，宜英雄出于其中”。雄伟的高原，巍峨的横山，奔腾的无定河，养育了无数横山儿女，塑造了他们独特的精神气质。

遥想当年，数万名横山儿女跟着刘志丹、高岗上横山，组建游击队与敌人浴血奋战，游击战争风起云涌，横山开创出红色根据地、诞生陕北第一个红色政权，为创建陕甘宁边区奠定了坚实的基础。

革命是陕北男人的本色。榆林地接甘、宁、内蒙古、晋，又是明清朝廷流放京官之所，历史上多民族的融合，赋予横山人强健的体魄，壮阔绝域对民众人格的潜移默化，使横山人拥有悍勇刚烈的性格。

在中国革命史上，横山游击队之壮举之盛名，可与“铁道游击队”“平原游击队”相媲美。“没有陕北闹红，就不会有中央军来陕北”，横山人自豪地告诉我。中央红军爬雪山过草地抵达陕北后，作为陕北红色革命发源地的横山，成千上万的群众跟着队伍要求参军，加上兵强马壮的横山游击队员，只剩下六千勇士的中央红军得以迅速发展壮大。《横山里下来些游击队》，就是那时候诞生于横山的一首陕北新民歌，真挚的感情、优美的旋律，使它从陕北风靡全国，被编入音乐课本，成为红色经典，至今传唱不衰。

横山古堡古寺很多，建筑艺术一脉相承。明代建成的响水堡龙泉大寺，是横山规模最大的寺庙，其名源于寺内的龙井。响水堡盘龙寺名闻遐迩，史志记载，盘龙山“横江怪石，盘绕无定河边，远望若踞河中，石如盘龙，故名”，盘龙寺因山得名。

然而，比起大名鼎鼎的波罗堡接引寺，龙泉大寺和盘龙寺弱爆了。

黄云山上的波罗，北魏建城，明初建堡，城堡雄踞大漠边关，崛立于无定河畔，坐落于长城脚下。它弥漫着佛光紫气，乃“佛掌上的明珠”。它山环水抱，万壑朝宗，秦直道纵贯其境，无定河流贯其境，古长城横贯全境；然而，波罗不只有香火，还有战火，不只有诵经，还有杀伐，所以，在凝紫、重光、凤翥、通顺这四座城门里，既建有玉帝楼、三官楼、魁星阁、城隍庙、老爷庙等佛道庙宇，也建有总兵关、中协署、参将府、完备署、炮台、箭楼、钟楼等军事设施。座座城门，气势恢宏；处处城楼，尽显峥嵘。

我非常喜欢波罗的建筑风格，不雕龙画凤，不金碧辉煌，大气不失精致，简约而又典雅。整座城堡呈灰色基调，有庄严静穆之气，宜于安放心灵。

横山佛塔和石窟不少，以波罗的凌霄塔和准提寺石窟最为著名。登上凌霄塔，远眺无定河，“可怜无定河边骨，犹是春闺梦里人”，这悲壮又凄美的诗句，立刻涌上心头。“无定河边暮角声，赫连台畔旅人情。函关归路千余里，一夕秋风白发生。”同样令我“登高望远，心中生悲”。

几千年来，无定河日夜不息，流过匈奴人最后的都城，划分出游牧与农耕文明的界限，冲刷出黄土高原上的湿地绿洲。无定河，贯穿着横山的古往今来，记录着横山的沧海桑田；塞下、无定河，催生出多少流传后世的边塞诗。

饱经战事的波罗，可谓一座铁血古城：宋朝，波罗是抗击西夏的前沿阵地。明朝，元军入侵波罗，闯王也打进过波罗。康熙年间，农民起义军攻占波罗城。同治七年，回民起义军攻下波罗堡。清末民初，“哥老会”占领过波罗城。

一九四六年，国民党大军围困延安，双方力量极为悬殊，形势异常严峻。危难关头，中共西北局书记习仲勋策反驻守波罗的国民党将领胡景铎，胡率五千多官兵举行横山起义（波罗起义），为中共中央转战陕北打开了通道，为建立新中国做出了卓越贡献。

横山起义驻军司令部，系明清民居建筑，是波罗的红色地标。明清时波罗最为繁盛，为陕北军事政治要地，得名“小北京”，也是陕北经济文化交流中心，别名“小扬州”。

独特的边塞文化，丰富的军事文化，神秘的宗教文化，厚重的红色文化，交织出波罗城堡与众不同的迷人气质。走在波罗古镇上，随处可触摸到历史：每一段断垣残壁，都是历史的痕迹；每一片灰砖青瓦，都落满历史的尘埃；每一座古寺佛塔，都散发历史的华光。

一个地方就像一个人，难免盛极而衰。波罗显赫过，衰落过，现又金身重塑：波罗通用航空机场在建，波罗发电厂是陕西电力的肱股。波罗“千亿矿产”世人皆知，不知波罗还能给人带来多少惊奇。

横山，地底下埋藏着历史深层的奥秘，也埋藏着无比富饶的能源矿藏。而今的横山，是国家的一座宝库，是陕西能源走廊的核心地带，是“中国科威特”榆林的缩影，正创造着黄土高原上新的奇迹。

刊于《全国优秀作文选·美文精粹》2020年第4期

历史延伸的峡谷

阿贝尔

虎牙大峡谷是雪宝顶在她的南侧勾出的一根神性线条，又是一绺镶嵌在雪宝顶与三牙羌之间的翡翠。

像横断山脉的任一裂隙一样，虎牙大峡谷的雏形起源于印度洋板块与扬子板块的撞击。大峡谷位于横断山东北缘之岷山核心区，海拔高差大，开口面东，地质生态相较于其他裂隙尤显特殊。我们今天看见的虎牙大峡谷是数千万年地质生态发育的结果，亦可看作是地质之爱的结晶。

任一季节走进大峡谷，都能看见这种爱的痕迹。本地居民，本地居民的房舍，峡谷奔腾的溪流，溪岸崖壁生长的植物——花果、绿叶、红叶以及落光叶子的虬枝……连同不起眼的小乔木、小灌木的花果——橙色的沙棘、殷红的堆花小檗、白色或粉红的大叶杜鹃，即是爱的意象。

不同的季节是不同的爱的博物馆。春天是花和野菜的博物馆；夏天是绿色与瀑布的博物馆；秋天是红叶和各种野果的博物馆；冬天杂树落光叶子，白雪覆盖，是杂树与雪的博物馆。800 万年前有了大熊猫，又是大熊猫的博物馆。

木瓜墩到果子坝一段，可以被看作是大峡谷的入口，也是农耕痕迹明显的一段。

旧时，汉人感性地把番民分为“生番”和“熟番”。如果把虎牙大峡谷看作一口铁锅，番民就是锅边的荞麦饼或水粑馍——峡谷的出产，生熟是很好分辨的。熟的颜色偏黄，表面收缩、变干，散发出荞麦面或嫩玉米的香味，而生的颜色偏白，散发出生味。就其隐喻所知，“生番”即是原生番民，未受汉人生活习惯的影响，不会讲汉话，不与汉人通婚；“熟番”接受了汉人的生活方式，会讲汉话，有的还与汉人通婚。

也有介于两者之间的“夹生”的番民，熟的成分少一点，生的成分多一点，但颜色、气味较“生番”已经有了改变。

虎牙关是一个接点，从地理意义讲，进了虎牙关才算进入虎牙大峡谷，关外当属涪江河谷。想当年——比新生代还早的侏罗纪和白垩纪，板块撞击，雪宝顶隆起，形成岷山核心地质圈，虎牙关青丝严缝尚未开裂，峡谷是一种怎样的景象？随后关山开裂，有了木瓜河，有了自涪江河谷潮湿水汽的流入；再后来才有了人，有了“小东路”——旧时东路官道的一个茶马道支线。

龙溪堡是这段峡谷唯一的村子。相较于岷山东北麓另一裂隙——夺补河峡谷——白马路，“龙溪堡”丢失了自己的命名权。“堡”是汉人的驿站，“龙溪”也是汉人对流经此地的木瓜河的称呼。龙溪堡曾经是藏寨，现今仍是汉化的藏寨。本地居民从雪山西边过来，自涪江峡谷进入这里，他们不急于命名，他们急于生存。他们或许有自己的命名，只是没有留下来，被汉人接踵而至的命名覆盖了。龙溪堡几百年都是薛土司衙署所在地，是锅中火烧得最旺的地方，再什么饼都烫熟了。

果子坝在虎牙河与占口河的交汇口，是两条河共同冲积而成的坝子。人类活动在这里留下了众多伤痕，现今仍在制造更多创面。

如果说虎牙大峡谷是一条龙，它早已感觉到了疼痛。疼痛引起的挣扎让地壳震颤，让本地居民恐惧。

“果子坝”是一个转义的汉名。由“猓子”聚居的坝子转义为有果子吃的坝子。在汉语里，“猓子”就是他们的“果子”。后来，他们的果子变成了在这里种植的鸦片。很多“猓子”成了他们的鸦片种植人。

占口河是虎牙大峡谷在果子坝分出的一条支谷。谷口有占口村，自占口村上到东岸海拔3000米的山脊便是磨子坪。山脊及靠近山脊的缓坡分布着岷山最大的杜鹃林。每年五月，杜鹃花开，磨子坪成了虎牙大峡谷的一个亮点。占口河右岸的扯麻索旧时是一个藏族传统村落，如今已经搬迁，“扯麻索”三个音节已失去原义——扯麻索人世世代代对这一裂谷的依附。

从古至今，人类活动的范围都远远超出了扯麻索，抵达了平沟、木瓜坪、紫柏杉、石龙岩甚至更远的极地。旧时他们打猎、放牧、挖药，而今则是去登山、摄影、开发旅游景区，以及开采价值不菲的白钨矿、锑矿和水晶石。

旧时的果子坝包括了今天的虎丰和上游两个村，是大峡谷的一个地质演化区。谷地海拔不高，相对平缓、宽绰，适宜人居。想象在没有人类光顾的漫长、纯粹地质与生态发育演进的状态中，这里有过怎样的激越与寂静！地质变迁平复后，便是对生命的漫长等待，如长梦苏醒。从苔藓地衣的苏醒到一棵草、一株矮灌的苏醒，再到高大乔木和动物的苏醒。

想必有千万年，大峡谷的宁静都是翠绿和雪白的。时间在大峡谷是一种“泊”的状态，就像无风时刻峡谷上方的云彩。有时也呈现出溪流的状态，或奔流或涓流。大峡谷是时间的模子，有什么形状的峡谷便有什么形状的时间。果子坝是大峡谷不多的几处可以把肚皮亮给天空的地方，时间在这里不再是线形条状的，而有了体积。

蝴蝶、蜜蜂、羚羊、麝鹿、大熊猫……比人类先到，大峡谷是他们的伊甸园。

不知道第一拨人进来之后，这里还是不是伊甸园。或许有过一个短暂的时期，一两代人，一两代人与果子坝相处的时间。之后，伊甸园在接近现今人的高级生存法则下失落了。

进入雪宝顶国家级自然保护区之后，虎牙大峡谷愈加显出大峡谷的样子——两岸山崖再次合拢，气势也上来了，溪谷变成了溪涧，而这溪涧绝不是小家碧玉，两岸耸立的都是万仞之山，从远处看，就像是用上帝之斧劈出，草木不生的崖岩上还留着深深的斧痕。

徒步峡谷，我看得最多的不是瀑布、溪流和半崖上的植被，而是岩层的断面，它就像剖开的胴体，呈现出山的肉质。

岩层里不都是肉，还有筋骨，最常见的是龙身一般的白色矿脉，蜿蜒在青灰或黛色的页岩间，原本是静止的，久看仿佛在游动。

也有不同于页岩的断面，在对岸的崖壁或是在路上的岩凹，集合了块状扭曲的线条，呈现出复杂的扭力。

岩层呈现的是地质的信息，也是地质的时间。黑暗的时间，喷涌到地表，凝固成山体，再崩塌断裂为峡谷，让时间接触氧化，变白变青，成为黛色。

一条鱼游进时间，一株独叶草落入时间、成为化石。每次经过这样的断面，我都特别留意，幻想发现一条时间封存的鱼或一株独叶草。

去松潘走小东路要经过高山堡。高山堡是虎牙大峡谷最后一个村子。

既然是小东路总会有人走。另有一些从高山堡进去或是从松潘过来放牧的人。这些人带给了虎牙大峡谷人气。

高山堡是大峡谷中人类活动比较明显的又一个地方。旧时人类活动只是耕种、放牧、狩猎和挖药，而今修了水电站。水电站在建的那些年，每次路过看见劈开的岩层以及从隧洞运出的岩渣都感觉触目惊心。不是在做手术治疗大峡谷，而是在剖切、破坏大峡谷。

这一段峡谷软硬不均。西南岸是壁立的岩崖，岩崖接近谷底一段几近裸壁，不生草木。岩崖的上半段生长着常绿灌木，靠近崖顶偶见野樱桃、山杨、水青等落叶杂树。有时也能看见杉松，只是一棵，孤立岩壁或灌丛，既是风景，也煞风景。

这样的地貌是力量与时间的权宜之计，各种植被依附其上，构成一种惊悚而寂静的美。云雾弥漫，隐去岩崖的棱角和一切不安全因素，呈现出水墨画一般的冲和平淡。

一棵杂树独立岩壁。不说话却什么都晓得，它的诞生、幸存、静候，它所经历的春秋，冷热给予它的，冰雪给予它的，夜夜狂风给予它的……它成了现在的样子，枝枝蔓蔓，皮质呈现出理性的黛色。那种内敛不是掉光叶子的时候才有，就是仲夏枝叶繁茂的时候、秋天红叶绚烂的时候也是有的。

一片杂树林，夏天或许略显拥挤，冬天落叶之后透出疏朗。这种疏朗是一种留白，树与树之间的留白，枝与枝之间的留白，不同种类的杂树高低错开，呈现出一种我们在街道、广场看见的行人的姿态——有母子，有情侣，有兄妹，有志愿者……杂树林的留白也是沉默，呼吸只能意会，如果真要去找话说，便是树下那一层新近的落叶了。

相同与不同的杂树共同生长，就像不同部族的人类聚居在一起。上帝自出心裁以满足自己的审美需求。

过了高山堡，便进入了虎牙大峡谷的精华段落。随着海拔的上升，峡谷再次变窄、变陡峭，岩层、植被、空气和水开始向高寒地带过渡，在南岸的小沟壑下方和崩塌堆积层出现了我在丹云峡和甲勿池看见的杂树林。杂树掉光了叶子，现出的枝干远远看去像爪、像古老的象形文字，相互攀接摩挲，构成一篇只可意会不可言传的骈文。有的杂树枝干上寄生了青苔和松萝，青苔如金箔，松萝如白丝，衬托出枝干冷调的墨色。

杂树生长在斜坡，看上去近似于倒伏。有的佝偻如老人，有的手舞足蹈像舞者，有的俯身半蹲如待跑……有孤独沉思的，有相对无言的，有彼此搂抱亲吻的，有三三两两喝酒的……

“嗨！你们叫什么名字？”

我想唤一声它们，得到它们的回应，免得费工夫去查询它们的学名。然而我没有出声。我远远地看着，不去惊扰它们。

平坝，旧时叫广草坪，是虎牙大峡谷深处的一个山间坝子。过了这个坝子，便进入了大峡谷的末梢。无论是旅人还是马帮、背子客，到了这里都会有“柳暗花明”之感。

至今平坝都是藏族群众的天然牧场，也是旅游观光者的一个目的地，但还不是大峡谷的终点。

一个人走在大峡谷深处，尽管植被时间覆盖了地质时间，我依旧感觉到了天地初创时的寂静与纯然，没有任何人的理性的添加，没有人类活动污染，就像一座不曾有人涉足的冰川。这里的水，这里的树，这里的岩石，这里的每一株杜鹃都与人无关、与人的念想无关；它们是水、是树、是杜鹃，也是时间的活体。我停下来，轻轻呼吸，坐在树下，把目光从对岸的杂树收回，把自己嵌入大峡谷的时间，像一棵灌木。

大峡谷的光影也有恒定的时候，日线之上尽是镀金，金色的山脊山峰，金色的岩崖草甸，金色的刺柏雪松……不经意抬头看见盘旋的羊鹰——羊鹰也是金色的。

大峡谷的光影恒定的时刻，神圣显现，连雪山也屏住了呼吸，风声、溪流声、鸟鸣、阳光的炸裂声都停息了，空气也凝固了，草莓、报春、龙胆、杓兰、绿绒蒿也都愣住了，吃草的牦牛抬起头来……日线如弹断的琴弦散落在大峡谷左岸山腰，映出右岸山脊的锯齿状。

置身于大峡谷的光影中看崖壁上的杂树，我就特别想做一棵那样的杂树——而非栋梁之材。

杂树也是时间的一种形式，沉淀了大峡谷的黄金、铀和多巴胺。

虎牙大峡谷是杂树博物馆，也是时间的博物馆。外面世界的时间变了，峡谷的时间仍停留在没有人类活动以前，这很像高原上的咸水湖对海洋时间的截留。

刊于《广西文学》2020年第9期

峡　谷

牛　放

刀劈般光滑逼陡的岩石从狭窄的大渡河两岸直立起来伸进天空，从高处鸟瞰，大渡河显得十分渺小。而被夹得喘不过气来的大渡河却并不示弱，它愤怒地咆哮着朝谷外奔突，巨大的力量撞击着岩石，水与水相互碰撞，撞出的浪花纠缠在一起，雷鸣般地怒吼着，像五花大绑的英雄，豪气挟持着愤怒，在峡谷里激荡。千万年来，大渡河在小凉山里一刻也不停歇地奋争着，水奔向了大海，山巍然不动。

大渡河以险峻著称，以奔腾之势蜿蜒于崇山峻岭之中，最为险峻的一段叫金口河。金口河极像一张朝向天空张开的巨嘴，万千风景藏于其间，不为世人所知。山有山的品格，水有水的精神，正是这样的山与水，才养育了小凉山人民不屈而奋发的品质。

金口河位于四川乐山、雅安、眉山和凉山彝族自治州的交界处，深藏小凉山腹地。这样的区位，告诉我们这里十分重要，是成都到昆明绕不开的咽喉要冲，是汉文化与彝文化的交汇之地。但这一区域地势险要，以大渡河为核心，崇山峻岭，河峡交错，滔滔流水在深谷里奔腾不息，以 26 公里的长度横贯全境。可想而知这里人们生存的艰难程度。因此也就有了众多的悬崖村和云端上的村寨。

一个地方有一条河，按理水运就该发达，何况这里是三个地级市和一个自治州的交界处，是西南重镇成都至昆明的必经之路，是乐山到西昌的咽喉要道，然而上天并没有给金口河水运发达码头林立的繁荣条件。大渡河水流太过湍急，发出巨大的怒吼咆哮着穿境而过，河道虽然有 26 公里长，却无法撑船行舟，人们眼睁睁望着大渡河白白流淌而只能望水兴叹。而村寨都建在高山深谷，甚至悬崖绝壁之上，寨人村民上山下山一来一往没有一天时间是绝不可能做到的。如果遇上天灾疾病更是艰难，仅仅在这样崎岖陡峭的山路上摸黑走路这一项事情，就是要命的生活常态。

金口河大张金口却吐不出金子吐不出银子，26 公里的河道不能行舟过船，重重大山相互阻隔，山上山下偏僻落后，交通不仅不发达，而且闭塞得清丝严缝，交通、信息、经济简直落后到不能再落后了。

然而，就是在这样的环境里，居然发生过两件震惊中外的交通大事件，大奇迹。那就是乐西公路与成昆铁路的修建。

乐西公路与成昆铁路的修建，要穿越金口河，的确跟登天一样困难，但金口河却又是绕不开的地方。唐朝诗人李白在他的长诗中描述“蜀道之难，难于上青天”，乐西公路和成昆铁路的修筑与四川到陕西翻越秦岭的金牛古蜀道相比，不仅毫不逊色，简直是有过之而无不及。

乐西公路，是四川乐山至四川西昌的公路，这是抗日战争时期国家秘密修建的一条“救命路”。“救命路”不是救金口河，也不是救西南，而是救中国。

1931 年“九一八事变”，拉开了日本侵华的序幕。1937 年“七七事变”爆发，日本军队全面入侵中国，中华民族到了可能灭族亡国的危险时候。随着全国民众坚决要求抗战的呼声一浪高过一浪，中国抗日战争全面爆发。国内主要交通粤汉铁路被日军切断，国民政府迁都重庆。由于国民政府的首都在重庆，全国抗战的指挥中心和战略格局也随之发生了彻底变化。虽然滇缅公路已经开通，但川滇之间，需要绕道昆明、贵阳才能到达重庆。因此，修筑乐西公路迫在眉睫。

国民政府期望乐西公路成为四川通往缅甸国际公路的一条最快捷通道，而蒋介石也准备万一重庆在日机狂轰滥炸下被彻底摧毁时，便于将国民政府首脑机关迁往西昌。因为这个原因，政府还在西昌提前修建了委员长行辕。于是，乐西公路工程在1939年仓促上马。国民政府委员长蒋介石曾先后六次口谕和手谕乐西公路修筑事宜，要求必须在1940年完工，否则军法论处。

由于工期太紧，而当时技术力量又非常有限，于是征集了川康地区彝汉等各民族筑路民工20多万人。公路从乐山起，跨青衣江，经峨眉、龙池，再循大渡河，经新场后，只好选择从金口河大瓦山一侧盘旋而上，不断横切山峰，绕越蓑衣岭，至岩窝沟，南行汉源县，再沿大渡河至石棉、冕宁、泸沽至西昌。使这条500多公里的公路成为中国公路史上最艰巨的路段！

乐西公路的修筑过程中，金口河区蓑衣岭段是最艰难的。蓑衣岭位于大相岭东面，终年云雾弥漫，雨水滴答，行人翻越必备蓑衣、斗笠等雨具，故名蓑衣岭。蓑衣岭海拔2800米，雨雾天气占90%，气温比金口河政府所在地平均偏低20摄氏度。蓑衣岭山险岩危，气候高寒，每年冰雪期长达5个月。据史料记载，蓑衣岭曾发生过一夜之间冻死民工200多人的惨剧。仅这一路段就死去3000多名筑路工人。根据作家徐杉女士对乐西公路在金口河的采访记录，我们看看当年目击者见证这段筑路历史的艰辛：童婆婆曾经连续好长时间每天往蓑衣岭背粮食，往返60多里山路。村里青壮男人大都被征去做民工，地里家里的活不但全落在女人身上，女人还要兼背夫，累与饿是深入骨髓的记忆。作家徐杉十多年前在峨眉山万年寺采访永诵老和尚时，老和尚讲起自己参与修筑乐西公路的往事也是不寒而栗。1938年，永诵从峨眉山金顶下山背粮食，没想到竟然被抓了壮丁，押往峨边修筑乐西公路蓑衣岭段。后来永诵经历了九死一生的磨难，终于逃回峨眉山。他也因为这段经历，在特殊年代被错划为“国民党残渣余孽”而被强制劳动改造；也因为这段经历，永诵师父70多岁依旧每天习武，磨炼自己的意志。2010年，永诵和尚安详地走完了自己98载的人生。这些采访记录佐证了当年筑路的惨烈。

乐西公路自1939年5月路勘起，至1941年12月止，筑路时间2年零7个月，筑路人数20余万，筑路里程525公里，筑路伤亡人数30000多人，在付出惨重代价后乐西公路全程贯通。

那么，成昆铁路在金口河段又是怎样一种情形呢?

成昆铁路，成都至昆明的铁路。成昆铁路是世界筑路史上的奇迹。

成昆铁路由于地形限制，沿途 122 个车站有 42 个不得不全部或部分建在桥梁上和隧道里。从金口河到埃岱段 58 公里的线路就有 44 公里隧道，几乎成了地下铁道。而出了隧道突然就是上千米的深涧，桥梁架在 60 多米高的桥墩上，成为名副其实的空中列车。金口河关村坝洞中火车站，1965 年 8 月 12 日以装填炸药 388 吨，一次爆破 39 万 5 千立方米土石方，夷平了一个山头，填平了两个深谷，完成了炸山填壑的壮举，造就了罕见的桥梁隧道相连的洞中火车站奇迹。当年打通关村坝隧道时，进出口创出了一个月双口过百米成洞的记录，为此中央专门发来了贺电。中央为一条隧道的修建进度而发贺电这是第一次，也是至今以来唯一一次。成昆铁路在金口河境内有 41 公里，其中隧道 38 公里。令人叹为观止的是，这些隧道不是用机械完成而是人工打通的。

成昆铁路、美国宇宙飞船带回地球的月球石和苏联第一颗人造卫星，于 1984 年 12 月 8 日一起被联合国评为特别奖，它们代表人类在 20 世纪创造的伟大杰作。

成昆铁路毫无争议地是 20 世纪人类创造的伟大杰作，作为这个伟大杰作的创造者——中国铁道兵，自然便是这个伟大杰作的英雄，他们为人类，为中华民族争得了伟大的荣誉。那么，为这样伟大的中国铁道兵建一座博物馆就是人心所向的天经地义的事情。而铁道兵博物馆的选址便同样具有伟大的象征意义。

作为联合国评为代表人类 20 世纪创造的伟大杰作而获得特别奖的成昆铁路，国家要为这样一群人建一座博物馆，它的地址首选我们首先会想到中国最牛的大城市，譬如首都北京，譬如中国标志性城市上海。或者再降一个层次，与成昆铁路密切相关的成都或者昆明。但是，国家选址却大出我们普通理解的推断与妄想，却又完全在情理之中。国家将铁道兵博物馆的地址最终确定在成昆铁路线上的金口河关村坝火车站上方的台地上。这里是成昆铁路修筑最艰难的一段，也是最具代表性的一段。铁道兵博物馆落户这里，对纪念中国铁路建筑史上立下丰功伟绩、现在已经消失的铁道兵兵种，为继承和发扬艰苦奋斗、顽强拼搏的铁道兵精神具有重要意义。而铁道兵博物馆坐落在金口河关村坝洞中火车站旁边的山坡上本身也是一种纪念。

博物馆静静地坐卧于大渡河峡谷深处，守护着成昆铁路，也守护着铁道兵精神，于喧嚣之外像铁轨铆钉一样牢牢地钉入岁月里，成为历史的一枚硕果。

那么金口河真是飞鸟都不来的秘境吗？显然不是，就凭乐西公路和成昆铁路，就已经说明其战略地位的重要。国家民族危亡的关键时刻，它的战略地位一下便凸显出来了，国家都如此看重，难道它还不够显著吗！此外，如此秘境外国人对这里也早有涉足。文献记载："1884 年，法国神父龙马丁在大天池设传教点。"这是法国人到金口河五池村最早的记载。距金口河不远的雅安宝兴县邓池沟，1869 年法国人戴维在那里担任神父期间发现了大熊猫。1905 年法国神父吴儒佛来到金口河大天池。二十年后，又一个法国人来到这里。再后来大天池建起了教堂，因而文献上又有了"1910 年法国神父方德馨住大天池教堂传教"的记录。1910 年峨边尚未建县，但已有 332 位基督教徒分布在大堡、吉星和五池三个地方，这在当时是一个惊人的数字，这里可是偏僻的小凉山腹地的崇山峻岭之中。现在的峨边彝族自治县旧属峨眉县，清嘉庆十三年（1808 年）设厅，1913 年建县。虽然县址最初设在大堡，但偏僻的五池却奉教人数最多。其次是金口河吉星乡一个叫大伙家的村落，这里多是为躲避战乱从外乡迁来的移民。这些传教士通过中国朋友的帮助，辗转到了西南少数民族地区，在这里传教，也在这里传习他们的文化。如此边远的穷乡僻壤，因为外国传教士的进入而带来了更加遥远的时尚的文化信息。

那么法国人在这里做了些什么呢？当地老百姓说法国人在大天池旁边首先建了教堂，其后建了学校，村民的孩子就在那里读书。学校不收费，学生家里每年给学校送一点苞谷。他们启蒙读书的第一课是孝敬父母，尊敬师长，不杀人不害人，不行邪淫，不偷盗，不妄证，不诽谤人，不贪他人财物。

也许，这就是金口河的不同。由于金口河的封闭，“三线”建设时期，这里毫无悬念地成了必选之地，那些全国各地的高级知识分子和技术员、普通工人及他们的家属，在这里一住就是几十年，青春和子孙都留在了金口河。

金口河隐藏得很深，或许这就是大渡河峡谷的品质吧，山壁立千仞巍然不动，水一泻千里奔腾不息，而只有走近它才能看见它，远处它却是如此安静，静得仿佛不存在一样。

如果说，过去因为成昆铁路在这一段几乎都是在山洞里飞驰，过路的人也看不见金口河是什么模样，而乐西公路又随着抗战的结束很快被废弃，自然是断了外界的视线。那么，现在呢？这个时代，地球已经变成了村庄！试问，金口河还要藏到什么时候呢？

刊于《天津文学》2020 年第 9 期

辑 五

一位叫“大连”的志愿者

李朝全

这是一个真实的故事。主人公是一位大连小伙儿，不满 28 周岁，因为名字里有个强字，我们就称他“小强”吧。小强原计划从上海乘高铁去长沙谈生意。2 月 13 日路过武汉时，阴差阳错地下了车，从此开始了悲欣交集的一段难忘经历。

误打误撞到了武汉

小强 1992 年 5 月出生，在大连经营一家手游工作室，已婚，儿子不满 3 岁。过完元宵节，小强计划去长沙。他每年都要去长沙，找和他一起做手游工作室的师傅拿脚本和 IP。这时全国的新冠肺炎疫情正处于胶着状态，尤其是湖北和武汉的疫情处于高峰。家里人很担忧，但小强在网上查了一下，看到湖南包括长沙的疫情并不严峻。他安慰家人，说谈好生意就回来。

他简单收拾了行李，只背了一个包，带了一两天的洗漱用品和换洗衣服，从大连乘飞机到上海，在上海住了一晚。

2 月 13 日早上 8：24，小强坐上上海虹桥开往长沙南的 G576 次列车。车票是上海到岳阳东的二等座，3 车 6F 靠窗。

车厢里人很多，都戴着口罩，都不交谈。小强坐在座位上，一直玩手机。

快到中午时，他感觉肚子有点饿，就走到 9 号餐车买了盒饭。他看到临近的 8 号车厢里有很多空位，就找了一个靠窗的坐下来吃饭。再走回拥挤的 3 车厢实在有点麻烦，因此，吃完饭他就继续坐在座位上玩手机。玩了不到 1 小时，就听见列车员喊：武汉站到了，请 8 号车厢的全体乘客下车。

13：25 火车准时停靠在武汉站。车厢里嘈嘈杂杂的，只有小强坐着没动。乘务员喊他：小伙子，该下车了！

小强回答：我是去长沙的，不是到武汉。

列车员说：这节车厢人家都是到武汉的，你自己误打误撞来了这个车厢，又跟他们坐在一起这么久，要不你也跟着他们都下去吧！

这时，小强才注意到他身边坐的几个人，果然都已站起来拿好行李准备下车。前面是一位大叔，右边是夫妇俩带着一个孩子，后边还有一个大学生。

小强拿着车票想走近去和列车员说理，列车员却一个劲地往后退，说：你别过来！你别过来！

没办法，小强不想为难人家，就从高铁上下了车。下车后没几个小时，他就后悔了。当时他如果强硬地要求留在车上，列车员也未必能赶他下去，毕竟他的车票是到岳阳而不是到武汉，谁也不能强迫他下车。但是，这个 1 米 83 的小伙子觉得人家那么催促他下车，那话说得让他实在不好意思再硬留在车上。

站在站台上，小强不知所措。这时，他看到刚才坐在前面座位上的那位大叔，就过去问他去哪里，大叔说他是回武汉的医生，要参加一线的救治工作。

小强问他：您能不能捎我一程？

大叔就捎了他一段路，然后给他放下来。

得想法离开武汉！小强心想。

他打开手机，发现离汉火车票全部停售。又用打车软件搜索离开武汉的其他交通工具，发现快车、出租车、顺风车都停了。在大连就知道武汉已经封城，但只有到了武汉，才感受到什么叫封城——也就是所有留在武汉的人都不能离开武汉！

他给110打电话，希望警察能帮他；给120打电话，对方回答，现在没有车可以离开武汉。

没办法，既来之则安之吧。

下午，小强给家里打电话说自己被困在长沙了，暂时回不了。他想，如果家里人知道自己的处境，肯定会急疯的。

小强打算找家酒店住下来，但搜遍各种网站也订不上。他在马路上走来走去，沿途商店都是关着的。

天快黑了，又下起小雨，变得阴冷。小强想，找志愿者看看能否帮到自己。他搜索到一个本地志愿者招聘信息，上面赫然写着四个字：包吃包住。这四个字对饥肠辘辘的小强来说，太有吸引力了。

一开始他想避免去医院。他先看到一个道路清洁的工作，就打电话，对方问：你能过来吗？小强回答：我过不去，我没有车。对方说，我们真想用你，但确实没办法来接你。

小强又打了第二个电话，是招聘司机的。对方说：如果你想来的话得自己带车，要是你没有车的话，就得等。但他等不起呀，天就要黑了，他得马上找个地方住下。

怎么办呢？他想起2月8日听到过大连派出医疗队支援武汉的新闻。他想，要不就去医院当志愿者，医院总会管吃住吧？但是他不知道大连医疗队在哪一家医院。他搜索了一下最近的医院，搜到武汉市第一医院，电话打过去，对方说：来吧！我们正缺人。小强问：能不能开车来接我？对方说：你得等一等，我们现在车辆也紧张。

等了40分钟，车来了。晚上9点，小强终于到达武汉市第一医院。

时间太晚了，医院一时也没法给他安排合适的住处，告诉他暂时在地下车库搭个简易床对付一晚上。小强把医院给的一张折叠床打开，盖上医院给的一条被子。又累又冷又担惊受怕，一晚上都没睡好。

半夜他听见有人痛哭，看见医院工作人员推着一具尸体送到殡仪车上，家属就跟在后面哭，既不能靠近去看也不能去触碰他们逝去的亲人。小强感觉到死亡离自己这么近，他被吓哭了。

向家乡求救

第二天是2月14日，西方的情人节。这个日子小强本该留在爱人身边，陪着儿子。他怎么也没想到，一早起来就要开始工作。他想得很美：到了医院，怎么着都会花一两天培训新手吧，他先待两天，两天里兴许就能找到办法离开了。没想到医院人手奇缺，根本没时间搞培训。

督导老师让小强跟着自己学，教他怎么穿脱防护服，给他分配了任务——直接进到九楼的病房里，负责23病区。

小强人高马大，防护服和手套都没有适合他的尺寸。穿好防护服，总觉得不是这儿不对就是那儿不对，稍微一使劲儿，手套就从袖口崩开了，他特别害怕，因为皮肤都裸露出来了。支援武汉的南京鼓楼医院医疗队护士长朱欢欢赶紧带着这个笨手笨脚的小伙子出去给他消毒，又给他找了一副长手套戴上。从那天起，朱护士长每天都要从南京医疗队给小强拿一副长手套。

小强怀疑护目镜也有问题，一吸气总觉得眉毛那里有凉风。他很担忧，赶紧去找督导老师。督导老师回答：只要没有唾沫或是固体的东西沾到眼睛上，有护目镜挡着就没问题。

但他还是半信半疑，又接连问了好几个护士，大家都说没问题，他才相信。别人都是戴两层手套，小强却坚持要戴三层，袖口处还用胶带层层捆起。

小强的工作是清理患者的生活垃圾、拖地和卫生消毒。一天工作12小时，上午7：00到11：30，下午1：30到5：00，傍晚6：00到晚上10：00。早上进去收拾70多位患者前一天晚饭的餐盒，然后分发早饭，中午去收一下早饭餐盒，分发午饭，傍晚去收午饭餐盒，再分发晚饭。每天早上7点他还负责给医务人员消毒，往他们的鞋底上喷洒消毒液。晚上下班前还要负责收拾医护人员脱下来的防护服。他每天要三次出入病房，因此要换三套防护服。

第一次到病房里收饭盒，小强伸手拿起饭盒，感觉饭盒下面黏黏糊糊的，糟糕，有水！他的心里“咯噔”一下：完了，完了，我被传染了！手里拿着饭盒，手足无措。

当他终于把饭盒放进垃圾袋掉头要走时，又听见患者喊：小伙子，还有垃圾桶。

小强一看，垃圾桶里有吃剩的苹果核、酸奶盒，这些都沾过病人的嘴，肯定都有病毒呀！他怕极了。

他慢慢蹲下去，感觉风就从脸颊两边被挤了出来。他不敢再站起来，心想：我一站起来，脸颊就会再吸进空气啊！

这一整天，小强都在提心吊胆中度过。

晚上，医院方面告诉小强，已给他安排附近的一家酒店的单间，带卫生间，有电视，还有 Wi-Fi。

下了晚班，昏暗的路灯照着空旷的马路，小强独自走回酒店。这个年轻人轻轻哼起歌手海鸣威的一首歌：

我走在没有你的夜里
好大的北京
我哭都没有了声音
我坐在没有你的家里好冷清
你走得如此地肯定
我躺在没有你的回忆冷冰冰
我痛都没有人伤心
我站在没有你的窗前
看孤独的风景

此时此地，他觉得，这首歌唱的正是自己。

这天夜里，小强内心非常惶恐，害怕病毒会找到他。他感觉到了自己的渺小，孤单单一个人在武汉，人生地不熟，连一个可以说话的人都没有。他辗转反侧，难以入眠。

第二天早上，小强打起精神到病房去。75床的老大爷一直在流鼻血，他不小心把擦鼻血的纸扔到了正在收拾卫生的小强腿上。小强吓坏了：这下完了！跑不了了！肯定被感染了！

旁边的护士看他发怵的样子，就对他说：小伙子，你去把撮子拿来，再拿点卫生纸来，我帮你一起收拾。小强不敢动，看着护士拿纸去包地上的血再往垃圾桶里放，非常感动，他对她竖起大拇指，说：你是真汉子！比我都爷们！

护士对他说：你现在就出去，把腿处理一下，然后消下毒。

小强如获大赦，他真的怕了，这地方没法再待下去！

两天来一连串的打击让小强打起了退堂鼓：我得赶紧另找工作，这个活儿不能干了！

但是，他上网搜，但凡招人的，都是医院。

是啊，这时候，工厂企业几乎都已停工，最缺人的就是医院！

2月16日是小强到医院工作的第三天。每次看到患者痛苦的样子，窒息、剧烈的咳嗽，他就特别恐惧和紧张。前一天和他说话的一名患者进了ICU，隔壁病房传来谁又被列为疑似病例，一整天小强的心都提在嗓子眼。到了晚上，他感觉呼吸和胸口都挺沉重，怀疑自己是不是已经染病了，半夜三更都睡不着，越想越怕，他想求救，他给能想到的求助部门都发了求救微信和短信，也想到了自己经常听的大连电台交通广播。

2月17日凌晨1：15，小强在大连电台交通广播微信公众平台上发出了一条求助微信。

17日早上，大连电台交通广播《欢乐同行》主持人高峰发现了这条微信名叫“时光手游”的特殊消息：

记者你好，我是一名在大连长大的大连人，目前我被滞留在武汉，在武汉市第一医院做义工，每天会面对70多个病人，跟他们零距离接触，每天会看到很多患者病危，甚至死亡的都有，慢慢地我觉得害怕了，但是不敢跟家里说我在武汉，更不放心跟家里人说我在医院做义工，每天在病房工作6个多小时。我看到大连来了医疗队，但是找不到他们，我特别想跟家乡的人在一起奋斗。有时候我很怕自己被感染，没机会再回去见到我的父母、妻子，还有我不满三岁的儿子。不敢跟父母打视频电话！真的很害怕我再也见不到他们，但是作为一名中国人，大连人，我不畏惧病毒，可是作为一名儿子、丈夫、父亲，我害怕再也见不到他们，我还有未尽的义务！给你们发这个信息，我是想如果真有不测，我希望你们能帮我告诉我的家人，告诉我的儿子，他的爸爸是个勇敢的中国人，是个勇敢的大连人。我叫××强，身份证号是210……电话是199……希望你们可以帮我转达！此致，敬礼！一名奋斗在一线的、普通但却勇敢的大连人！

节目播出后，听众纷纷留言。大连电台交通广播迅速反应，立即成立援助报道小组。当天晚上20：36，节目组的记者联系上了小强。小强说，我不奢求现在就能走，只想大连的医疗队如果有返回大连的，第一批带上我就行，特别感谢你们！其实现在着急也没用，我在这里每天也有住的地方，一日三餐都有，也是为国家尽一份力。

电台记者姜馨然感觉小强的心理状态很糟糕，急需心理疏导。于是，电台紧急联系上了派驻雷神山医院的大连援鄂医疗队，帮助小强联系上大连大学附属新华医院领队刘医生。刘医生告诉小强，因为他不习惯戴口罩，现在长时间穿着厚重的防护服，戴着两层的N95口罩和医用外科口罩，感到胸口沉重是很正常的。

听了刘医生一番话，小强心里的石头落地了。他感觉自己就像一个落难到孤岛上的人，忽然看到一条可以带自己回家的船。从那天起，刘医生就和小强保持联系，询问他的状况，提醒他做好防护就可以避免被感染。

一天中午，在酒店大堂外，一群医疗队员正在合影。突然，小强听到有人喊他：小伙子，你抢镜了！

小强一听，这些人口音和自己有点像，就问：你们哪里来的？

对方说，我们是哈尔滨医科大学附属一院派来的黑龙江医疗队。

老乡见老乡，两眼泪汪汪。黑龙江医疗队的领队和小强互加了微信。晚上，医疗队给他送去了红肠、士力架和各种零食，还送去了沐浴露、洗发水和剃须刀。他们送的吃的太多了，小强就分给别的护士和义工一些。

工作之余，小强就看护士们忙碌，看她们怎么跟患者打交道，他问：护士姐姐，你们这样零距离接触患者不怕被传染吗？

护士耐心地告诉他：我手套虽然碰到患者了，但立马做手消就没事了。记住，从病房出来，不管你手碰没碰东西，都应该立马做手消；在病区里不要用手去碰身上任何部位，因为脱防护服时你不知道哪里是被沾染过的。

就这样，护士姐姐一点一点地教他。小强自己也一点一点地积累，慢慢地战胜了恐惧。

但他心里还是很排斥同患者说话。每次进病房前，他都是先吸一口气，然后憋住气再走进病房，快快收拾完，快快出去。

小强喜欢和护士姐姐们聊天。护士们知道了他的经历，都夸他挺机智勇敢，挺棒的。有个护士说：你的经历让人想到了电影《人在囧途》。

突然就变成了网红

2 月 24 日，农历二月二，龙抬头。黑龙江医疗队专门送给小强一套理发器，让他给自己理发。

2 月 26 日，有位四十多岁的女患者治愈出院。小强很惊奇，就跟她聊天，问她这个病究竟是什么情况。这位大姐把小强当成了医生，流着泪连声道谢：感谢你们！谢谢你们！

小强想，这个病真能治好啊！他又揣摩：大姐都四十多岁了，自己抵抗力和体格肯定比她好，即使感染了也一定能治好。这下，他才真正放下心来。

2 月 27 日起，大连电台交通广播通过官方微信、微博和抖音同步推出《大连义工小强的武汉日记》，受到越来越多大连人的关注。

小强的心态越来越平稳了，他从义工转成了志愿者，劳动强度也降低了，每天只需工作 6 个小时。

他变得更有耐心，和患者时常能有一些交流。虽然大连和武汉的方言有很多差别，但小强每次都很耐心去倾听。他感觉这些患者都很乐观，很友善，比如 54-56 病床的患者，有时小强要进病房，这时如果患者没有戴口罩，他们就会喊小强等一下，等戴好口罩，再让他进去。

有位大妈入院时情绪不好，看到小强后，情绪变积极了，由衷感慨：只有中国才有这么好的青年。

武汉志愿者何女士接到大连广播电台听众王建军的电话，知道小强因为个子高，防护服不合适，就把手里所有的大号防护服都给他送去了。

小强的心底慢慢生出了乐观和幽默。譬如医生说：小强，把袋子给我用一下。小强回答：好的，这就给你，伙计！大伙儿都被逗笑了。

小强在护士站对面电梯口墙上贴了一张纸，写着“大连小伙等候处，九楼女神守护者，若有需，召必回，请喊‘大连’”。每个字里的点，他都画成爱心的形状。闲下来时他就搬把椅子坐在那里守候。护士们需要搬东西、推送饭车什么的，都喊“大连”。

进入病房污染区穿防护服的过程相当烦琐，也非常耗时，要求一丝不苟严丝合缝。先要戴上 N95 口罩，再戴上外科医用帽子，接着穿上一次性鞋套，再穿上全身套的防护服，然后戴第二层帽子，再穿上外隔离衣，隔离衣的系带系在背后，然后再穿上外鞋套，戴上外手套。每天，小强都严格地按照这套程序来穿戴，不敢有一丝疏忽和懈怠。有一天傍晚，姜馨然连线采访小强，小强说时间快到了得马上走。姜馨然说：就最后一个问题了！但小强坚决地说：不行！我得赶紧去病房，一分钟都不能耽搁！

小强把自己微信号的签名改成了“生命有终点，人生须无憾”！

在他看来，自己这次在武汉的经历，大概是命运安排他为武汉做点什么——为了让人生没有遗憾。

黑龙江医疗队的老乡经常给他送东西。小强说真不知道该怎么感谢，回去后一定要去一趟哈尔滨看望这些亲人。

姜馨然逗他：你不先来电台吗？

小强：肯定去！回大连第一个去电台找你们。然后再去哈尔滨，再去南京。

姜馨然：南京是个什么梗？

小强：我所在的9楼病区，主管的就是南京鼓楼医院的医生和护士。他们给了我很多帮助。

小强又问姜馨然：我能进广播电视台里面吗？

姜馨然回答：能。

小强：可以带我媳妇一起吗？

姜馨然：能，带你儿子也行。

小强：回去以后我就不用怕人了。我就可以说出我的名字。我也想骄傲骄傲。

小强成了媒体、网络红人，小强火了。

但小强却说：我不想火，我就想过平头老百姓的日子，我只想回大连踏踏实实过我的日子。

3月11日，大连援鄂医疗队刘领队来到武汉市第一医院。经过协调，医院安排小强做了CT检查和核酸检测。结果一切正常。

要离开医院了。

小强去和护士姐姐们告别。

护士姐姐逗他：我们都还没走，你怎么就走了呢？

小强说：我到南京找你们。

护士姐姐说：到马林广场等着哦。

刊于《光明日报》（01 版）2020 年 3 月 16 日

小街小巷小人物（二题）

张映勤

“发儿小”柱子

晚上正在家里吃晚饭，突然接到电话，说是柱子刚刚走了，在朋友的聚会上，饭还没有吃，菜还没有上，他突然感觉难受，一下子滑到桌子底下，朋友叫来120救护车，在送往医院的路上，人就一命呜呼了。

听到这消息，我感到很惊讶，心里很不平静。人迟早是要走的，遗憾的是他走得有点早，才53岁。

在赶往医院的路上，我在想，柱子的状况，出点意外似乎也在情理之中，长期生活不规律，整天和一些狐朋狗友喝大酒，昼伏夜行，黑白颠倒，迟早是要出事的。

我和柱子，用北方话讲，属于“发儿小”——穿开裆裤一起长大的朋友。小时候，我们两家住得不远，上中学时还是一个班的同学。他的父母我很熟悉，都是老实本分讲理讲面的规矩人，一辈子没和人红过脸，与周围街坊邻居的关系处得都不错。柱子是家里的宝贝疙瘩，上面有四个姐姐，就他一个男孩儿。也许是孩子多的缘故，他的母亲没有工作，在家照顾孩子、料理家务，后来孩子们大了，就在家为一家工厂干点加工活，贴补家用。在我的印象里，柱子从小受母亲的溺爱，任性调皮，娇生惯养。上了初中，我们同班的时候，他开始和社会上一些小玩闹混在一起，经常惹出点是非，渐渐地在周围街区有了点小名声，当然不是什么好名声，一提柱子的名字，周围的孩子没有不知道的。其实，从外表上看，柱子没有凶恶之相，白净斯文，见人客客气气，挺有礼貌，穿着打扮、言谈举止与那些晃着肩膀眸子不正的街头小混混截然不同。

据我的观察，柱子的父亲管教他很严厉，在父亲面前，柱子就像老鼠见了猫，谨小慎微，毕恭毕敬，连大气都不敢出。他的父亲，面相和善，接人待物中规中矩，像过去的本分生意人，见了人十分客气，唯独对不争气的儿子，从来没有好声色。

初中的时候，我和柱子的关系不错，那时候学校开展“一帮一”结对子活动，实行就近组合，同桌或住家较近的所谓好学生与需要帮助的落后生结成对子。我和柱子结成了一对，具体帮助过他什么不记得了，辅导功课是免不了的，他经常抄我的作业。那是“文革”后期，功课不紧，学校上半天课，我们在一个学习小组，做完功课，经常在一起玩。他们家我经常去，他的父母从来都非常热情，也许在他们眼里，我算是他们信得过的规矩孩子，和柱子在一起他们放心，而社会上的人，他父亲是绝对严禁他来往的，只要他父亲在家，柱子就像是关了禁闭，不能出家门一步，只有一种例外，就是我们这样的同学去找他，柱子才有到外面放风的机会。

想起来不可思议，从小学到大学，我始终都当班干部，学习成绩、平时表现并不出色，也许是人缘好的缘故吧，尤其是和班里所谓的后进生的关系始终不错，那些成绩好、表现好、家庭条件优越的同学我倒不一定欣赏、亲近。这些所谓的差生虽然各有各的缺点，但身上普遍有一些特点：讲义气、不做作、不虚伪，相对的真诚豪爽，这，也许是我最看重的。柱子就是这样一个同学，不爱学习，自由散漫，调皮捣蛋，整天闲逛。在社会上结交了一些不三不四的朋友之后，有时出于哥们义气打架斗殴，惹是生非，但是他从来不欺负弱小老实的同学，也没有小偷小摸、贪恋女色的毛病，率性真诚、仗义豪爽，路见不平，拔刀相助，在学校的同学中有一点威望，有点像江湖上小老大的意思。听说他打起架来心狠手辣不要命，敢冲敢打不计后果，但具体有过哪些“战绩”，我不清楚，也许是“兔子不吃窝边草”。初中三年，柱子至少在学校没有打过架，没有什么大的过失，甚至连处分也没有过，只知道他在校外有一帮朋友，都是赫赫有名、跺脚乱颤的小混混。有时候，放了学，学校门口经常能看见三两个头戴军帽、嘴叼香烟、不三不四的小伙子在等着他。

我与柱子来往密切的时期是在四十年前的初中，印象比较深的是他犯了错误，在班上念的检查稿基本上都是由我代写的，他念完了检查，上去发言批判他的同学中同样有我，这种双重角色我不知扮演了多少回。

上了高中，柱子他们这些学习成绩不好的同学被分流到了一所普通中学，我那时也搬离了老院，从此和他的联系很少，一年难得见上一面。记不清是高一还是高二了，听说柱子因为聚众斗殴被抓了起来，判了刑，具体原因不清楚，只知道是用刀子捅伤了人。

在他进监狱的那几年，每年春节的初一我都带着几个同学到他们家去看望他的父母，年年例行拜年，从未中断，我们还没有世故到因为柱子入狱就断绝了来往的程度。

到了柱子家，我们好像也不大过问他的近况，免得他的父母伤心，我们大致只聊一些家常，礼节性地说一些拜年话。伯父伯母虽然情绪低落，神情木然，但是见到我们，还是发自内心的高兴。那时，我们大多上了大学，而柱子却在大墙之内，其父母的心情难过失落是可想而知的。看得出来，他的父母因为儿子有我们这几个同学而感到骄傲。印象最深的一次，有一年赶到柱子家拜年的时候，已经临近中午，他的父母非要留我们吃饭，其情之切，发自内心，绝不是虚情假意的客套，我们推脱不过，只得从命。他父亲说过一句话我至今牢记在心：“每年初一，我哪也不去，就等着你们几个同学。没别的，看见你们，打心里高兴。等柱子出来，你们一定要好好帮他！”

春节，家里的饭菜提前都做了准备，伯父又特意做了清蒸鱼，还让我们每人喝了一点酒。当年，供应紧张，鱼是罕见的贵重的食物，除了年节，平时根本买不到，我们自小家里做的都是熬鱼，平生第一次吃清蒸鱼就是在柱子他们家。

柱子服刑的时间不长，大致三四年的样子，他从监狱出来的时候，我还没有毕业。记得他找过我，说是参加工作要补高中的文凭。我利用暑假给他辅导过功课，后来结果如何，不得而知。只知道柱子的父亲后来提前退休让他顶替上班。

时间一晃就过去了二十多年，这期间，柱子从来没有主动和我们联系过，后来又搬了家，渐渐地，我们就极少来往了。

再次见到他，是在前几年的同学会上。柱子明显地老了，一脸的沧桑，肤色晒黑了，头发稀疏凌乱，衣着普普通通，可想而知，他的生活并不顺遂，条件也很一般。聊天中我了解到，他早早地就下了岗，现在在一家驾校当教练，工作比较辛苦，收入也不高。

多年的老同学，我们久别重逢，好像又回到了过去的时光，我调侃地问他："那些年，我们年年去看你的父母，你出来了反而不和我们联系了，你做的太不对了。"

柱子不善言谈，嘿嘿地笑着说："我从心里感激你们，爹妈前几年活着的时候经常念叨你们。可总觉得你们都混得不错，我活成这样，没脸见你们。"

他说的是心里话，三四十年前，知识还能改变命运，上没上大学，生活的境遇有很大的不同，和别的同学比起来，各方面条件不如人，心里有些自卑也是可以理解的。

我无所谓地说："都是老同学，什么混得好的坏的，你想得多了，我们谁也没有看低你。"我发现，多少年以后，一起长大的同学，脾气秉性都没有太大的变化，柱子还是原来那样，憨厚直爽，很讲义气。

有一次我张罗几个同学小范围聚会，把柱子叫来了。他显得特别高兴，特意带来了几包高档香烟，在座的一人一包。这几个同学，相对来说境遇都不错，对柱子始终尊重客气。他坐在那，不多说话，也插不上话，时不时地斟茶倒酒。饭局即将结束的时候，我喊服务员要结账，服务员说柱子已经把账结了。我对柱子说：“不能这么办，柱子，你的好意我心领了，但今天说好了我请客，账绝不能让你结。”柱子不会客套，憨憨地说：“哥几个能想着叫我柱子来，我打心里高兴，说明你们看得起我，总得给我一次机会吧。”争执了半天，我最终还是把钱硬塞到了他手里。我清楚，柱子也想找这几个同学聚会，却总是猫齐狗不齐，始终没有聚成，柱子后来有了顾虑，以为有人推三阻四不出席是不愿意和他来往，最终打消了这个念头。

论收入，论条件，柱子都不是很宽裕，但是他好面子、讲义气的性格还和小时候一样。

这几年，我们来往得并不多，一年见上一两次面，基本都是在饭桌上。他的近况，我了解一些，父母去世了，一个儿子，学习成绩不好，在外地打工。多年前，因为他出轨，老婆和他分居，他一个人住在父母留下的老房子里。这种状况，生活怎么可能有规律，他本身烟酒无度，与社会上一些酒肉朋友厮混，成天浑浑噩噩地度日。

我们虽然联系不多，但看得出来，他还是把我当作知心的老同学。针对他家里的状况，我劝过两次，言辞很激烈，让他主动认错，痛改前非，征得媳妇的谅解，过稳定的正常人的日子。他答应着，嘴上诺诺，似有难言之隐。事后听说，他们的夫妻关系丝毫没有改善，他还是形单影只，踽踽独行。我感觉，平时接触不多，交往不深，他不可能和我说一些细节，他的做法肯定已经让对方难以忍受。他的老婆孩子我都没有见过，但是从他嘴里听说，媳妇对老人孩子都不错，没有对不起他的地方，两人分居的原因是他在外边有了相好。

我们始终不远不近地保持着联系，几乎从不共事，他也极少麻烦老同学，始终保持着一定的距离。只有一次他找过我，说是为他儿子上学的事托托关系。我答应了他，孩子升学是家里的大事，他既然张了嘴，我一定会尽力而为。但是等到分数下来他找我的时候，我没有为他费什么心思，拒绝了带他去找朋友的要求。我实话实说，孩子上学的事我已经打电话托付好了，朋友说孩子的分数进那所高职学校应该没什么问题。我告诉他，希望很大，不用带你和朋友见面，真有了困难再去拜访也不迟，免得白搭一份人情。柱子当时很着急，可能对我的说法有误解，以为我借故推托不愿意帮忙。虽然他嘴上没说什么，但是从表情上看得出有一些失望。我解释了半天，他也听不明白，快快而去。

得到朋友告知的录取消息，我在第一时间给他打了电话，柱子听了喜出望外："我说你不是那种人吧，肯定不会看着不管的。一半天我找你，怎么谢人家听你的。"

我说："真不用谢，我也没费什么力气，是孩子自己考上的。当初不带你去面见朋友，就是为了让你省点钱。我知道你当时可能埋怨我，我真是为你着想。"

柱子在电话里很感激，连声说："明白，明白。"

我对柱子的印象，基本上停留在学生时期，对他的近况了解得并不多。在我看来，他有自己的生活圈子，自得其乐，我们互不介入，只要还保持着小时候的那种纯真的友情就足够了。但是近一两年，我却听到有关他的一些议论，说他办事越来越不靠谱，为了钱，不管不顾，什么尊严、面子、情义都可以不要了。

他在驾校当教练，有一位同学找他为孩子联系学车，钱交了一年，车没学成，他甚至连名也没给报上，几千块的费用私自花了。这位同学追问了几次，柱子谎话连篇，今天拖明天，明天拖后天，三番五次就是还不上钱，最后甚至连电话都不接了。老同学气愤已极，迫于无奈，求我从中说情。在他们看来，我和柱子的面子足，从中斡旋，可能会起点作用。碍于情面，我给柱子打了个电话，问了问大致情况，说是如果一时手头紧，我可以给他先垫上。柱子答应得很痛快："不就是这点事嘛，没几个钱，你别管了，我最近太忙，三天之内就给他结了。"

柱子没有食言，总算把钱还上了。这件事出乎我的意料，改变了我对他的看法，柱子虽然收入不高，但当个教练，维持生活应该没有问题，即使经常在外面吃吃喝喝，花费也有限。再困难，也不能用这种手段花别人的钱。

个别老同学有和他联系多的，不知什么原因，后来偶尔提起柱子，都面露不屑之色。

在料理柱子丧事的那两天，我才知道更多的情况。几个老同学都说柱子找他们借过钱，少则几千，多则几万，没有一个还上的。这些年，柱子不满足窘迫的现状，也想折腾着做生意挣点钱，但几乎次次亏本。这还不是主要的，更要命的是他参与了赌博，手里没钱，就找同学朋友四处挪借。债主追得急了，他就借新账还旧账，拆东墙补西墙，终至窟窿越来越大堵不上了。据同学讲，这几年和他来往的人越来越少，借了钱长期还不上，他也不好意思再与债主见面，有时，为了躲债，他甚至连同学的电话都不敢接，惶惶不可终日。

这次意外身亡，据说是突发性脑出血，他平时生活没有规律，冷一口热一口，饥一顿饱一顿，经济压力又大，身患高血压、心脏病，却从来不看病吃药。他的突然暴亡，看似意料之外，也在情理之中。依我看，这种生活，不过也罢。以他的能力，除非奇迹，不可能再出现转机。人一旦沾上了赌博，和吸毒无异，沉溺其中，难以自拔，人的精神、情绪受债务的困扰发生变态，四处借贷，信誉受损，最终闹得众叛亲离，走投无路。柱子的死，对他来说，也是一种解脱，一了百了，再不用东躲西藏，再不用为一屁股账发愁了。

抬不起头的江小三

江小三是我小学同学中最倒霉的一个，始终灰溜溜地抬不起头来，直到小学毕业他也没有加入“红小兵”。本来，他的出身不错，父亲是工人，母亲是街道代表，只要遵纪守法，不出大格，就算调皮捣蛋，就算学习成绩差，早早晚晚都会让他加入组织，那时候，“红小兵”是全民性的群众团体，小学生没加入的凤毛麟角。

江小三上面有两个姐姐，家里宠着惯着他，有些任性淘气，再加上他长得人高马大，在同学当中就有些说一不二，霸道成性。

上世纪70年代，那时候社会上时兴戴毛主席像章。像章的材质、大小不一，有金属的、陶瓷的、塑料的；大的有盘子那么大，小的像分币那么小；圆的、方的、长条的，造型各异，内容相同，都是毛主席的画像。当年的像章可以说风靡一时、家家必有、人人必戴。

小学生更是别出心裁，我们戴的像章有大号碗口那么大，都是家里特制的。前面是圆玻璃片，中间夹着毛主席的彩色画像，后面由薄海绵和硬纸夹子做底衬，四周用塑料管裁开了封住玻璃的边框。这种像章如同一面圆镜子，同学们几乎人人都有，不过它不是别在上衣的胸前，而是用绳子穿好了挂在脖子上。我们每天戴着它上学下学，比贾二爷随身佩戴的那块通灵宝玉还要珍惜，还要神气。

记得是上小学三四年级，有一天做完广播操，老师突然宣布我们班的同学在操场上跑步。胸前戴的像章怎么办？老师让摘下来放在体操台上。同学们摘下脖子上的像章，一一放好，然后开始围着操场跑圈。跑了一圈又一圈，跑得人们气喘吁吁、大汗淋漓，然后跑步结束，同学们回到原处去取各自的像章。

几十个同学围在那你挑我拣，乱乱哄哄。江小三人高马大，拨开人群，冲到里面，找来找去没找到自己的那一枚像章。他的像章，上面是《毛主席去安源》的彩色油画，伟大领袖身穿长袍，手持一把油布雨伞，用红色塑料封边。这里面是有这样一枚像章，图案大小基本上和他的一样，可是带子的颜色略有不同，他是红色的，而这个是紫色的。肯定是谁粗心大意拿错了。

江小三转过身，拉住同学，逐个往同学的胸前观瞧，如果是别人拿错了也就算了，偏偏他发现自己的像章戴在了另一个同学魏大朋的脖子上，而这个魏大朋平时又与他有些矛盾，两人都是膀大腰圆，谁也不含糊谁。

江小三走过去一把抓住他："哎，你眼睛瞎了，戴我的像章干吗？摘下来，还我！"

本来魏大朋就憋着火要和他打一架，见江小三用这种口气说话，岂能认输服软，他一把拨开江小三的手，低头看了看胸前，是自己的像章，没错呀，图案就是《毛主席去安源》，至于带子的颜色他根本就没注意。江小三这是要找碴打架，魏大朋当然不会给他，如果换了别人也许就换过来了，但江小三要，口气还这么硬，他就不服这个软。

“还你，凭什么还你？你说是你的，怎么证明？我还说是我的呢。”两句话不对付，两人争执起来。

“不给是吧？不给你也别戴！”江小三仗着身强力壮，上去就夺，一把就将像章从对方的脖子上扯下来。魏大朋当然也不是吃素的，冲过来就抢。三扯两拽，两人扭在一起，江小三一气之下，背过身把像章狠狠地摔在了地上，然后用脚踩了踩：“让你抢，让你抢，谁也别想戴！”只见像章被摔得粉碎，伟人的头像也被踩得破烂不堪。

见此情形，魏大朋拼命抓住了江小三的胳膊，大声喊道：“好呀，你敢摔毛主席，还用脚踩，你反革命！反革命！”

魏大朋这么一说，江小三彻底傻了眼，支支吾吾不知怎么解释。一时冲动，闯下大祸，证据确凿，不容抵赖。

学校的领导、老师、工宣队闻讯赶来，问明了原因，不知如何处理，找来了民警，江小三被扣在学校接受审查。好在他年岁小，家庭成分不错，又事出有因。虽然没有被劳教收监，但在学校的大会小会上检讨了无数次，从此和“红小兵”组织无缘，直到毕业，他都是白牌一个，在同学中弄得灰头土脸，再也不敢趾高气扬了。

刊于《湘江文艺》2020 年第 4 期

一只狗留下的故事和遐想

徐南铁

小小走了好几年了。我的微信头像还一直是小小的照片。朋友圈里的人每天都会看到它。

因为早晚我不再遛狗，我的“小小的爸爸”这个小区内部称呼，渐渐被狗友们取消、忘记。其他的狗还跟着它们各自的“爸爸”在小区里四处溜达，一副幸福满满的样子，看到我时竟然没有跑过来问一声小小去哪了。也许，狗已经向人学到了对同类的淡忘和冷漠？

小小刚走的那段时间，我有点害怕在小区散步。那些草地树丛，僻静的转弯抹角，都留有我和它共同的记忆，不断提醒我，让我念及难以忘怀的往事。我知道，在叹息小小离我远去不再回来的惆怅里，其实藏着自己对于岁月流散的感伤。

小小留下的故事就在这种感伤中时时浮现，并没有随时光的远去而黯淡。

情人梦断风中

小区里有一只小母狗，是小小的至爱，但是小母狗的主人从不放它出院子，小小总是和它隔着栅栏说话。它们互相拼命地摇着尾巴，努力将鼻子伸过铁栅栏去触碰对方，低声发出亲热而欢快的轻吠，夹杂着无法进一步亲近的慨叹。

有时候，我带着小小来到那院子外，也许因为它俩没有约好吧，小母狗没有到院子里来。小小会若有所失地在那里久久徘徊，不肯离开。甚至就匍匐在那家院门口等候，摆开一副不见不散的架势。那种时候，我就只好抬头看看飞过去的鸽群，低头数数小径旁的野花，以排解一时的不耐烦。如果最终没有见到心中的女神，恋恋不舍的小小就会翘起一只后腿，在那家的院门上撒一泡尿。那是它的一条留言，是一张跟帖，一首爱情诗。我猜想，小母狗也会有在这里满怀惆怅巴望小小的时候吧？

不自由的爱情，远隔而难以倾诉的情愫，总是让人扼腕叹息，想必人狗同此。而狗不持有现代通信工具，思念一定更为醇厚。

小小生病住院，钱花了上万元，却未见好转，反而日渐衰弱。兽医说，这与狗种的高贵与遗传有关，语气中有爱莫能助之意。于是我们决定带它回家，让它把最后的时光留在家里。一路上它无精打采、奄奄一息，但是车一进巷子口，它突然挺起身子，两眼放光，看得出来有点兴奋。虽然最终只能无力地低叫了两声，却让人以为，家可以温暖它的生命，熟识的环境可以让它恢复精神活力。

但是很遗憾，那个晚上它有气无力地趴在窝里，几乎一动不动。叫它一声，它只是呆呆地望着你，用眼神表示回应。

第二天天还没有大亮，我抱虚弱的小小到小区的东头去等待日出，那是它常常溜达、嬉戏的地方，而那小母狗就住在近处。我希望阳光和爱情给它力量。路遇一只熟识的大狗跟它的“爸爸”出来遛弯。大狗摇着尾巴跑过来，抬头将小小从头到脚闻了一遍，显然是问候。只是可怜的小小已经无力遵从礼节，没有做出任何回应。

向着日出的方向，我找个石阶坐了下来。小小无言地躺在我身边，一动不动。太阳升起来了，阳光开始抚摸它，它却没有抬头，反而把脸转过去，似乎嫌阳光刺眼。

我知道事情不好，决定赶紧抱它去见它的恋人，那只小母狗。中国曾经有“冲喜”的旧习俗，让一个久病不愈的病人结婚，祈望以“喜”唤醒他的生命体征。我不敢存什么奢望，但觉得至少应该让小小与情人再见上最后一面，也算是对生命有个交代吧。

那家院子门一如往常关着，没有见到小母狗。我放下小小，希望那冤家快点出现。小小已经多日未进食，虽然来到自己心中的圣地，那个曾经流连忘返的地方，却已经没有力气站起来，只能完全不顾风度，随意地趴在那家院门前的地上。

终于，小母狗跑来了，肯定是冲着小小来的。它扒着栅栏向外张望。小小的脚发软。我卡着它的腋下把它举起来，让它俩能够等高地隔着栏杆对视，希望爱情可以医治可怜的小小，激起它对生的欲望。但是小小无动于衷，眼神黯淡无光，始终无法凝聚在它的情人身上。曾经的爱恋似乎烟消云散，所有的岁月不再有光彩。它的情人只能摇着尾巴默默地望着它，好一阵子见不到任何回应，只好扭头姗姗离去。

晨风吹拂着小小的白色长毛，却无法唤醒它软绵绵的身体。最终，小小没有能够抬起头来望望情人的背影。或许它们之间目光的短暂闪现，就已经倾诉了岁月的不舍，交流了关于生死的感叹？

但是在刹那间，我的心理大厦却彻底坍塌，知道小小已经无法挽留了。

面对自己的钟爱已经没有热情的力量，面对异性丧失了兴趣。这是生命走到尽头的表现啊。我心底暗暗期盼的奇迹并没有发生，生命依照既定的轨迹蹒跚前行。

只好再把小小送去医院，最终还是想借助现代科技的一臂之力。但是医学无力回天，小小就在那天傍晚走了。

挚友无言发飙

小小在兽医院去世，我们抱它回家装殓，却发现了另一段故事。

小小有个形影不离的挚友，是家里那只猫。它俩年龄相仿，个子也差不多。在同一个屋檐下一起生活了十几年。

来家里的朋友总是有点惊奇：狗和猫不打架？——不呵，它们很友好。

猫是挑食的，而且生性多疑。给它食物，它总是先将鼻子凑过去闻闻，再决定吃不吃。这时候如果小小看到，会冲过去就把食物咬住，占为己有。每逢此时，猫总是一声不吭地走开。

小小还会争宠。如果看到我抚摸猫的脑袋，它会跑过来插在我和猫的中间，伸过头来让我抚摸。

根据我的观察，猫其实是比狗凶狠厉害的角色。如果两军对垒，小小一定不是那只猫的对手。但是猫偏偏就是不跟小小计较，就像一个大哥哥对待淘气的小弟。最生气时，猫也不过是对小小龇牙低吼一声，小小并不害怕。

我们不让猫出自家院子。平时带小小出去遛弯，猫会跟到院子门口，站在院子里呜呜地叫。小小却对走出院子永远怀着激情和渴望，院门只要开一条缝，它就会像一支白色的箭挤射出去。我们平时说话中如果有“出去”两个字，小小听到立即会直起身子盯着你，然后自以为是地兜着圈子兴奋地跑，似乎催促说“快出发吧，我已经等很久了”。

小小有病症其实已有两三年，一直在吃宠物医院开的好几种药。幸好它只是常常咳嗽，并不影响它冲出院子，更不影响它腻在小情人的门前。

家里窗台上一只只药瓶，罗列着小小每天吃的药，有药水，也有药片，还有碾药粉的小工具，等等。猫常常跳上那窗台，为的是向外张望。我曾担心那些药瓶会被它不小心打翻，但是两三年都没有发生这样的事，一次都没有。

事情蹊跷的是，当从医院抱回灵魂已经出窍的小小，进门发现，几年没有发生的事情今天却发生了。放在窗台上的小小的药全部被猫咪打翻在地上。

老猫你这究竟是为什么？是有预感还是心中不平？

如果是它有预感，就是知道小小已经不再需要这些药了，留之无用。如果是它为小小的离去愤愤然，就是认为这些药是些没用的东西，吃了这么多，却挽救不了小小鲜活的生命，因而愤然发飙。

猫或许真有特异的沟通渠道？我盯着猫，问它究竟是为什么。猫那双历来就看不出表情的浅绿色眼睛也直直地望着我。相互的对视中，我感觉到它的眼光里反射出我的悲伤。

动物有一些行为我们无法解释。我记得关于小小就有过这样一件奇怪事情：有一天去遛小小，走着走着，我突然发现它的右后腿似乎受伤了，踮着不敢着地。它是在用三条腿走路，一瘸一跳的。我抱起它仔细察看，却没看出那条腿有什么异常。近日里小小的生活也一切正常，并没有伤病，今天的瘸是怎么回事呢？不过，小小不一会就恢复了正常，奔跑如初，我也就没再把它的一时失态当一回事了。

怪异的是，第二天带小小出去遛时遇到一只大型恶犬，坦荡无防的小小走上前去想打个招呼，却猝不及防地被恶犬咬了一口，而咬的正是小小的右后腿！这一下，小小真的得用三条腿走路，真的一瘸一跳了，状况就同昨天看到的一模一样！

前一天的情状是暗示、提醒，还是预演？真是让人吃惊。

自然界还有多少事情我们没有弄明白啊！面对这个未知世界我不得不相信，小小离开的那一刻，猫一定有所感知。但是它无法有所作为，只能用横扫药瓶的方式发泄它对命运的不满和控诉，也算是对多年老友的沉痛悼念吧？

葬礼悄然进行

小小离去的那个下午，我正参加一个会议。散会后打电话问小小情况，知道医院通知说情况不好，家人已赶往医院。

我赶紧让司机直接送我去医院，但是赶到医院时小小已经离别了这个世界。家里的人都守在那里，包括平日里为它喂食、洗澡的阿姨。

小小魂归何处？家里虽然有个小院，但是不敢想象将它葬在自家院子里，任凭它在我们身边渐渐化为泥土。

那时宠物殡葬业还没有兴起。宠物医院告诉我们，有一位张先生专门经营宠物火化事宜，跟各宠物医院都有联系。医院给我们看了张先生的广告单，广告语模拟宠物说：“请不要把我当垃圾扔掉啊。”简单一句话，打动了我和太太的心，当即请医院与张先生约好第二天的火化事宜。

我们先把小小接回家，为它洗涮干净，再送回宠物医院，装进一只泡沫塑料盒，存放在冰柜里。

太太给小小做了一朵白花，并拟了一封信，由我用宣纸信笺抄录：

小小，我们的爱犬：

几千个日夜相伴，铸就了我们与你的心灵纽带。我们打造你的幸福；你让我们快乐。你已经化作我们生命的一部分，永远无法分离！

安息吧，小小！

曾有人说，宠物只是我们人生的一片云彩，而我们是它的整个天空。但我知道，这一片云彩，会伴随我的一生在心头飘荡。

夜晚坐在灯下发愣，想着独自躺在医院冰柜里的小小，关于狗、关于死亡、关于人生的思绪纷至沓来，很是伤感。深切体会到，亲人的死亡是人生成熟路上不得不面对的沟沟坎坎。

突然想到还是知青时代我做乡村民办教师时的一件往事——

有一天，附近村里的一只黑狗掉在学校的化粪池里淹死了。狗的主人闻讯赶来，我担心他会把狗拖回去一饱口福，因为当地有吃狗肉的习惯。但听说他就近在学校菜地旁的山坡上把狗掩埋了，也算是对得起那狗吧。下午课间，有几个学生跑来神神秘秘地告诉我，三年级一个男生在小山坡哭，是那只狗的小主人。我去到那里，小男生已经离开了。只见一个很小的新土堆，显然就是那只狗的新坟。坟前插了一根细嫩的树枝，上面穿挂着一张作业本上撕下来的纸，像白幡一样在风中摇曳。近前一看，纸幡上写着一行歪歪扭扭的字：“亲爱的狗同志永垂不朽！”跟着我去的学生都笑了。我也为学生幼稚的模仿忍俊不禁。

如今坐在这如铁的深夜里想及几十年前的往事，终于体会到那个小男生的悲伤。幼小的心灵不知怎样排遣那无法排遣的伤痛，只能从极其有限的认知和想象中，找出他心目中最高规格的悼念仪式。而他人的笑，是因为未曾经历丧失爱犬的切身之痛啊。

我们给小小写的信，也会惹人发笑吧？没有享受过人狗之情的人，当然无法理解人与狗的心灵相通。

第二天上午，我和太太赶去医院。张先生用旅行车把我们拉到近郊一个僻静的山坡上，他的工场就在那里。一座小房子，还有大小两座焚化炉，都在绿树和翠竹掩映下，四周只听见虫鸣，幽静得令人不安。一方面惊叹这里竟有苏东坡“料得年年肠断处。明月夜，短松冈”的悼亡词意，一方面却又平白生出担心：这里会不会成为焚尸灭迹的犯罪场所。

在医院冰柜里孤独躺了整夜的小小宛如生前。张先生提供了一块明黄色的织品，上面印有一行赭色的字符，他说是经文。用它把小小裹好放入一个小盒子，再放入我们的信，还有一块它喜欢的狗咬胶、十粒干玫瑰花。小小的身影在我们的最后注视中送进了焚化炉。一通电，炉子里的火苗刹那就蹿起来了。

不忍心透过窗口看火苗在小小身上跳跃，我伫立在山坡上绿色的浓荫中，默默体会生命的流逝。

不到一小时，小小变成了一小堆洁白的骨粉，还有一些没有烧尽的白瓷般的细小骨头。那个十几年间在我脚前脚后奔跑的白色精灵消失了，这就是它留在世间的全部？

向张先生买了一个小小的白瓷罐，用它盛着小小回家。从此世间再没有小小，只有思念的闪烁。

所有的故事都在风中飘散。也许，不会有其他人知道这山坡上送别的一幕，即使知道也只是送你一声叹息而已。再怎么刻骨铭心的伤痛及怀念都只属于当事者，不会有人能够像当事者一样感受得那么深刻，像当事者一样有那么沉重的关切和理解。所谓“感同身受”，其实只是一句客套话，一种安慰，一种表态。

后来，在我当民办教师时教过的小学生微信群里，竟然也看到有学生对小男生哭狗的往事记忆。有个女生说：“我记得可清楚呢！当时他家养的狗死了，他抱着死去的狗哭得可伤心呢。后来一边哭一边把狗埋在了小学厕所旁边的地上。一边埋一边哭，场景可感人啦！”所有的记忆者都不免掺杂一些自己的想象和补充。所以回忆与实际不免有细节的些微出入。

旁人的记忆光圈，盯着的是当时的场景，是那个哭泣的小男生。对于那只引发小男生眼泪的狗，其他学生显然不会有什么感觉。狗的去世就是家人的去世。痛与幸福一样，只能属于自己。

时光悠悠，人生倏忽。不管谁去世了，真正在心里怀着曾经的幸福和漫长的痛苦而时时想起他的，能有多少呢？

好几次，孩子提出再养一只狗，但是太太不答应，小小一直盘踞在她心中。除了不舍之外，她还怕再经历一次同样的离别。

其实小小还在家里。他就在玻璃柜里，藏在那个小瓷罐中，只是与我们生死两隔。有时候我望着那个白色的瓷罐，会设想着小小在寂寞的中夜出来游逛。他能够找到自己的食盆吗？依然在厨房的角落里呢。我相信，小小一定能够从盆里找到岁月记忆。

老猫还在，日子同原先差不多，没有什么大变化。只是它每天打盹的时间似乎比以前增加了许多。据说猫也会做梦。它打盹的时候，小小会悄悄来到它的梦里吗？

刊于《荆江》创刊号（2020 年 8 月）

有　味（外一篇）

徐　芳

那只盂或者叫钵，就放在西餐桌的中央。敛口、鼓腹、平底。粗看色黑，拿起细看，通身却不见一点墨色。“春英夏荫，秋毛冬骨”八字，似可形容那种幽幽的色调，所谓春绿、夏碧、秋青、冬黑，集于一身。

重如铁锭，却浑圆，而转动时有凹凸感。我尤喜凹下处，就像匠人制作时不经意残留下的指肚印，或刻意雕塑的眼窝形状。而凸起的地方，像一棵树上的树节、树瘤。这种感觉，厚重、朴实、本色，一点儿也不迎风舞弄，或曰作秀。

我问前来“看宝”的，一个玩收藏的朋友：“你见过没？这样的……”朋友摇摇头。却叹道：“有味！”所谓有味，也许是说不清年代，也说不清形制，形容不出的一种形容吧？

这件“宝物”，其实最平常不过。小时候，我常去和鳏居的外公做伴。外公家，别无长物，一张大八仙桌，几把椅子，一床一榻，还有一排柜子而已。其中一个小柜上，放着几样零星的摆设，其中就有它。

说它是摆设，倒未必。但说它是实用物件，又实在说不清它的用项。

说起来，外公一生的嗜好，唯有酒。晚饭时从来都是先拿酒，抿一口，再举筷子。酒是零拷的绍酒，上海人称之为黄酒。其中也有分别，五加皮便宜，是平常喝的；状元红却难得上桌，一般只是用来待客，或在节庆日里专享。记得它们存放在两个保暖瓶大小的玻璃瓶里。嘣的一下开瓶塞，朝冬天的锡壶，或夏天的小碗里，咕嘟咕嘟两下，那就是三两了。这样的准度，只有他有，唯手熟而已。

我人来疯似的，吵着要喝的时候，外公便隆重取来那件“法器”，一个“咕嘟”都不到，辄止。舔着玩，并不觉得好喝。多舔几下后，就天昏地暗了。被叫成小醉猫，再就被逼到床上睡觉去了。可过段时间，他老人家偶然兴致高，一个人吱溜吱溜的，不过瘾。便又拿出那个来，问：“喝点吗？”我点头，大概是对这古怪的盛器，感觉有趣。

有一次手被门轧到了，紫胀。还有一次脚背烫伤，外公皆在那只说不清是盂还是钵里，泡上一种什么叶子。他将叶子在舌尖上蘸了唾液，粘贴在我的痛处。我学样，那一片片叶子，横七竖八地贴满了他操劳的脸，他竟乐得哈哈直笑。

有时那里也会捧出一只桃，或者是几颗杨梅、一串葡萄，叫馋嘴的儿童，意外惊喜。

老人不甚爱茶。但时不时会抓一把决明子或菊花，放在那物件里，灌上开水，凉着。小孩喝不得那苦味，抗拒，但总被揪住而无奈灌下。他发狠说，那茶饮能明目、去火。说这话时，铁钳似的茧手，自觉不自觉地用了力，我的耳朵则火烧一样的疼。

后来那东西，又做了母亲的针线“笸箩”。针头线脑里，它就像我仄起的耳轮，做出倾听的形状。我趴在妈的脚跟前，捻线，穿针，也听她讲过去的事。

妈说：外婆不是只生了她一个独女，本来养了四五个孩子。可都在四五岁上突发急病，死了。轮到她出生极为宝贝。家里人都愁怎么养大。亲戚朋友中的一位年长者，指点说：放在庙里用碗盛一盛，就好了。果然，就被放在一个大碗里，在香烟袅绕中再被带回家……她的小名，就叫“大碗”。

说这话时，妈的眼风正扫过眼前这一只“笸箩”，或该叫“大碗”的。可如果就是它，未免太叫人难以相信了。

外公生前，我未问及此物的来历；他去世后，妈说，你挑一件东西留作纪念吧。我没挑镂雕的石花瓶，也没挑清末民初的五彩大瓷罐，独独挑了不起眼的它。说拿去给儿子放围棋子吧。

儿子把它抱在怀里，却骇道："有味！"

酒味？茶味？果味？后来养过小金鱼、小乌龟的味儿？或者是老外公身上的油烟味（他曾是个厨师）？

无论如何，它现在空着，我只闻到了孤独的味道。

悲壮的报答

鸡是什么？

鸡是陋街尽头一排有栅栏的铁笼子里圈禁着的生命吗？它们往往无声，即使引颈长鸣，也是在帮衬着它们的主人们，在招徕、诱惑主顾们光临，使得它们被宰杀的命运早一点降临？

鸡或许意味着荣华鸡、德州扒鸡、符离集烧鸡、叫花子鸡、小绍兴三黄鸡，乃至肯德基家乡鸡？

鸡还是有灵性的生命吗？

那吹过来的是漠风，那悬垂着的是落日残照；那悲壮的落日掩埋之处，是无边无际的褐色戈壁。那里会有鸡吗？

有一群鸡。那里很真实地有过一群又一群鸡。

想象一群鸡的繁衍，在戈壁。

倘若进一步想象的话：在坎儿井间或明亮的空地上，在芨芨草和红柳丛生的深处，在钻天杨筑起的防汛林稠密地带……它们生存下来了，像它们的主人一样生存下来了。

偶尔，在早晨或者中午时分，它们悠闲地踽踽游荡在一条公路上。它们常至戈壁的砾石之间，在那儿觅食。

它们有过健壮生长的时期。其实这也表明了，它们无法逃脱它们的种族所具有的那种灾难。因为这之后伴随着它们的，是一场噩运。冥冥之中，是哪一双手在操纵着它们的命运呢？

一只鸡死去。又一只鸡死去。

鸡瘟蔓延。芦花鸡、白洛克鸡、大骨鸡、油鸡、浦东黄、澳洲黑……它们庞大家族的每一个分支，都无法不染及这一场鸡瘟。

只能看着它们死去。它们一个接一个死去，像是去践履它们家族的某一条约定。谁的手能够撕毁这无纸之约呢？他站立在那儿。他那时站立在戈壁一隅。戈壁像一张铺张开来的黑黑苍苍的大纸，他就像一个字站立在戈壁之上。

他抬脚，这个字动了一下；他弯腰，这个字动了一下；他抬胳膊，这个字动了一下；他伸手，这个字继续动了一下。也许，这个在戈壁上的字的缓缓动态，标明了他的困惑、他的忧虑。

很小的鸡的影子，在戈壁上倒伏。而他的很长的影子，却在戈壁徘徊。戈壁无语。戈壁保持着巨大的缄默。戈壁是非动态的，戈壁唯一能做的是：缄默。

他再度移动他的手。他的手能够不怎么轻松地移动着，他的手里有一支很小很小的药瓶。是一瓶普鲁卡因青霉素，当然是人创造出来给人用的。他知道人使用的青霉素，同样可以使人所饲养的非人的鸡，获得抗病能力。但它只有一瓶。他必须选择，在众多的鸡里，在它们中间选择一个唯一——这当然很悲悯，也可说很残酷。

在回忆中，他不知道，在那时，他在戈壁举起的手，冥冥中，或许契合着上苍之手了。他并不知道应该如何回答：谁是那千分之一或万分之一呢？

谜底是一只澳洲黑。漂亮的羽毛，羽茎、羽杆、绒毛，都像它栖居的戈壁的砾石的颜色一样，或者说像这里浑沉的大漠之夜一样。它的肌肉也如同戈壁的砾石一样，坚挺、坚实、匀称。

他在回忆时，想到了它那时其实像一个少女一样，正在度过它的黄金岁月。说话时，他闪亮的双眸，仿佛也表明了：在那时……他也正年轻。因为，他叙述的语调，同样有一种闪烁——一种金属般的光泽。

那种特别的语调，也许就是给澳洲黑的。它活过来了，它在普鲁卡因青霉素的作用下，抵抗住了那场瘟疫。

他总是能够看到，一团漆黑的羽毛簇拥着他。在渠堤上，在何处归来的黄昏，或是在他从巴扎醉酒踉跄的途中……

莫非这就是报答吗？是一个生命对另一个生命的报答？或是一种生命，对另一种生命的报答吗？就像一种生命所用的药物，作用于另一种生命的肌体中一样？

谁能够在那一片无边无际的戈壁滩上，紧紧抓住上苍之手呢？那么，在那个夏季或秋季，他抓住了吗？

再逢劫难。这一场劫难，这一场瘟疫，来得是如此迅猛，如此突然，澳洲黑在劫难逃了。

它没有逃。在被击倒的前夕，它已经度过了它的辉煌岁月。它的漆亮的羽毛，已开始变得黯淡。它的坚挺、结实、匀称的肌肉，正在松弛、松垮下来。可它在最后倒下前的那段时光里，蹒跚地从野地里，从望不到的戈壁深处，顽强地回归了它的窝巢。它想在它的窝巢旁，看见它的主人吗？

万万没想到的是，就在它的窝巢里，它生下了它生平的第一只蛋，也是最后一只蛋。然后，死去——去践约它们家族的约定。

它完成的是一种悲壮的报答吗？

在听完这一个关于鸡的故事后，我该如何思索它们在城市中的命运呢？或者是，我如果想尽然窥视另一种生命体的命运，该如何走出城市？它意味着走向大地，走向更为广阔的世界吗？遐想中，总觉得有什么恳切地望着我，有期待，有依恋。

刊于《天天读写·初中版》2020年6月

选　择

南　子

炎夏的一天，我站在南疆边镇小学的水池边，我的皮肤曝晒在 7 月的阳光下，一阵阵口号与语录声从学校院墙外边隐隐传来，与我的童年时代迎面相撞。我看见 6 岁的自己，正在水池里冲脚，我的脚面上沾满了沙子，水池旁的美人蕉正在开花，肥厚浓郁的花朵像红色的喷泉，在蓝天下炸裂。

那时的我，每天总感觉到身上有用不完的精力，就像血的细胞鼓鼓的，噌噌地往上冒，热气在头顶上飘，像盛夏田野上的蒸汽，而我从头到脚都是盛夏，每分钟都像是在拔节，学校操场上的排球、跑步、跳绳、篮球、拔河、广播体操课，以及各种排练演出——任何一件小事都能令我们热血沸腾，觉得空气中满是蜜蜂的声音，甜丝丝的，阳光纯金的光线终日围绕。

还有体育课。

上体育课的铃声一响，这时候，孩子们就像是一群抢谷子的鸡，呼啦啦地全扑向操场的空地上，排球在空中画出一道弧线，篮球在坚硬的水泥地上啪啪有声——不管是什么球，我们每个人都像是鸡看到谷子那样，眼睛闪闪发光。

年轻的体育老师陈开明穿着深蓝色的球衣，抱着一只篮球站在操场上，身材挺拔匀称。他的球衣是半旧的，但穿在他身上格外好看。他胸前总挂着一个铜质的哨子，时不时地吹响，我们像一群真正的小鸡那样簇拥到了他的身边，看他的球衣，看他的铜哨子，也看他微微冒汗的微黑的脸。他身上的一切，都让人联想到健康、结实、有弹性。连同他的细长的单眼皮，在当时也影响了我的审美，认为单眼皮的男人才是最好看的，简直是越看越好看。

不止我们那样想。

在南疆，炎夏的黄昏格外漫长，天空湛蓝广大，云、树很长时间一动不动。放学后的镇小学校园里变得空荡荡的，体育老师陈开明吃过晚饭后，一个人在操场上垫排球，只见他双手并在一起，一曲一伸，小臂往前一送，排球就弹到半空中了，又慢悠悠地落下来，他又轻轻一挺双臂，像是怕弄疼这个白球似的，排球却因为这轻轻一碰，重又弹到了高空中——陈开明老师乐此不疲地一个人玩上好久，他不知道，自己在运动的时候，落日的暗红颜色像绝妙的油彩，停留在他身体的每一处，令人联想到，这暗红色的落日余晖经过漫长的夏日，就是为了等待这一刻，它顺应了某种魔力，用尽了沉落之前的最后力量，将它全部的光辉照亮了这个人，将它最丰富最微妙的光统统洒落在他身上。

此时，在离他不太远的镇小学教务处，一个女人站在敞开的玻璃窗前，同样若有所思地看了好久，看人也看球。看着看着，她似乎有了一种近乎晕车的感觉。

她就是镇小学副校长李凤梅。是一个 31 岁的已婚女人。

李凤梅似乎很喜欢这种画面，经常看，她每天回家的时间也越来越晚。她瞪着眼睛，看着窗外操场上陈开明跃动着的矫健身影，如同看着一出戏尚未开启的大幕，她不知道，这大幕正被莫名的风撩起了一角，露出一个形状模糊的东西，它面目不清，却散发出一种不祥的气息。

李凤梅是一个长头发的女人，她的头发厚而蓬松——当然，她有时扎成一个单马尾，但扎得很松，似坠非坠，一大缕头发散落下来，几乎遮盖住她的小半张脸。有时她扎发辫，在走动的时候，垂在肩头的两条发辫像藤条一样颤动而富有生命力。她的鼻翼两侧各有一条长长的，向上扬的纹路，眼睛也因此变得细长——这是人们传说中的狐狸脸吗?

李凤梅给人们的印象是有些不太合群，因为她在镇小学工作很多年，很少到各个办公室串门，女同事围在一起打毛衣，家长里短的时候，她也从不在她们的外围停下参与议论。她在人们的边缘行走，犹如给她们谈论的热烈火焰掠过一阵凉风，令她们心有不快，但不妨碍她经常被人议论。

镇小学当年看守校门的校工是个多嘴的老头儿，他说，女人过了30岁还不长皱纹的话，前世就是狐狸精，今生是要克男人的。这个老头儿的脸像一只放了100年的核桃所以才这么说。

在那个特殊年代，能看到的书很有限。学校的图书室及镇上的新华书店里，除了马恩列斯毛专柜外，永远只有《雷锋的故事》《红旗飘飘》《艳阳天》《金光大道》《放歌集》《刘胡兰的故事》，以及《人民画报》《红旗》《解放军画报》《新华字典》《科学养鱼》《怎样练好毛笔字》等那些书。内容单调，重复，很难让人真正喜欢。

那些隐藏着爱情故事的小说《安娜·卡列尼娜》《复活》《青春之歌》《野火春风斗古城》《红岩》《林海雪原》等“黄书”，里面隐藏着青春和战火，远方的人生和梦想，以及爱的誓言，相思和义无反顾的死亡，写得有多浪漫就有多危险，有多危险就有多浪漫。可是这些书在哪里呢？它们像一些秘密，流散四处，有时在这个人的手中闪一下，又在那个人的手中闪一下，像暗处的珍珠和宝石，很难看清它们的真面目。

待我成年后，我想起李凤梅，觉得她肯定是偷偷看过这些“黄书”的，那些被禁止的字与词，词与词之间神秘莫测地相遇，这些密不透风的阅读就像另一场风暴，席卷了她的心灵，我觉得，她的眼睛里就藏有这些人物的声音、容颜和身姿。

体育老师陈开明是单身汉，那几年一直住在镇小学的集体宿舍。宿舍就在学校操场后面的泥砖平房里，门前有一排高大笔直的新疆杨。距平房不远的地方，有一个公用水池，教职工们平常洗脸洗漱洗菜及挑水都用这个水池的水。

陈开明的宿舍在平房的最里端，门口钉着半截布帘，他一掀布帘就到门外了。

炎夏的一天正午，南疆的烈日像是把一切东西都晒得冒了烟——树叶、草尖、屋檐等闪着又亮又硬的烟气，这烟气从地面上冒出来，似乎看得很清楚，但一眨眼却又不见了。房屋、树木、鸟儿，还有走动着的人，都浮动在这热气中，全都融解在这股热气当中，它们密不可分，同升同落，一起飘摇得似乎有些不稳似的。

体育老师陈开明端着搪瓷脸盆，走在通往水池的路上，高大笔直的新疆杨华盖如云，遮盖了烈日。这条土路被繁茂的枝叶掩映，阳光透过叶子的缝隙洒落下来，有时是明亮的，有时是昏黑的，他年轻而挺拔的身影一会儿出现在阳光里，一会儿隐没在被枝叶掩映的昏暗中，既轻盈又沉重，整个世界都在远处，而万物在此时都随他前行。他自身带着光亮，他在光线里就变得更亮，在树影的昏暗中也带着微光，这微光从他年轻的身体里散发出来，像闪电，再次刺痛了李凤梅的眼睛。

他多像是一个奇迹啊！

李凤梅听见夏日的风在她头顶上新疆杨的枝叶间轰鸣。

然后，镇小学副校长李凤梅也开始勤于到水池打水，他们共用一个水龙头，在水龙头哗哗响的，激情飞泻的水池边，他们一次次地相遇了，李凤梅一头浓密的头发乌黑闪亮咄咄逼人，年轻的体育老师陈开明第一次如此逼近地看见女人的头发，他惊讶地发现这头发如此蓬松柔软，像一大朵黑漆漆的花。他们彼此的眼睛里闪着光，好像有一种东西变成了他们之间共同的东西，在水的光雾中流动，他们背对着水龙头默不作声，一动不动，好像跟别人不在一个空间里，好像这是一个幻境，只要一动，就会破坏殆尽。

很快，我们镇小学副校长李凤梅离婚了——她和体育老师陈开明，结——婚了。离婚和结婚几乎是同时进行的。

当年，体育老师陈开明才 26 岁，而李凤梅 31 岁了，是两个孩子的母亲。

我得知这个令人震惊的事是一个中午，当时我正在饭桌上啃一条煎鱼，可是，我再也没心思吃饭了，舌头在鱼肉上顶来顶去，顶了半天也顶不出鱼刺，而另一种鱼刺，正卡在我的喉咙里。

李凤梅离婚又结婚的消息在小镇上很快流传了出来，大家震惊的程度是相同的。在保守的南疆边镇，在严酷的二十世纪六十年代末七十年代初，离婚是相当严重的事情，相当于犯罪，而且是罪大恶极。“离婚”像是一个坡度很陡的台阶，又黑又陡又滑，无论是谁一踩上去，就会掉下来，一级又一级。站都站不稳。可是，他俩手牵着手，向着恶，向着千夫所指，纵身一跃，如同一块大石头从天上砸下来，砸得人们眼冒金星。

当年关于镇小学副校长的离婚又结婚的事件，是这偏远的南疆戈壁小镇上的一大奇闻，这使得她的故事在各种不怀好意的传说中既像悲剧，又像喜剧，或者说，它的本质是一个悲剧，而它的过程却像一个喜剧。

她的前夫叫王大胜，年龄大她三岁，是镇小学的会计。他俩同在一个学校。我见过他，黑而廋，人看起来很不精神，那时候，还没有猥琐这个词，但这个词就是形容他那样的：头发蓬乱、油腻，眼睛浮肿，总是一副睡不醒的样子，特别是他走路的样子，整个身体是懈的。那简直不是走，而是拖——

初冬时节，正午的阳光暖洋洋的，土墙干爽，小虫子从旮旯里探出头来，鸡狗们快乐地四处刨食。几乎家家的门窗大开，让阳光冲进来，丝丝缕缕的潮气在看不见的地方消散，万物都被晾晒在阳光之下。这时候，人怎能不受到优待呢？被寒冬折磨已久的人来说，阳光就是他们的药方。

镇供销社土墙下坐了一溜儿晒太阳的人。供销社位于镇广场西边，门面小，却是一块蜜糖，散发着香甜。那香甜是硬糖、白酒、饼干的香味，引得蜜蜂苍蝇蚂蚁都来了。

镇广场各种集会一结束，各色人等来得更密集了，搅都搅不动。门里门外都塞着人，外面的人远远望去，更觉得店里刚到了新奇的东西，便挤进去，挤出一头汗来，却少有人买东西。饼糖油盐——每样东西他们都一一看完了，也询完价了，就靠着供销社的一面向阳面的土墙上晒太阳。春夏秋冬，这面墙坐满了晒太阳的人。主要是男人。有他们聚在一起，就会有一种气味——这是一种难以描述的气味。像久雨后柴房的霉味儿，像发馊的稀饭，久泡衣物，或者是某种花、落叶沤烂的混合味道，这种特别的气味弥漫在冬日干冷的土墙周围，许久之后我才知道这其实是暮年的气味，老人们在一起时就会有这种气味。他们聚在一起，像长舌妇一样，家长里短地开小会，传播各种小道消息。远远近近浮动着的人，新疆杨树叶焚烧的气味，眼睛微辣，阳光微醺，那是他们自我陶醉的时刻。

这一天中午，阳光正好。一个人提着瓶子远远过来，准备到供销社打点醋，听到了他们在一起的说笑声，好像很愿意加入他们，脚步加快，他的灰黑色的棉袄与他们的相似，皮肤也是黑而粗糙的，神情还带有点松垮。因为他的走近，凝固的阳光似乎松动了，仿佛裂了一条缝。那些坐在一起聊天，调笑，还将手伸进衣服逮虱子的人感觉到了，齐齐转过头来，看他。他们没有跟他打招呼，像是面对一团空气。他们不约而同地回过头来继续说话，把灰黑棉袄的背甩给他。于是，阳光在他们的身后围起了屏障，他们放肆而粗鲁的说笑声更大了。这个人，走近也不是，退远也不是，一脸讪讪的表情。

阳光罩在每个人的身上，但我能感觉到他在颤抖。

他就是镇小学副校长李凤梅的前夫王大胜。当地人很看不起这个王大胜，原因是他被“扬棒儿”（扬棒儿：当地土话，风光之意）的妻子李凤梅休掉了。离婚的原因，是她嫌弃这个男的不行——是长得不行，还是那方面的不行？这两个“不行”的说法自汇聚到一起就牢牢地黏合起来了。它们同进同出，不分彼此，隐藏在一些人的脑子里，在闲聊的时刻，它们就从人的牙齿缝间跑出来，越来越像灰尘，使事件本身越发偏离了原来的样子。

听说，组织上（工会、妇联）不厌其烦，一次次找她和他谈话，李凤梅宁可不要眼前大好的政治前途，执意要离婚。

总之，李凤梅离婚又再婚这件事情，像是长着绿色植物的土地上生出的一朵艳丽得让人感到恶毒的蘑菇，而事件真实的情形，它的因果，机缘，它的内核，等等，被人下流地传说着。“他不行。不行。”人们发现从这个女人嘴里说出的看似平常的细节很有趣，总是不厌其烦地重复说起它。

人们说，镇小学副校长李凤梅生活作风腐化，追求个人享乐才休了自家丈夫，找了个年龄小的，皮紧的。还有，她的日常生活简直是穷讲究，一个令人费解的传闻就是，有人亲眼看到过，她连小便都要用草纸擦屁股，那黄色的草纸被她剪成巴掌大小的四方形，一块块地放在办公桌的抽屉里，真的是太浪费了，镇上的女人没她这么浪费纸的，这纸难道不是国家的财产？

这些闲言碎语跟唾液一样没有杀伤力，但会对人造成另外一种伤害。它反复提醒你，你是一个异类，你就是我们要侮辱的人。

可是，当镇小学副校长李凤梅白天出现在校园或者教室的时候，她总是显得容光焕发，脸上浮着一层淡淡的红晕，恍惚而轻盈的笑意像水波一样隐藏在红晕中，人们觉得李凤梅变了。变得和从前不一样了。她的眼睛因水分而显得有些湿润，看起来有些软，甚至还有些甜。你不知道这水分是从哪里来的，它是从身体里来的吗？

还有，镇小学校进行文艺会演，她在大合唱节目中担任领唱，把雄壮豪迈的歌唱得婉转抒情。

在那个禁欲的时代，男女之情，危险而诱惑。人们明白，她那些不一样的神态，都是小学体育老师带给她的。那个体育老师究竟对她做了什么？人们的眼睛像着了火，使劲盯着她的腰，还有屁股，很不地道地把她议论了一番，其中不乏下流的词语。这些下流词语就像一滴水掉进了一锅油里，“喳”的一声就炸开了，叽叽喳喳，嘈嘈切切，大声小声，人人都显得很兴奋，好像偷了糖吃，空气中多了许多鬼鬼祟祟的暗笑声。至于他们到底议论了什么，我实在不好编出来，这是这个故事中很重要的空白部分。

镇小学看守校门的老校工说，体育老师陈开明年龄比李凤梅小 5 岁多，在经验、阅历等方面，根本压不住老辣的、见多识广的李凤梅。他太“嫩”太“稚”了，一定是李凤梅先“祸害”的他。等着瞧吧，她一定会有报应的。

李凤梅果然如老校工所预言的，她的生活原来处于一种混沌状态，现在，这个老头儿的话，就像是一把长长的利剑，把这混沌的气球给刺破了。

命运的风突如其来。

没过几个月，镇小学集中开会，我一进礼堂就感到很反常——太安静了，安静中带着坚硬，带着重量，这安静和重量我一进门就感觉到了。

人比往常多。主席台上，镇教育管委会的几个领导都来了，平时这些人是不来的，只有镇上组织大型文艺会演的时候才来。他们坐在主席台上，神情像铁板一样肃穆——肯定有什么大事情发生了。

果然，他们其中有一个说，你们学校的副校长李凤梅因个人生活作风腐化，造成了很坏的社会影响。经研究决定，撤销该同志镇小学副校长及教师职务，开除党籍，到镇小学食堂进行劳动改造，以观后效；同犯镇小学体育老师陈开明撤销其教师待遇，到镇水泥厂当工人，以观后效。

没有人说话，安静像一座山一样压在人们的头顶上，令人喘不过气来。但是，“生活作风腐化”“同犯”“劳动改造”这一个个的词像尖利的石头，在头顶上飘来飘去。

镇小学王强校长痛心疾首地说：“这件事真是太黏（严）重太黏（严）重了，他们这真是资产阶级的生活作风啊，思想已经被腐化得不成样子了。”

“真是什么种子发什么芽，什么藤上结什么瓜。”

这句话后来在镇上广为流传。

李凤梅和小学体育老师陈开明双双进行劳动改造的第二年，我也直接升了初中——去小镇另一头的中学上学，从那之后，就很少看见他们了。

据说，镇小学操场上再也看不到小学体育老师陈开明的身影了，也不知他是否还喜欢穿着那件半旧的篮球衣。我倒是经常看到镇小学前副校长李凤梅，她穿着颜色脏污的蓝布大褂——这跟医院的白大褂给人造成的视觉印象完全不同，头上还多了一顶和当地菜农一样款式的草帽。她每天骑着破旧的，嘎吱作响的自行车，车后驮着一个食堂专用的竹编大箩筐，里面装满了米面、绿菜等各种食材，身体弓成了虾米状——她成了镇小学食堂的采购员，专门买米买菜。

那小学体育老师陈开明呢？

听说他在水泥厂干着体力繁重的活儿。闲下来的时候，他经常坐在水泥垛子上抽烟，他不看人，却又像是在看。目光是远的，却不散，也不空。他看的是几年前的岁月，而那岁月已经走远了。他的脸是黑的，以前的黑透着神气，黑得结实响亮，现在，没了精神，黑中泛着黄气。他的眼神也像是变了，是一种凛然的冷光，令人生畏而又生疑。

很快到了人人都在谈钱的20世纪90年代，头脑活泛又不甘于平庸的陈开明下海了。不是当倒爷，而是到了海南的海口市，花高价买了一张伪造的医科大学文凭，与人合伙开了一家诊所专治肝病，把廉价的六味地黄丸包装成祖传秘方，两千块一个疗程，几年下来，赚到了大钱，回乌鲁木齐买了带小花园的房子，还拥有了一辆二手奔驰私家车。人生从此风轻云淡，万里晴空。但是，他离开小镇的时候，却没有带走李凤梅，他和大他5岁的李凤梅平静地离了婚。而几年后，李凤梅，却和前夫王大胜复婚了，一搭过起了日子。

关于这些，都是我后来断断续续听人说的。我不知道李凤梅经历了多少次的精神危机，她有多少次感到绝望，我一无所知，对淹没在人群中的她越来越没了关注的兴趣。

多年后，好像有那么一个周末，我约了人去镇小学打排球。当时学校已经放暑假，整座校园空荡荡的，这时，我同时看见了正在水池边洗衣服的他俩——镇小学前副校长李凤梅与王大胜——可以想见，他们仍住在镇小学操场后面的砖泥平房里，那排平房，还像从前那样，被一排高大笔直的新疆杨树叶掩映，树叶在强烈的日光下闪着铁青的光泽。

距平房不远的地方，那个水池还在。我故意绕到水池洗手，看见王大胜接一桶水倒在另一个水盆里，铁皮桶与水盆碰撞时发出咣当咣当的声音，水盆底有一个大红喜字，俗不可耐，但这是当年镇小卖部仅有的花色。王大胜的身材已经发胖，黑而胖，还穿得很邋遢——上身着了半旧的跨栏背心，肩头破了一个小洞，看上去跟搬运工差不多。但他并不以为自己寒碜。而他的妻子，镇小学前副校长李凤梅剪了长发，留一头齐耳短发，不是那种英姿飒爽的类型，更像是一个虚弱的男性，看起来很憔悴。她站在一旁，口气很不耐烦指挥他干活儿——一副很家常的，极其平凡的家庭图景。她看见我，似乎笑了笑——这可能是我的错觉，但是，正是这一眼，我被时间击中——我分明看见她在一笑间，眼角出现了很多皱纹，这皱纹就像一条宽阔的大河，一下子把现在和过去的她隔开了。我从这皱纹中看到了一个衰老的、发胖的、意气消沉的，已经完全走向人生反面的李凤梅。

他俩洗的是蓝布格子被套。夫妻俩齐心协力，很默契地站在对面各拧一头，水流的声音，断续说话的声音，蝉鸣声，白色肥皂泡以及新疆杨苦涩清凉的气味混合在一起，鲜明而恍惚，坚硬而虚空，凝固在我脚下一块白瓷碎片上，成为某种超现实的记忆。

生活使一切面目全非，过去的时光已全部消失。我伸起左脚轻轻一踢，这一幕与白瓷碎片闪着的白光呼啸而去，我的耳边灌满了 1967 年的风声。

刊于《花城》2020 年第 3 期

后　记

又到了一年的岁末。写这篇后记的时候，窗外飘起了雪花。

2020 年是十分不寻常的一年。难得的是，在散文创作中依然有不错的收获，其中还有不少与抗疫有关的篇章。

由于选本的容量有限，较长的作品总是不大好收入。仅有的几篇，也不得已进行了删压。实际上，很多大刊上发的较长篇幅的散文，都是不错的。

感谢读者的支持，这个选本已经坚持了二十多年，放在一起，厚厚的一排了。有时翻看，会看到一个可观的阵容，这个阵容不断地有新名字加入，为散文注入新的活力。当然，也常看到名家的坚守，他们的文字依然生动，思想认知也愈加成熟。

因为出版周期的限制，选稿不能顾及当年年底出版的报刊，所以只能选用上一年十月以后至当年十月刊发的作品，今年亦然。今年十月之后未能入选者，明年请继续支持。

感谢诸多报刊的推荐，友情支持是一种无形且无尽的力量。

感谢所有入选者，感谢一直关注的读者。

王剑冰

2020 年岁末

2020年选系列封面绘图画家介绍

曹力 江苏南京人，中国美术家协会会员。1954年2月生于贵州贵阳。1982年毕业于中央美术学院油画系壁画研究室，现任该院壁画系教授、系主任，承担素描、油画、色彩重构、线构成等课程的教学工作。代表作品:《马与楼道》组画、《牧童》(中国美术馆收藏)、《牧牛图》(钓鱼台国宾馆收藏)、《原野》、《村女》、《最后的歌》、《打开的乐谱》、《金色的天空》、《鸟之舞》、《玩纸鸟的少年》、《童声合唱》、《都市喧嚣》组画、《月光》、《盛夏》、《琴声如诉》等。

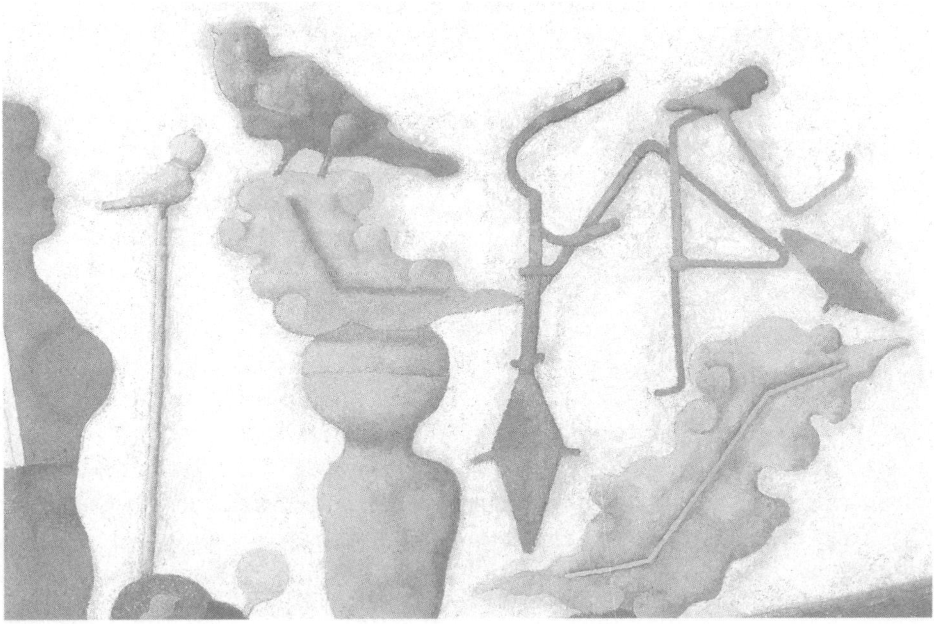

《简化的符号》 曹力 50 cm×60 cm 亚麻布油画 1999 年

曹力画作短评

曹力无疑是一位极富诗人和音乐家气质的画家，他给 20 世纪的中国画坛留下了一系列充满着神奇与客观，梦幻与真实，过去、现在与未来纠缠不清的奇诡瑰丽的抒情叙事组诗，其间跃动着艺术家超人的想象与创造的精灵……这肯定得益于到处生长着神话与传说之树的艺术家童年的故乡贵州山区。

——苏旅（著名美术评论家、策展人、出版人）

图书在版编目（CIP）数据

2020中国年度散文 / 王剑冰选编 .-- 桂林：漓江出版社，2021.3

ISBN 978-7-5407-9024-0

Ⅰ. ① 2… Ⅱ. ①王… Ⅲ. ①散文集—中国—当代 Ⅳ. ① I267

中国版本图书馆 CIP 数据核字（2021）第 003158 号

2020 ZHONGGUO NIANDU SANWEN

2020中国年度散文

王剑冰 选编

出版人：刘迪才
责任编辑：张谦
助理编辑：黄彦
书籍设计：石绍康
责任监印：张璐

出版发行：漓江出版社有限公司
社址：广西桂林市南环路22号 邮编：541002
发行电话：010-65699511 0773-2583322
传真：010-85891290 0773-2582200
邮购热线：0773-2582200
电子信箱：ljcbs@163.com
微信公众号：lijiangpress
印制：香河县闻泰印刷包装有限公司
[河北省廊坊市香河县安平镇二街 邮编：065402]
开本：690mm × 1000mm 1/16
印张：20.25 字数：279千字
版次：2021年3月第1版
印次：2021年3月第1次印刷
书号：ISBN 978-7-5407-9024-0
定价：45.00元